당신은 소중한 사람입니다.

_____ 님께

_____ 드림

나의
사가독서

賜暇讀書

이 도서의 국립중앙도서관 출판예정도서목록(CIP)은
서지정보유통지원시스템 홈페이지(http://seoji.nl.go.kr)와
국가자료공동목록시스템(http://www.nl.go.kr/kolisnet)에서
이용하실 수 있습니다.(CIP제어번호: CIP2015031209)

한국인을 위한
인문고전 **20**

나의
사가독서

賜暇讀書

문갑순 지음 | 인제대 교수

도서
출판 **프리뷰**

책 속에서 만난
위대한 인간 정신들

마침 학교에서 1년 기간의 안식년을 얻었다. 안식년은 본래 유대인
의 안식일 제도에서 확장되어 나온 개념으로 받아들여지고 있다. 우리
조선시대에도 이와 유사한 제도가 있었다. 이름 하여 사가독서賜暇讀書
제도다. 사가독서제를 최초로 시행한 세종은 집현전 학사 중에서 젊고
재능 있는 사람을 골라 특별휴가를 주어 마음껏 책을 읽고 학문연구
에 전념케 했다. 유독 세종 치세에 학문과 예술이 크게 융성했던 근저
에는 사가독서도 한몫을 했다고 생각한다.

나는 나의 안식년을 스스로에게 준 사가독서의 기회로 삼기로 하였
다. 누구나 꿈꾸는 일이겠지만 1년간의 느긋한 책읽기는 나의 로망이

었다. 자연과학을 전공하고, 그동안 수업과 실험과 논문작성에 매달려 제대로 독서할 여유를 내지 못했던 나로서는 얼마나 간절히 바라던 시간이었는지 모른다.

다른 일은 거의 아무것도 하지 않고 책만 읽었다. 독서를 하기로 작정한 데는 그럴 수밖에 없는 고통이 있었다. 학교에서 작은 벤처 기업을 시작하였는데, 시작하자마자 여러 어려움에 직면해야 했다. 돈 때문에 마음이 새카맣게 탔고, 나를 떠나가는 주위 사람들 때문에 상처를 받았다. 신기루 같은 성공을 좇다가 깊은 좌절감에 빠진 나 자신이 용서되지 않았다. 하지만 뭔가 할 수 있는 일이 없었다.

책 속에서 길을 찾는다고 하면 진부한 표현이 될지도 모르겠다. 하지만 나는 우연인지 필연인지 책을 펼쳐들었고, 책 속에서 고뇌하는 위대한 인간 정신들을 만났다. 그리하여 다시 만난 예수, 공자, 백범 김구, 간디, 크리슈나무르티 등 고양된 정신이 이 세상을 어떻게 바꾸었는지를 깊은 감동으로 읽었다. 세르반테스, 빅토르 위고, 도스토예프스키, 톨스토이 등 위대한 작가들의 휴머니즘으로 가득 찬 위대한 소설을 읽으면서 그들이 내게 준 선물이 너무 고마워서 나는 빨간 밑줄을 수없이 그으며 책 속에 빨려들어 갔다.

어릴 때 읽었던 명작을 단순히 다시 읽는 것이 아니라, 예순에 읽는 고전들은 나에게 새로운 감동을 주었다. 물론 책을 읽는다고 해서 나의 현실적인 상황이 바뀐 것은 아니었다. 그러나 지금 엄청 달라진 나를 느낀다. 독서는 확실히 나를 변화시켰다. 구덩이에 빠진 나를 용서할 수 있게 되었고, 인생의 고통을 받아들일 마음이 되었다. 나의 시냅

스들은 활기차게 다시 연결되면서 지식들이 손을 맞잡았고 앎이 주는 기쁨 때문에 내 얼굴은 빛났다.

나처럼 구덩이에 빠져 있는 사람들에게 나와 같은 회복의 시간이 되어 주기를 바라며 감히 내가 읽은 책들을 여러분에게 권한다. 고전을 뜻하는 클래식이란 말은 위기에 빠진 인간 정신을 구해주는 책이나 예술작품을 일컫는다고 한다. 실제로 고전작품들은 위기에 빠진 나를 건져 올려 주었다. 그리고 다른 사람들도 건져 올려 줄 수 있을 것이라고 믿는다.

동료들이 나의 독서 리스트를 보여 달라고 요청하였다. 나의 독서 리스트뿐만 아니라 책을 읽으면서 느낀 소감까지 함께 전해 주고 싶었다. 그래서 내가 읽은 책 중에서 스무 권을 골라 여기 후기를 적었다. 선정한 책들을 쭉 늘어 놓고 보니 인류의 기나긴 역사성과 문명사가 거기 있었다. 이 스무 권의 책을 따라 읽으면 독자들도 나처럼 적지 않은 지식의 성장을 경험할 수 있을 것이라는 확신이 들었다.

사실 나는 이전부터 《하버드 인문학 서재》에 버금가는 독서 리스트를 만들고 싶었다. 《하버드 인문학 서재》는 20세기 초 하버드대 총장을 역임한 찰스 엘리엇Charles W. Eliot이 만든 독서 리스트를 말한다. 당시 대학교육을 받은 자는 성인 인구의 3%에 불과할 때였다. 그는 자신이 권장한 51권의 책을 읽으면 대학을 가지 않고도 졸업한 것과 동일한 교양을 쌓을 수 있다고 주장하였다. 엘리엇은 이를 '5피트 책꽂이'라고 명명하였고, 이후 '5피트 책꽂이'에 포함된 책들은 미국인들의 많은 관심을 끌었다.

솔직히 나도 《하버드 인문학 서재》에 소개된 51권의 책을 우선 읽으려고 시도하였다. 그러나 거기에는 구할 수도 없고, 구한다 하더라도 우리의 문화 코드와 맞지 않는 책들이 상당히 많았다. 그래서 우리나라 사람들에게 적합한 '5피트 책꽂이' 리스트를 만들어 보자는 생각이 들었다.

엘리엇은 책 서문에서 "최초의 역사 시기부터 19세기에 근접한 시기까지 관찰하고 기록하고 발명하고 상상하는 인간의 진보에 대해 온당한 관점을 얻을 수 있게 읽기 자료를 제공하는 것을 염두에 두었다."고 쓰고 있다. 나는 이 목표를 고전 문학작품을 통해 이루고 싶었다. 그래서 나름대로 명작들을 골라 현재의 한국인에게 맞는 '사가독서' 리스트를 만들었다. 이 책을 쓰면서 특히 고전 속에 함유된 역사성과 문명의 발전사에 독자들이 관심을 갖도록 하였다.

뜻은 거창하였지만 나의 자질이 너무 척박하여 생각보다 오랜 시간이 걸렸다. 한 번도 시도하지 않았던 인문학적 접근이 내게 너무 벅찼다. 이 책을 쓰느라고 끙끙거리다 놓친 많은 일들과 소홀하게 대했던 많은 사람들에게 용서를 구한다. 그래도 이 책이 누군가에게 도움이 되기를 기대하며 모두에게 감사드린다. 특히 좋은 책을 끊임없이 공급해주고 격려를 아끼지 않은 가족에게 고마움을 표한다.

문갑순

차 례

시작하는 글

책 속에서 만난 위대한 인간 정신들 …6

글 싣는 순서

1

세상의 시작

| 성경 |

세상의 시작을 알리는 대표적인 고전은 《성경》이다. 그래서 나의 사가독서 첫 번째 책을 《성경》으로 시작하고자 한다. 《성경》은 천지창조에서부터 예수 사후 시대까지 장구한 역사에 대한 기록이다. 성경의 기초 위에서 서구 사회의 법률, 윤리, 사회제도가 성립되었고, 성경은 또한 수많은 사람들에게 영감을 불어 넣으며 인류의 진보와 역사발전에 지대한 영향을 끼쳤다. 그런 의미에서 성경을 특정 종교의 것으로 치부하여 펼쳐 보려고도 하지 않는다면 그것은 교양인으로서 손실이다. 성경을 읽지 않고 인류 역사를 제대로 알 수 없고, 성경을 통하지 않고 인간의 본성을 이해할 수 없으며, 성경을 모르고서는 인류의 공통 유산인 예술작품을 깊이 이해할 수 없다. 성경은 우리 인생의 숨겨진 보물과 같은 존재이다.

성경 발견

《성경》을 크게 둘로 구분하자면, 예수가 탄생하기 전에 쓰인 것을 구약(히브리 성서)이라고 하고, 예수가 탄생한 이후에 쓰인 것을 신약 (그리스도 성서)이라고 한다. 인류가 가진 가장 오래된 구약성경은 대개 9~10세기경 사본들이었다. 성경 연구가들은 더 오래된 성서 사본을 찾아내기 위해 치열한 노력을 경주해 왔다. 그 가운데 한 사람으로 19세기 독일인 성서 수집가 콘스탄틴 폰 티셴도르프Konstantin von Tischendorf가 있었다. 그는 원전의 언어로 성서를 재구성하려는 열망에 빠져 있었다. 원전을 찾기 위해 여러 나라의 도서관과 수도원을 찾아 고대의 두루마리들을 헤집고 다녔다.

1844년 티셴도르프는 마침내 이집트 시나이산 기슭에 위치한 카타리나 수도원에서 광주리에 담긴 구약성경 양피지 뭉치를 발견하게 되었다. 그것은 그리스어 성경 사본 중 가장 오래된 구약으로서 4세기경에 필사된 것으로 밝혀졌는데 이를 '시나이사본'이라고 한다.

티셴도르프의 집념이 시나이사본을 발견하였다면 이보다 훨씬 오래된 사본인 '사해사본'은 1947년 베두인 목동들에 의해 우연히 발견되었다. 이 두루마리 성경들은 AD 70년경 예루살렘이 멸망할 때 쿰란 지역에 사는 에세네파 유대인들이 동굴 속 항아리에 숨긴 것이었다. 사해사본은 지금까지 발견된 가장 오래된 사본이다. 사해사본에서 흥미로운 것은 완벽히 보존되어 있는 〈이사야서〉이다.

이렇게 전해 내려오던 구약성경은 시대가 변함에 따라 새로운 언어로 번역될 필요성이 차례로 생기게 되었다. 우선 가나안 지역이 알렉산더 대왕의 통치하에 들어가고 히브리어가 사어가 되자 성경을 그리스어로 번역하는 작업이 시급해졌다. 성서의 가장 중요한 초기 역본은 BC 300년경 이집트의 알렉산드리아에서 만들어졌다. 당시 알렉산드리아에는 세계에서 가장 큰 도서관이 있었다. 25만 권의 장서가 보관되어 있었는데, 특히 그리스의 모든 고전작품이 포함되어 있어 당대의 자랑거리였다.

알렉산드리아에서는 히브리 성경에 관심을 두었고, 이를 그리스어로 옮겨 왕실 도서관에 보존하고자 하였다. 그리하여 왕실측은 예루살렘의 대제사장에게 믿을만한 히브리어 사본과 실력 있는 언어학자들을 알렉산드리아로 보내달라고 요청하였다. 예루살렘에서는 이스라엘 12지파에서 각각 6명씩 뽑아 72명을 보냈고, 이들의 손에 의해 그리스어 역본이 탄생하였으니 이것이 《70인역譯》 성서이다.

이 그리스어 번역본은 지중해 전역과 그 외의 지역에서 읽혔는데, 예수 당시에 읽힌 구약성경도 이 《70인역》이었다. 그 후 로마제국이 가나안 지역을 지배하면서 그리스어 성경을 라틴어로 번역할 필요성이 대두되었다. 이 작업을 행한 사람이 히에로니무스였고, 이 라틴어 번역본을 《불가타 성경》이라고 한다. 4세기 때였다. 라틴어 불가타vulgata는 '일반적인' '대중적인'이라는 뜻을 가진 형용사로, 불가타 성경은 민중들이 사용하는 평범한 라틴어로 되어 있다는 말이다. 이 《불가타 성경》은 7세기 영국 북부 수도원에서 신학자인 수도사 비드Venerable Bede에 의해 영어로 번역된다.

그러면 구약성경은 어떠한 과정을 거쳐 오늘날과 같은 권수와 형태를 갖추게 되었을까. 먼저 AD 90년, 유대의 종교 지도자들이 만든《히브리 성서》가 있다. 로마군에 의해 예루살렘이 파괴되고(AD 70년) 유대인들이 강제로 흩어지게 되자(디아스포라) 유대교 지도자들은 유대교 재건에 뜻을 두고 구약성서를 재정리하였다. 이들의 손에 구약성서의 내용이 66권으로 확정되었다. 그러나 초창기 그리스도인들이 널리 사용했던 유대교 경전《타나크》의 그리스어 역본에는《히브리 성서》에 없는 몇 권이 포함되었는데, 이는 시나이사본에도 똑같이 수록되어 있었다.

고대의 가장 권위 있는 역본이라는 불가타 성경을 번역할 때 히에로니무스는 당시 그리스도인들이 사용하는 구약성서에 실제로는 히브리 성서에 없는 책들이 포함되어 있는 것을 발견하였다. 그는 이 '외경'Apocrypha들이 사람들에게 널리 알려졌다는 이유로 번역에 포함시켰다. 그 후 불가타 성경은 공식적인 성서로 인정되었다.

구약성경에서 히브리 민족이 가장 중요하게 여긴 경전은《오경》이다. 히브리어로 '토라'(지시, 지침의 의미), 그리스어로 '오경'(다섯 개의 두루마리라는 뜻)이라고 부르는 이 경전들은 구약성경의 첫머리에 있는 〈창세기〉, 〈탈출기〉, 〈레위기〉, 〈민수기〉, 〈신명기〉 등 다섯 권을 일컫는다. '오경'이 중요한 이유는 이스라엘 백성이 이집트를 탈출해서 가나안으로 가는 여정에서 체험한 하느님과의 만남과 가르침이 그들의 정체성을 이루는 기본 틀이 되었기 때문이다.

오경은 유대인의 종교 규율뿐만 아니라 식생활과 의학, 개인위생, 공중위생 등 생활 전반에 대한 규정과 지침이 되었다. 그리하여 오경은 유대인들의 행동에 지대한 영향을 끼쳤다. 특히 여기 포함된 십계명은 유대 율법의 핵심이다. 십계명에 함유된 덕목들은 유대인뿐만 아니라 오늘날 근대 법률체계의 모태가 되었다. 이렇게 유대인들은 장기간 이산의 아픔을 겪으며 전 세계로 흩어졌지만, 이 율법에 의해 민족성을 일치시키고 자신들의 고유한 역사를 만들 수 있었다.

바빌론 유수 - 이스라엘 백성의 고난과 구원

구약성경을 이스라엘의 역사와 관련해 다시 요약하면 이렇다. 역사적으로 모세가 이끈 애급 탈출사건이 BC 1500년경에 일어났고, 그 후 가나안에 정착한 이스라엘 민족은 다윗, 솔로몬 시대에 가장 융성한 국가를 이루었다가 북이스라엘과 남유다로 분리된다. 약 200여 년간 두 나라는 역사의 부침을 거치다가 BC 722년, 아시리아의 살만 에세르 5세에 의해 북이스라엘이 먼저 멸망한다. 그로부터 130년 뒤인 BC 586년, 남유다도 바빌론의 네부카드네자르 왕에 의해 멸망된다.

잔인한 통치로 악명이 높았던 아시리아는 특히 각 민족의 정체성을 소멸시켜 반란의 근원을 도려내는 강압정책을 썼다. 그런 정책 때문에 사마리아에 살던 북이스라엘인들은 다른 정복 지역 주민들과 피가 섞이게 되고, 그 때문에 유대민족에게 멸시의 대상이 되고 만다. 예수 생존 당시 사마리아인들에 대한 유대 민족의 혐오감이 심했음이 성경에도 나타나 있다.

예수는 이 편견을 깨기 위해 말씀 중에 착한 사마리아인에 대한 예를 들고(루카 10:30-37), 사마리아 지역을 지나가다 우물가에서 한 여인을 만나 영원한 생수 이야기를 나눈다(요한 4:7-30). 사마리아인들을 경멸하던 남유다 사람들도 얼마 후 포로로 바빌론에 끌려간다. 포도 농사를 지을 최소한의 인력만 예루살렘에 남기고 살아남은 모든 사람들이 붙잡혀갔다고 하니, 유대 민족의 슬픔과 고통은 이루 말할 수 없었을 것이다.

바빌론 유수는 유대 민족에게 엄청난 고통을 안겨주었다. 이때 유대 민족 사이에는 지도자, 특히 종교 지도자들을 중심으로 대 각성운동이 일어났다. 하느님의 백성인 유대 민족이 왜 이런 처지가 되었는가 하는 통렬한 반성 속에서 그들은 수천 년 전부터 구전되어 오던 이스라엘 역사를 기술하기 시작하였다.

고대 근동을 손아귀에 넣은 바빌론제국도 네부카드네자르 왕이 죽자 쇠퇴의 길을 걷고, 얼마 못 가 페르시아에 망하고 만다. 기원전 550여 년을 전후하여 페르시아제국의 황제 키루스(고레스)가 유대인들을 해방시켜 준다. 이후 유대 지도자와 사제들이 힘을 모아 유대 민족과 유대교를 재건하게 된다. 이 시기에 구약성서 대부분이 정리되고 재편집되어 오늘날과 같은 구약성서의 형태를 갖추게 되었다. '오경'도 이 시기에 최종 마무리되었을 것으로 추측된다.

천지창조와 구약성경의 장엄한 세계

〈창세기〉에는 인류 최초의 낙원인 에덴동산에 대한 설명이 있다. 에덴동산은 비손강과 기혼강, 그리고 티그리스강과 유프라테스강이 갈라지는 곳에 존재했던 것으로 묘사된다. 현재 비손강과 기혼강의 흔적을 찾을 수는 없지만, 유프라테스강과 티그리스강이 만나는 곳은 페르시아만 부근 고대 바빌로니아 지역이다. 메소포타미아는 그리스어로 '강 사이'란 뜻으로 티그리스강과 유프라테스강 사이의 비옥한 초승달 지역을 가리킨다. 따라서 히브리 민족의 역사는 메소포타미아 문명에서 출발하였음을 알 수 있다.

고대 이 지역에 존재하였던 수메르, 바빌로니아의 창조신화는 성경의 천지창조 이야기와 매우 유사하여 이 지역의 고대문화가 성경의 첫 이야기, 즉 천지창조 이야기에 큰 영향을 미친 것으로 보인다. 티그리스강 북부에는 성경에서 노아의 방주가 도착했다고 기록된 아라랏산이 해발 5000미터 높이로 솟아 있다. 봄이 되면 설산의 눈이 녹아 두 강은 자주 범람하였는데, 이것이 노아의 방주사건으로 기록된 것으로 추정된다.

〈창세기〉에는 히브리 민족의 선조로 기록된 아브라함 이야기가 매우 중요하게 다루어진다. 아브라함이 "네 고향과 친족과 아버지의 집을 떠나, 내가 너에게 보여줄 땅으로 가거라."(창세기 12:1)라는 하느님의 말씀에 따라 가나안으로 이주하면서 성경의 무대는 가나안 지역으로 옮겨가게 된다. 아브라함은 칼데아의 우르 지역에서 출발하여 티그리스강 상류인 하란을 거쳐 가나안으로 이주하면서 유대 민족과 이슬람 민족의 아버지가 된다.

가나안에 정착한 히브리인들은 흉년 때문에 먹을 것을 찾아 이집트로 이주하게 되는데, 이는 뒤에 〈탈출기〉 이야기로 이어진다. 〈창세기〉와 〈탈출기〉를 이어주는 인물은 야곱이다. 야곱은 성경에 등장하는 인물 가운데 그 생애가 가장 완벽하게 기술된 사람이고, 이스라엘 12지파의 아버지이기도 하다. 야곱은 어릴 때부터 질투심이 많고 약삭빨랐다. 쌍둥이 형 에사우의 장자 자리를 탐내던 야곱은 사냥에서 돌아온 배고픈 형에게 콩죽을 제공하는 조건으로 장자 자리를 요구하고, 나중에는 임종을 맞이한 아버지 이사악을 속여 장자 축복까지 받아낸다.

야곱은 형 에사우의 분노를 두려워하여 하란의 외삼촌 집으로 도망간다. 이후 외삼촌의 두 딸과 몸종들로부터 12명의 아들들을 두게 되고, 이로부터 이스라엘의 12지파가 시작된다. 야곱은 외삼촌의 가축을 돌보면서 꾀를 내어 자신의 가축 떼를 점차 늘려 나간다. 외삼촌과의 갈등을 피해 가나안으로 도망가던 야곱은 형 에사우의 진노를 막을 수 있는 온갖 술수를 생각해 내지만, 결국 하느님 앞에 회개하자 하느님은 그에게 이스라엘이라는 새로운 이름을 내려준다. 야곱이 이스라엘이라는 새 인물로 탄생하게 되는 것이다.

야곱이 사랑하여 결혼하고자 했던 여인은 외삼촌의 둘째 딸 라헬이었다. 라헬은 막내아들 베냐민을 낳다가 죽는다. 야곱은 라헬이 낳은 아들 요셉과 베냐민을 특별히 사랑했다. 그러나 나머지 열 아들들이

요셉을 질투하여 그를 이집트에 노예로 팔아넘긴다. 요셉은 노예와 죄수생활을 거쳐 이집트의 재상으로 등극한다. 그의 선정으로 이집트는 7년 흉년을 무사히 넘기면서 고대 근동 최고의 부자 나라가 된다.

이를 계기로 히브리인들이 대거 이집트로 이주하게 되고, 이후 성경 이야기의 중심은 고대 사회의 또 다른 주요 세력인 이집트로 이동하게 된다. 이집트의 선진 문화와 신관神觀, 문학, 풍습 등은 구약성경 특히 〈토라〉에서 히브리 민족의 규율에 큰 영향을 미친 것으로 보인다. 그 후 이집트인들은 점점 증가하는 외국인인 히브리인들에게 위협을 느끼고 그들을 각종 노역에 동원해 괴롭힌다. 히브리인들은 괴로움이 극에 달하자 하느님께 부르짖는다. 그 부르짖음을 들은 하느님은 모세를 통해 히브리인들을 애급으로부터 탈출시키게 된다.

가장 극적인 스토리 〈탈출기〉

〈탈출기〉는 구약성경에서 가장 극적인 부분이다. 〈탈출기〉에 포함된 이야기들은 하느님이 이스라엘 백성을 반드시 구원하려는 의지와 이를 이루기 위한 기적들로 가득 차 있다. 물에서 건져져 이집트 왕자로 자란 탁월한 지도자 모세 이야기와 모세가 이끄는 이스라엘 백성들의 이집트 탈출사건, 그리고 홍해가 갈라지는 이야기는 기적의 클라이맥스를 보여준다. 만나와 메추라기가 있고, 마라의 쓴물이 단물로 바뀌는 사건이 있으며, 호렙의 바위를 쳐서 마실 물이 쏟아지는 기적이 일어난다. 이스라엘 백성이 하느님이 약속한 '젖과 꿀이 흐르는 땅'으로 나아가는 길은 고난의 연속이었다. 그들은 목마르고 배고팠으며, 사방에서 자신들을 노리는 수많은 적들로 두려움에 떨어야 했다.

마침내 출애굽을 통하여 가나안으로 돌아가면서 이스라엘 민족의 무대는 다시 가나안이 된다. 사막과 광야와 돌산으로 이루어진 이 땅이 어째서 '젖과 꿀이 흐르는 땅'으로 묘사되었는지 지금의 지리학적 소견으로는 이해하기 어렵다. 그러나 3~4천 년 전의 가나안을 지금의 눈으로 바라보아서는 안 될 것이다. 유대 역사가 요세푸스는 그리스도 이후 첫 세기의 이곳 모습을 '농사를 지을 만큼 습기가 있고 매우 아름답다. 나무가 많으며 가을이 되면 들판과 경작지는 열매로 가득 차는 곳'이라고 묘사했다. 지금은 '중동의 화약고'로 인류 평화를 위협하고 있지만, 역사적으로는 오랫동안 인류 문화의 중요한 교두보였다.

가나안 지역은 메소포타미아 문명과 이집트 문명의 중간 연결지로서 중요한 관문이었다. 이 지역을 중심으로 고대에 일어난 제국들을 생각해 보면 그 지역적 중요성을 더 실감할 수 있다. 고대 문명인 메소포타미아 문명과 이집트 문명뿐만 아니라 아시리아제국, 바빌론제국, 페르시아제국, 헬라제국, 로마제국, 오스만 투르크제국 등 주요 강대국이 연이어 이 지역에서 일어났다.

영어의 뿌리인 알파벳 글자를 만들고 고대 근동에서 무역으로 최고의 부를 축적했던 페니키아인의 도시 티루스(두로)와 시돈이 이곳에 있었고, 요한 묵시록에서 최후의 전쟁으로 일컫는 므깃도(그리스어로 아마겟돈)도 이 지역에 있었다. 이만하면 고대 가나안 지역이 얼마나 중요한 의미를 갖는지 짐작할 수 있을 것이다.

예수 탄생과 신약성경의 시작

〈탈출기〉에서 여러 차례 만나게 되지만 구약성경에 일관되게 나타
나는 하느님은 자신의 피조물인 인간들이 행복하기를 바라는 존재이
다. 그러면 행복이란 무엇인가? 성경에서 행복이란 하느님을 알고 그
를 향해 나아가는 것이라고 말한다. 그래서 하느님은 인류구원을 위해
외아들 예수를 인간 세상으로 보낸다. 여기서부터 신약성경의 세계가
시작된다.

예수 탄생 이야기는 성경에 기이하고도 아름답게 묘사되어 있다. 먼
저 마리아라는 여인이 등장한다. 마리아는 처녀의 몸이지만 가브리엘
천사가 나타나 구세주를 잉태하게 될 것임을 알리자 당황해하면서도
자신의 운명을 기꺼이 받아들인다. 구세주를 낳은 마리아의 순명은 그
후 후손들로부터 최고의 흠숭을 받게 된다. 마리아는 로마황제 아우구
스투스가 명한 인구조사에 응하기 위해 베들레헴으로 올라가던 중 마
구간에서 아기 예수를 낳는다. 하늘에 별이 가득한 밤이었다.

동방박사들이 반짝이는 별의 인도를 받아 막 태어난 예수를 경배하
러 온다. 황금과 유향과 몰약을 예물로 가지고… 거룩하고 아름다운
밤이었다. 인류는 2천 년이 지난 지금도 이 날을 노래하며 그리스도의
탄생을 경배한다. 왜 그러는 것일까? 예수의 삶이 인류 역사에 끼친

영향이 너무나 지대하기 때문이다. 예수는 목자 잃은 양 같은 인류의 모습에 깊은 연민과 사랑을 나타내었고, 열렬히 하늘나라를 알리고 인류 구원을 설파하였다.

예수의 능력은 수많은 기적으로 나타났고, 보리떡 다섯 개와 물고기 두 마리로 남자 1만 5천 명을 먹이는 기적이 나타났을 때 방황하던 유대 민족은 그를 진정으로 자신들을 구원하러 오신 왕으로 받아들인다. 그러나 예수가 설파한 왕국과 민중이 추대하고자 했던 왕은 서로 차원이 달랐다.

예수는 하늘나라를 이야기하고 민중은 빵을 생각했다. 결국 예수의 인기를 시기한 유대 지도자들, 특히 대제사장과 사제들이 예수를 모함하여 빌라도에 의해 십자가형에 처하게 만드는 비극적인 사건이 일어난다. 빌라도는 예수의 처형에 끼어들어 자기의 손에 피를 묻히고 싶어 하지 않았다. 그러자 유대인들은 결연히 그 피에 대한 책임은 자신들과 후손들이 지겠다고 빌라도 앞에서 외쳤다(마태오 27:25). 그 죄에 대한 벌일까. 그 뒤 전 세계로 흩어진 유대인들은 그리스도교도로부터 핍박 받고, 나치에 의해 6백만 명에 이르는 유대인이 학살당하는 비극을 겪는다.

예수의 십자가 사건 후 그리스도교는 세상의 많은 종교들처럼 사라져 버리는 줄 알았다. 하지만 실망과 두려움에 떨며 '다락방'에 모여 있는 제자들이 놀라운 성령 체험을 하게 되고, 이는 그리스도교의 불길을 다시 살리는 결정적인 힘이 되었다. 성령 체험은 십자가상에서 예수의 죽음이 끝이 아니라 새로운 시작이라는 절대적인 증거로 간주되었고, 인류를 구원하기 위해 오는 메시아로서 그리스도의 위상이 확고해졌다.

예수의 제자들뿐만 아니라 사도 바오로의 열성적인 전도활동에 의해 예수의 언행과 사상이 서아시아 지역을 중심으로 널리 전파되었고, 결국에는 로마에까지 기독교 사상이 전파되기에 이른다. 당시 유대 지역을 지배하던 로마는 그리스도교를 불순한 세력으로 보고 이들을 핍박하기 시작하였다.

그러지 이들은 가나안 지역을 떠나 이탈리아 반도, 터키, 그리스, 유럽, 이집트, 심지어 아시아 각 지역으로 흩어졌다. 땅 밑으로 스며들고 사막 속으로 숨어들기도 했다. 사자 굴에 던져지고 십자가에서 불태워지는 온갖 압박이 가해졌지만 그리스도교의 불길은 사그라지지 않았고, 오히려 순교자들의 피를 먹고 활짝 꽃을 피우게 되었다.

예수를 따르는 그리스도교가 역사 전면에 나타나게 되면서 인류 역사는 엄청난 변화를 겪게 된다. 인류는 예수 탄생을 기준으로 그 전후로 인류의 역사를 구분하기 시작했다. BC는 'before Christ'로서 그리스도 이전을 나타내고, AD는 라틴어 Anno Domini로서 Anno는 'in the year'를, Domini는 'of the Lord'를 뜻하는 말로서 그리스도 이후를 나타낸다. 그러나 언제나 그렇듯 부흥은 권력을 만들고, 권력은 부패의 씨앗이 된다.

세력이 커지면서 세속적인 권력을 장악하게 된 교회는 급속히 부패

되기 시작하였고, 피비린내 나는 종교전쟁에 휘말렸다. 11~12세기에 성지를 쟁탈하기 위해 벌인 십자군 전쟁이 있었고, 인류 문명사의 수많은 우여곡절이 그리스도교로부터 파생되었다. 지금도 이어지는 기독교와 이슬람교의 갈등, 유대교와 기독교의 갈등, 구교와 신교의 갈등 등 종교를 두고 벌어지는 갈등은 봉합될 길이 없어 보인다. 평화의 왕으로 오신 예수를 가운데 두고 이런 비극이 벌어지고 있는 것이다.

'하늘나라는 밭에 숨겨진 보물과 같다. 그 보물을 발견한 사람은 그것을 다시 숨겨두고서는 기뻐하며 돌아가서 가진 것을 다 팔아 그 밭을 산다. 또 하늘나라는 좋은 진주를 찾는 상인과 같다. 그는 값진 진주를 하나 발견하자, 가서 가진 것을 모두 처분하여 그것을 샀다.'(마태오 13:44)

위는 예수가 하늘나라를 설명할 때 사용한 비유이다. 하늘나라는 전재산을 털어 사야할 숨겨진 보화요, 최고 품질의 진주라고 말한다. 나는 '하늘나라'에 '성경'을 대치하고 싶다. 한마디로 성경은 숨겨진 보화요, 최상급의 진주이다. 삼촌에게 쫓기며 형 에사우를 만나야 하는 절박한 순간에 하느님을 외쳐 부른 야곱처럼, 이집트의 노예생활에서 괴로움이 극에 달한 히브리인들이 하느님께 부르짖은 것처럼, 진짜 위기에 빠져 어디에서도 출구를 발견할 수 없을 때, 하느님을 외쳐 부르라고 성경은 말하고 있다. 그래서 절망에 빠진 자, 홀로 외로움에 처한 자, 그리하여 하느님께로 향하는 자는 진정 하느님의 손을 붙잡고 절망에서 벗어나올 수 있다고 성경은 알려준다.

숨겨진 보물을 찾아《성경》을 읽을 것을 권한다.

참고도서

1.《성경》, 한국천주교 주교회의, 2005

2.《성경의 탄생》, 존 드레인 지음, 서희연 옮김, 옥당, 2011

3.《성경과 오대제국》, 조병호 지음, 통독원, 2011

4.《역사》, 헤로도토스 지음, 박광순 옮김, 범우사, 2008

5.《문명이야기》, 동양문명 1-1, 윌 듀런트 지음, 왕수민 · 한상석 옮김, 민음사, 2011

2

그리스 신화의 탄생

일리아드와 오디세이아

　서구 문명의 두 기둥은 그리스도교와 그리스 정신이다. 앞에서 《성경》을 통해 그리스도교 정신이 어떻게 인류 역사에 영향을 미쳐왔는지를 살펴보았다. 서구 문명의 또 하나의 원류인 그리스 문명의 뿌리는 《일리아드》와 《오디세이아》에서 찾을 수 있다. 그래서 나는 사가독서의 두 번째 자리에 그리스의 가장 오래된 서사시 《일리아드》와 《오디세이아》를 두었다.

　그리스 문명은 메소포타미아나 이집트 문명과는 달리 해양에서 발흥한 해양 문명이다. 그리스 문명의 시작은 에게해의 섬 크레타에 그 기원을 둔다. 크레타 섬에는 지중해 항해가 시작된 BC 4000년경부터 사람들이 살기 시작한 것으로 추정된다. 이 문명은 전설적인 왕 미노스 치세 때 최고의 번영을 누린 것으로 알려져 미노아 문명이라고도 부른다.

　BC 1900년경, 이곳에는 당시 세계에서 가장 큰 궁전으로 유명한 미노스궁이 세워졌는데, 이 궁전은 그리스신화에 나오는 라비린토스 미로와 일치한다고 한다. 1894년, 영국인 고고학자 아더 에반스Arthur J. Evans가 미노스 왕국의 크노소스 궁전 터를 발굴함으로써 크레타 문명의 존재는 역사적 사실로 밝혀졌다. 당시 미노아의 배들은 지중해 곳곳을 항해하면서 값비싸게 통용되던 청동기를 만드는 데 필요한 구리와 주석을 구하였고, 상당한 부를 향유하면서 수준 높은 문화를 만들었던 것으로 알려진다.

찬란했던 미노아 문명의 몰락은 BC 1500년경 인도·유럽어족의 일파인 아카이아인이 남하해 오면서 시작된다. 당시 흑해 북부 스텝지대에 살던 이 유목민들은 위력적인 존재로 변하고 있었다. 정복자들은 크레타 문명을 파괴하고, 군사적으로 막강한 자신들만의 독특한 문명양식을 구축하게 되는데 이것이 미케네 문명이다. 미케네 문명은 BC 1500년경부터 특색 있는 청동기 문화를 이룩했고, BC 1200년 사이에 꽃을 피우게 된다. 청동제 무기는 귀하기도 했지만 무거웠기 때문에 전시에는 체격이 장대하고 무기 사용이 능숙한 영웅의 역할이 중요했을 것이다. 그래서 이 시기에 두각을 드러낸 인물들은 그리스 역사에서 영웅으로 자리매김하였을 것이다.

BC 1200년경이 되자 이번에는 도리아인이라는 새로운 침입자가 북방에서 내려와 미케네 세력을 유린한다. 도리아인들은 철제 무기로 무장하고 있었다. 철은 청동과 비교할 수 없는 장점들을 가지고 있었기 때문에 청동기 중심인 미케네 문명은 철기 문명으로 대체된다. BC 8세기가 되면 그리스 세계는 확실한 철기시대로 들어선다.

《일리아드》와《오디세이아》의 배경이 되는 트로이 전쟁은 BC 12세기에 미케네인들이 헬레스폰토스 해협 입구에 있는 트로이를 공격하면서 시작되었다. 물론 실제로 대규모의 전쟁이 일어났는가에 대해서는 역사학자들 사이에서 회의적인 시각이 지배적이다. 이 전쟁의 원인에 대해서는 여러 가지 설이 있다. 북방계 전사인 아카이아인들은 청동제 무기로 무장한 채 끊임없이 해안지방을 약탈하였는데, 트로이 공격도 이러한 일련의 약탈행위의 연속선상에서 보는 관점과 하인리히 슐리만이 발굴한 바와 같이 당시 상당한 부를 누렸던 트로이의 전략적 위치를 탐한 때문으로 보는 관점이 있다.

어쨌든 10년을 끈 이 전쟁은 고대 그리스 역사에 나타나는 최초의 대규모 전쟁이었고, 그에 따른 많은 이야기들이 신화와 전설이 되어 전해져 내려왔을 것이다. 그러다 BC 8세기에 이르러 장대한 서사시로 기록되게 되니 이것이《일리아드》와《오디세이아》였다.

트로이 전쟁이 낳은 대 서사시

《일리아드》와《오디세이아》는 모두 트로이 전쟁과 관련된 그리스 신화에서 온 이야기를 배경으로 하고 있다.《일리아드》는 트로이 전쟁에 관한 이야기이고,《오디세이아》는 전쟁이 끝나고 오디세우스라는 전쟁 영웅이 고국의 집으로 돌아오는 과정을 그린 이야기이다. 트로이 시는 현재 터키 아나톨리아 서부 끝 지중해를 마주한 곳에 위치해 있다. 에게해와 흑해를 잇는 헬레스폰토스 해협(현재의 다르다넬스 해협)에 위치하고 있어, 예로부터 중개무역으로 번영을 누릴 지역적 조건을 갖추고 있었다.

트로이가 얼마나 번성을 누렸는지는 하인리히 슐리만이 1870년 히사를리크Hisarlik 언덕에서 '프리아모스의 보물'로 지칭한 상자를 발굴하면서 세상에 그 모습이 드러났다. 슐리만 이전까지 트로이는 전설 속의 도시, 이야기 속에 나오는 가공의 도시로 인식되어 있었다. 트로이의 발굴은 인류 역사상 최고의 발굴사건으로 기록된다.

《일리아드》와《오디세이아》를 읊은 시인은 호메로스로 알려져 있으나 호메로스의 생애에 대해서는 알려진 것이 없다. 그가 실제인물이었는지, 어디서 태어났는지, 전해지는 말처럼 그가 장님이었는지 확실치 않다. 단지 BC 850~700년 어느 기간에 소아시아에 살았던 인물로 추정되고 있을 뿐이다.

《오디세이아》에서 알키노스왕이 오디세우스를 환대하는 잔치를 베풀 때 '데모도코스'라는 음유시인이 등장해 트로이 전쟁에 관한 노래를 부르는 광경이 나온다. 그의 노래를 듣고 오디세우스는 고국에 가지 못하고 방랑하고 있는 자신의 처지를 비감하여 눈물을 흘리고, 왕 앞에서 자신의 모험담을 이야기하기 시작한다. 그렇게 해서《오디세이아》의 주요 이야기가 펼쳐진다.

트로이 전쟁과 관련된 그리스 신화에 의하면 전쟁의 원인은 세 여신의 질투에서 비롯되었다. 올림포스 산에서 바다의 여신 테티스와 펠레우스의 결혼식이 열리고 있었다. 이 결혼식에 초대받지 못해 화가 난 여신이 있었으니 바로 '언쟁과 불화의 여신'인 에리스였다. 에리스는 무엇이 이 세상을 분쟁 속으로 몰아넣을지를 가장 잘 알고 있었는데, 그것은 여성의 질투심이었다. 에리스는 가장 아름다운 여신에게 주라며 황금사과 한 알을 던지고 떠났다.

이때 자신이 가장 아름답다고 생각하는 세 여신이 있었으니 제우스의 아내인 헤라와 지혜의 여신 아테나, 그리고 미의 여신 아프로디테였다. 세 여신은 서로 사과를 차지하겠다고 다투다가 그 심판을 애꿎은 목동 파리스에게 맡긴다. 파리스는 사실은 트로이의 왕 프리아모스의 아들이었지만, 그가 태어날 때 어머니가 꾼 불길한 꿈 때문에 이다 산에 버려졌는데 신화에 주로 이용되는 플롯대로 양치기가 이 아이를 자신의 아이로 키웠다.

세 여신은 파리스에게 각각 매혹적인 제안을 하지만 젊은 파리스는 이 세상에서 가장 아름다운 여인을 아내로 주겠다는 아프로디테의 제의에 혹해 황금사과를 아프로디테에게 바친다. 비극은 여기에서부터 시작된다. 당시 가장 아름다운 여인은 스파르타의 왕비 헬레네였다. 아프로디테의 도움으로 헬레네를 유혹해 낸 파리스는 트로이로 도망가고, 아내를 빼앗긴 스파르타의 메넬라오스왕은 형이자 미케네의 왕인 아가멤논과 함께 트로이 원정길에 나선다. 그렇게 해서 트로이와 스파르타의 10년 전쟁이 시작된다.

"분노를 노래해 다오, 시의 여신이여, 펠레우스의 아들 아킬레우스의 저주스러운 그 분노로 해서, 헤아릴 수 없는 괴로움을 아카이아 편에게 끼쳐 주었고, 수많은 위대한 용사들의 넋을 저승으로 보내게 되었느니라. 그리고 그들의 시체는 들개나 날짐승의 먹이가 되었도다.”

대서사시 《일리아드》는 이렇게 시작된다. 중심인물은 그리스의 전쟁 영웅 아킬레우스이고, 사건의 시작은 '아킬레우스의 분노'때문임을 알린다. 아킬레우스는 바다의 여신 테티스와 펠레우스왕의 아들로 태어났다. 어머니가 아들을 불사신으로 만들려고 스틱스 강물에 담갔는데, 이때 어머니가 손으로 잡고 있던 발뒤꿈치만은 물에 젖지 않아 치명적인 급소가 되고 마니 이것이 '아킬레우스의 건'이다.

그리스군은 10년에 걸쳐 트로이를 공략하고 있었다. 그런데 뜻하지 않은 사건으로 그리스군의 두 영웅 아가멤논과 아킬레우스 사이가 틀어지게 된다. 그 사연은 이렇다. 즉 총사령관 아가멤논이 전리품으로 얻은 크리세이스라는 여인이 있었다. 크리세이스는 아폴론 신을 섬기는 사제 크리세스의 딸이었던 만큼 아폴론의 저주로 그리스군에 역병이 만연하게 되고, 그리스군은 큰 위기에 빠진다. 아가멤논은 하는 수 없이 크리세이스를 돌려보내고, 대신 아킬레우스의 전리품인 브리세이스를 빼앗아간다.

이 때문에 그리스군 최고의 영웅 아킬레우스는 참을 수 없는 모욕을 느끼게 된다. 그는 출정을 거부할 뿐만 아니라, 자기 어머니인 바다의 여신 테티스에게 그리스군이 패배하게 해달라고 부탁한다. 테티스의 탄원을 들은 제우스는 전황을 그리스군에게 불리하도록 만든다. 이리하여 그리스군은 해안까지 밀리고 헬로스폰토스 해안에 놓여 있던 아카이아군의 배들은 불탄다.

그리스군의 패전이 눈앞에 닥치자 아군의 참상을 두고 볼 수 없었던 아킬레우스의 친구 파트로클로스는 아킬레우스의 갑옷을 입고 대신 출전한다. 파트로클로스는 용감하게 싸웠으나 트로이 왕자 헥토르에게 죽게 된다. 이렇게 되자 복수심에 불탄 아킬레우스는 친구의 원수를 갚기 위해 전쟁터로 나가게 되고, 헥토르와 싸워서 그를 쓰러뜨린다. 헥토르는 파리스의 형이자 트로이 왕 프리아모스의 장남이었다.

아킬레우스는 그래도 분노가 진정되지 않아서 헥토르의 시체를 전차에 메어 끌고 다니는데, 트로이 왕은 이를 보고 견딜 수 없는 슬픔에 빠진다. 마침내 프리아모스왕은 밤중에 아킬레우스의 진영을 찾아가 자식의 유해를 돌려달라고 애원한다. 늙은 왕의 애원에 감동한 아킬레우스는 헥토르의 유해를 돌려준다.

프리아모스가 슬픔 속에서 아들의 장사를 치르는 것으로 《일리아드》의 이야기는 끝이 난다. 그 뒤 트로이 전쟁의 종말과 전쟁영웅들의 운명에 대해 알려면 《오디세이아》를 비롯한 그 이후의 작품들을 살펴보아야 한다. 트로이 함락 이야기는 그리스군이 후퇴하는 척하면서 두고 간 목마 때문임은 잘 알려져 있다.

인간과 신들이 뒤엉켜 만드는
기이한 이야기들

이렇게 《일리아드》에는 인간사의 온갖 사건들이 점철되어 펼쳐진
다. 아니 인간사만이 아니라 인간과 신이 뒤엉켜 만들어낸 기이한 이
야기들이 그득하다. 먼저 인간들의 면면을 보자. 아름다운 여인을 차
지하기 위하여 조국을 위험 속으로 몰아넣는 철없는 왕자 파리스가
있다. 파리스로 인해 초래된 불행한 운명 앞에서 처자식을 지키기 위
한 트로이 남자들의 처절한 사투가 있다. 여기에는 국왕 프리아모스를
비롯해 그 아들인 헥토르, 아이네이아스, 데이포보스, 글라우코스, 사
르페돈 등의 장수들이 있다.

그리스군에는 총사령관 아가멤논과 그리스 최고의 전쟁 영웅 아킬
레우스가 있고, 맹장 아이아스, 계략에 능한 오디세우스, 고문 격인 네
스토르 등이 있다. 아가멤논과 아킬레우스는 여자 포로를 두고 갈등을
겪고, 헬레네 앞에서 메넬라오스와 파리스가 목숨을 건 단독 대결을
벌인다. 거기다 파트로클로스의 시체를 가지고 벌이는 쟁탈전이 치열
하게 펼쳐진다. 아가멤논은 전쟁에서 승리하여 귀환하지만 아내의 정
부에게 어이없이 살해당하고 만다. 영웅들의 일대기가 파란만장하게
전개된다.

이야기를 더욱 드라마틱하게 만드는 데는 올림포스의 신들도 일조
한다. 자존심 상한 헤라와 아테나는 그리스군 편을 들고, 황금사과를
거머쥔 아프로디테는 트로이군 편을 들었다. 포세이돈은 그리스 편을

들었으며, 아폴론은 트로이 편이었다. 제우스는 심정적으로는 트로이 편이었으나 헤라를 의식해서 중립을 지키려고 애를 썼다.

이렇게 영웅들과 신들이 뒤엉켜 만들어 내는 이 이야기는 이전부터 전해져 내려오던 그리스인들의 신화를 더욱 정교하고 풍요롭게 만들어 주었다. 역사가 헤로도토스가 그리스인들에게 신을 만들어준 것이 호메로스와 헤시오도스라고 주장한 근거도 여기에 있을 것이다.

《일리아드》가 그리스 신화를 집대성했다는 사실 외에, 이 서사시가 지닌 최고의 가치를 들라고 하면 자신이 직면한 운명 앞에서 최선을 다하는 등장인물들의 삶의 모습이다. 이 서사시 속의 영웅들은 그리스군이든 트로이군이든 용감하게 전쟁의 불길 속으로 뛰어든다. 처음 아가멤논과 아킬레우스의 갈등 때문에 야기된 도입부를 제외하고는 끝까지 영웅들의 전투장면으로 이어진다. 숨쉴 틈 없이 몰아치는 전쟁장면은 대형 스크린으로 3D 영화를 관람하듯 박진감이 넘친다.

《일리아드》에 등장하는 장면 묘사는 탁월하고 사실적이다. "그가 땅 위에 쿵하고 나가 넘어질 때 그의 갑옷이 쨍그렁 소리를 내었다." "뾰족한 창끝이 뼈를 뚫고 방광을 뚫으니 죽음이 그를 덮쳐서 외마디 소리를 지르며 무릎을 꿇고 앞으로 쓰러졌다." "목뒤 힘줄을 창으로 치자 창은 이빨 중간의 혀 밑을 뚫었다. 그는 싸늘한 청동창의 끝을 입에 문 채 죽어 먼지 속으로 쓰러졌다."와 같은 묘사는 전쟁의 참화가 고스란히 전해져 독자의 간담을 서늘하게 만든다.

호메로스의 필치는 인간 이야기를 할 때 더욱 빛난다. 헥토르의 아내는 전장에 나가는 남편을 만류하며 이렇게 울부짖는다. "헥토르시여, 그대는 내 아버지요, 어머니요, 오빠요, 사랑하는 남편, 저에게 자비를 내리시어 이 성벽에 머무셔서 아들을 애비 없는 자식으로, 부인을 과부로 만들지 마십시오." 그러자 헥토르는 이렇게 말하며 전장으로 나간다. "나는 아들 때문에 슬퍼하지 않을 것이요, 프리암 왕, 그 많은 내 형제, 많은 용사들에 대해서도 슬퍼하지 않을 것이요. 내 슬픔은 오직 당신에 대한 것뿐이오." 3500년의 세월을 건너뛰어 독자의 눈시울을 젖게 만든다.

《오디세이아》
전쟁 영웅의 가혹한 운명

《오디세이아》는 트로이 전쟁이 끝나고 영웅 오디세우스가 고국으로 돌아갈 때까지 겪는 10년간의 기이한 모험담을 담고 있다. 오디세우스는 《일리아드》에서 용맹과 지혜로 그리스군의 승리를 이끄는 결정적 역할을 하는 장군으로 소개된다. 분노로 틀어진 아킬레우스를 설득하러 찾아가고, 목마로 트로이 성을 열 계책을 내고, 본인이 직접 목마 속에 숨어들어가 트로이 성을 함락하는 데 앞장서기도 했다. 그럼에도 운명은 주인공인 그에게 너무도 가혹하다.

전쟁이 끝나자 그리스군의 영웅들은 저마다 전리품을 잔뜩 싣고 고향으로 돌아오건만, 이타카 섬의 왕인 오디세우스만은 지중해 바다 위를 한없이 떠돌면서 가족과 고향을 애타게 그리워하고 있었다. 고향 이타카에는 늙은 아버지와 젊은 아내, 어린 자식이 그의 귀환을 애타게 기다린다. 《오디세이아》는 오디세우스가 사랑하는 가족과 고국 품으로 귀환하는 과정을 노래하고 있다.

《일리아드》와 마찬가지로 총 24편으로 구성되어 있는데, 1편에서 4편까지는 오디세우스의 고향 이타카의 풍경을 묘사한다. 주인 없는 이타카에는 아름다운 오디세우스의 아내 페넬로페가 그를 기다린다. 그의 왕국을 노린 각지의 영주, 귀족들이 몰려와 그녀에게 구혼 소동을 벌이고 있다. 그들은 오디세우스의 왕궁에서 멋대로 살찐 소를 잡아먹고 시녀들을 농락하면서 자기들 중에서 결혼 상대자를 고르라고 페넬로페를 위협했다. 오디세우스의 아들 텔레마코스는 악한 구혼자 무리들을 쫓아내기에는 너무나 어리고 힘이 약했다.

페넬로페는 그들의 요구를 모면하기 위해 시아버지의 수의를 짜야 하니 그때까지 시간을 달라고 부탁하고는 낮에는 수의를 짜고 밤이면 다시 푸는 생활을 3년이나 계속하고 있었다. 그런데 구혼자 측과 내통한 시녀에 의해 왕비의 행적이 들통나 더 이상 수의를 짤 수도 없게 된다. 이를 지켜보던 아들 텔레마코스는 이 모든 재앙을 이기는 방안은 아버지를 찾아오는 방법밖에 없다고 생각하고 오디세우스를 찾아 필로스와 스파르타로 길을 나선다. 스파르타로 간 텔레마코스는 라케다이몬 궁에서 메넬라오스와 헬레네로부터 아버지가 오기기아 섬에 잡혀 있다는 말을 전해 듣는다.

5편에서 비로소 주인공 오디세우스가 등장한다. 그는 님프 칼립소에게 붙잡혀 절해의 고도에서 7년을 지내고 있었다. 헤르메스가 전령이 되어 칼립소에게 나타나 오디세우스를 풀어주라는 신들의 결정을 전한다. 고향과 가족을 그리워하여 눈물짓던 오디세우스는 불사의 영생을 약속하며 영원히 자기와 살자며 유혹하는 님프 칼립소의 요청을 물리치고 고향으로 가기 위해 뗏목에 몸을 싣는다. 이 항해에서 다시 포세이돈이 일으키는 폭풍으로 뗏목이 난파하지만 오디세우스는 천행으로 목숨을 건져 파이아키아 섬에 상륙한다.

그곳에서 오디세우스는 공주 나우시카의 도움으로 알키누스왕을 만나게 되고 알키누스왕은 오디세우스를 접대하는 연회를 연다. 잔치 중에 데모도코스라는 음유시인이 트로이 전쟁에 관한 노래를 부르자, 오디세우스는 옛 기억이 떠올라 눈물을 흘리고, 왕 앞에서 자신의 모험담을 이야기하기 시작한다. 오디세우스의 10년간의 모험담은 비록 9편에서 12편까지의 기술에 국한되어 있지만, 그의 모험은 하도 기묘하고 처절하여《오디세이아》의 이야기를 이끄는 주요 내용이 된다.

그가 겪은 모험을 요약하자면 이렇다. 첫 번째 고난은 키코네스에서 벌어진다. 그들은 더 많은 전리품을 얻고자 일리움의 동맹국인 키코네스를 공격하였다가 오히려 많은 동료들을 잃고 만다. 태풍에 표류하던 그들은 연으로 만든 음식을 먹고 황홀경에 빠져 사는 신비한 종족과 조우하게 되지만 부하들이 그곳에 정착하려고 할 것을 우려한 오디세우스는 서둘러 그 신비한 섬을 떠난다.

다음에 그들이 도착한 곳은 무시무시한 거인족 키클로프스족이 사는 땅이었다. 그들은 키클로프스족 중에서도 가장 무서운 폴리페모스가 사는 동굴에 갇히게 되고, 부하들은 차례로 거인 식인종의 먹잇감으로 희생된다. 오디세우스는 기지를 발휘해 거인의 눈을 찌르고 탈출한다. 이 키클로프스족은 바다의 신 포세이돈의 아들이었기 때문에 분노한 포세이돈은 오디세우스의 귀국을 집요하게 방해한다.

그 다음 행선지는 아이올리아 섬이었다. 바람의 신 아이올로스는 바람의 진로를 넣은 소가죽 부대를 주면서 고향으로 가는 항해를 도와주지만 그 주머니에 황금이 들었다고 오해한 그의 동료들이 소가죽 주머니를 몰래 여는 바람에 배는 광풍에 휩싸여 무서운 식인 거인족이 사는 라모스 섬에 도착하고 만다. 이곳을 탈출하는 과정에서 배들은 산산조각이 나고, 오디세우스의 배 한척만 겨우 탈출에 성공한다. 동료들을 잃은 슬픔 속에서도 항해를 계속한 오디세우스의 배는 아이아이아 섬에 도착하게 되고, 그곳에서 태양의 딸 키르케를 만난다. 키르케는 오디세우스를 사랑하여 영원히 함께 살기를 희망하지만 고향으로 가고자 하는 오디세우스의 열망을 꺾지 못한다.

그러자 키르케는 오디세우스에게 페르세포네와 하이데스의 궁으로 가서 현자 티레시아스의 영혼에게 집으로 돌아가는 길에 대한 충고를 받으라고 한다. 이렇게 하여 죽은 자들의 세계로 간 오디세우스는 죽은 전쟁 영웅들을 만나 후일담을 듣는다. 아가멤논, 아킬레우스, 파트로클로스, 안틸로코스, 아이아스 등《일리아드》를 뜨겁게 달군 명장들이 다시 등장해 저마다 지상에 남은 가족들에 대한 소식에 애태운다.

오디세우스는 어머니의 영혼으로부터 고향에서 아내와 어린 아들이 무례한 청혼자들로부터 말할 수 없는 고통을 받고 있다는 소식과 늙은 아버지가 아들을 기다리며 들에서 살고 있다는 소식을 전해 듣고 고향으로 가는 발길을 더욱 다급하게 재촉하게 된다.

오디세우스와 부하들은 키르케와 이별하고 티레시아스의 영혼이 가르쳐 준 방향으로 항해를 계속한다. 고운 노래로 뱃사람들을 유혹하는 세이렌족의 섬과 스칼라라는 머리 여섯 달린 괴물과 바닷물을 빨아들이는 어마어마한 카리브디스라는 괴물이 있는 좁은 해안이 그들을 기다리고 있었다. 일행은 이들의 위협을 이기고 천신만고 끝에 지상낙원의 섬에 도착한다. 하지만 선원들이 태양신 히페리온의 소를 잡아먹다가 신들의 노여움을 사 배는 산산조각이 나고 오디세우스만 혼자 오기기아 섬에 표류하게 된다. 이곳에는 무서운 바다의 님프 칼립소가 살고 있었다.

알키누스 왕은 오디세우스를 공주 나우시카의 배필로 붙잡고 싶어하지만 오디세우스가 사랑하는 가족과 고향으로 돌아가고자 하는 열망이 너무 강한 것을 알고는 많은 선물을 주어 그를 이타카로 보내준다. 그 후 13~24편은 오디세우스의 귀국과 그의 아내에게 구혼한 자들을 응징하는 이야기이다. 이타카에 도착한 오디세우스는 아테네 여신의 도움을 받으며 침착하게 복수를 계획한다. 거지 행색으로 변장하고 이타카 궁에 도착한 오디세우스는 무도한 구혼자들의 조롱을 끝까지 참으며 그의 아들과 충실한 두 명의 옛 부하의 도움을 받으며 치밀하게 작전을 준비하여 구혼자들을 모두 죽이고 아내 페넬로페를 만나

해피엔딩을 이룬다.

가족의 가치를 소중히 간직한
진정한 영웅의 귀환

이처럼 오디세우스의 모험은 주로 바다에서 이루어졌다. '검은 바다'라고 표현된 것처럼 바다는 사람들에게 두려움의 대상이었다. 그러나 지중해 권을 무대로 중계무역을 하며 살았던 그리스인들에게 바다는 두렵지만 극복해야 할 대상이었을 것이다. 오디세우스의 아들 텔레마코스도 이타카에 머물 때는 유약한 어린이였으나, 아버지를 찾아 바다로 나갔다 온 후로는 담대하고 지혜로워진다.

독자들은 검은 바다와 싸우고, 파도와 싸우고, 알 수 없는 어둠 속에 버티고 서 있는 섬들의 공포를 이기고 돌아오는 오디세우스를 통해 에게해와 지중해 문명을 이루어낸 그리스인들의 강인한 의지를 발견할 수 있다.

《오디세이아》는 내가 어린 시절에 읽었던 가장 흥미로운 이야기책 가운데 하나였다. 지금도 많은 어린이들이 거인족 키클로프스, 고운 노래로 뱃사람들을 유혹하는 세이렌족, 스칼라라는 머리 여섯 달린 괴물과 바닷물을 빨아들이는 어마어마한 카리브디스라는 괴물이 사는 바다 이야기를 읽으며 모험심과 상상력을 키우고 있을 것이다. 그러나 지금 다시 읽는 《오디세이아》는 어린 시절 내가 읽었던 그 기괴한 모험담으로 가득 찬 이야기책이 아니었다.

《오디세이아》의 주제는 오디세우스라는 영웅의 진귀한 모험담에 그치지 않고, 사랑하는 가족과 고향의 품으로 돌아오고자 애쓰는 한 평범한 남자의 이야기로 다시 드러난다. 오디세우스는 알키누스왕 앞에서 이렇게 자신의 모험담을 시작한다. "인간에게 자기 고향보다 더 좋은 곳은 없는 것 같습니다." "고향을 떠나서는 아무리 호화스러운 집에서 산다고 해도 고향 산천, 부모 형제만큼 좋지는 못한 모양입니다."

헤시오도스의 구분에 의하면 《일리아드》와 《오디세이아》는 영웅시대를 거쳐 철기시대로 가는 과도기의 작품이다. 철기시대로 이행해가면서 영웅이 아니라 평범한 사람들이 역사의 전반에 나타나기 시작한다. 새 시대의 영웅은 엄청난 거구도 아니고, 잔인하게 무기를 휘두르는 자도 아니다. 오디세우스처럼 인간의 목숨을 귀히 여기며, 사랑하는 가족의 품으로 돌아가기 위해 고난을 이겨내는 보통 영웅이다.

참고도서

1) 《일리아드》, 호메로스 지음, 김병철 옮김, 혜원출판사, 1995

2) 《오디세이아》, 호메로스 지음, 유 영 옮김, 범우출판사, 2011

3) 《세계의 역사 1》, 윌리엄 맥닐 지음, 김우영 옮김, 이산, 2007

4) 《문명이야기》, 그리스문명 2-1, 윌 듀런트 지음, 김운한 · 권영교 옮김, 민음사, 2011

5) 《이윤기의 그리스 로마 신화》, 이윤기 지음, 웅진닷컴, 2001

3

자유를 지키려는 아테네의 투쟁

헤로도토스의 역사

인류의 역사는 전쟁의 역사라고 해도 과언이 아니다. 그리스 최초의 대서사시 《일리아드》와 《오디세이아》가 트로이전쟁과 관련된 신화와 영웅담을 읊은 것이라면, 헤로도토스가 쓴 《역사》는 그리스인들이 그 다음에 겪은 페르시아와의 전쟁을 주제로 한 것이다.

트로이를 정복한 아카이아계의 그리스는 그 후 북방에서 내려온 도리아인들을 피해 에게해의 여러 섬들과 동쪽 소아시아의 해안으로 옮겨 폴리스들을 건설하기 시작하였다. 도리아인들도 폴리스 개척에 나서면서 그리스에서는 본격적으로 폴리스의 역사가 시작되게 된다(그리스에는 경작할 땅이 부족하고 척박하였다). 한창 때의 그리스에는 약 200여 개의 폴리스가 세워졌고, 그 범위는 에게해의 모든 섬과 지중해, 소아시아, 스페인, 심지어 북아프리카로 퍼져갔다.

이렇게 되자 그리스인들은 지중해와 에게해를 주요 교통로로 하는 해상 교역로를 장악하였다. 한편 에게해 저쪽에서는 페르시아제국이

무섭게 일어나고 있었다. 페르시아제국이 지중해의 상업권을 쥐고 있
던 페니키아인의 도시 티루스와 시돈을 지배하면서 그리스와 페르시
아, 두 세력은 지중해 패권을 놓고 일전을 벌일 분위기가 무르익어 갔
다. 그렇게 해서 3차에 걸친 그리스와 페르시아간의 전쟁이 시작된다.

역사의 흐름을 바꾼
페르시아전쟁의 전말을 기록

　인류 역사의 큰 흐름을 바꾼 페르시아전쟁의 전말을 기록한 책이
헤로도토스의《역사》(히스토리아)이다. 역사라는 말도 헤로도토스가 그
리스인들과 페르시아인들이 무슨 이유로 싸웠는지 밝히기 위한 '탐구
의 결과'(히스토리에스 아포덱시스)를 발표한다고 밝힌 데서 유래하였
다. 그는《역사》를 통하여 그리스 문명이 어떻게 페르시아라는 강대국
을 물리치게 되었는지를 소상히 밝히고 있다.《역사》는 또한 당시 전
쟁에 휘말린 주변국들의 인종, 역사, 문화, 풍습, 지리적 특성 등을 상
세하게 기록함으로써 기원전 5세기경 인류의 모습을 보여주는 귀한
자료로 남았다. 헤로도토스를 '역사의 아버지'로 부르는 것처럼, 그가
저술한《역사》는 단연 인류 최고 문화유산의 하나로 꼽힌다.
　헤로도토스에 대한 정확한 기술은 많이 남아 있지 않다. 다만 그가
당시 페르시아의 지배를 받고 있던 소아시아 남부의 그리스 도시 할
리카르나소스에서 태어났다고 전해질 뿐이다. 그가 태어난 해는 페르

시아 전쟁이 한창이던 기원전 490년에서 480년 사이로 추정되고 있다. 그는 여행을 많이 다닌 것으로 유명하다.

10여 년 동안 페르시아제국의 대부분과 이집트 남부의 엘레판티네(아스완)까지, 리비아, 시리아, 바빌로니아, 엘람 왕국의 수사, 리디아 및 프리지아를 거쳐 헬레스폰토스 해협을 따라 비잔티움까지 올라갔고, 트라키아와 마케도니아로 가서 북쪽으로는 도나우 강 너머까지, 동쪽으로는 흑해의 북쪽 해안을 따라 스키타이까지 여행했다. 그리고 돈 강 유역을 지나 더 내륙으로 들어갔다. 보고 들은 경험담과 채록한 수많은 이야기들이 《역사》에 기술되어 있다.

헤로도토스는 아테네에서 상당히 오랫동안 머물렀다. 아테네는 당시 페리클레스 통치 아래 황금기를 구가하고 있었다. 헤로도토스는 아테네의 지적이고 자유로운 분위기와 문화로부터 깊은 영향을 받았다. 그는 《역사》 곳곳에서 아테네를 언급한다. "아테네인들이 그리스의 구세주였으며, 그리스의 자유를 보전하는 길을 선택하고, 페르시아에 아직 굴복하지 않은 모든 그리스 국가들을 각성시키고, 신을 본받아 페르시아 왕을 격퇴한 것이야말로 이 아테네인들이었다"

자유를 쟁취하기 위해 결사적으로 싸워서 이긴 아테네인들의 정신에 깊이 감동하여 《역사》를 기술하였는지도 모른다. 그 후 헤로도토스는 아테네가 중심이 되어 이탈리아 남부에 식민도시를 건설하는 계획에 참여하기 위해 투리로 떠났다고 기록되어 있다. 《역사》에 언급된 마지막 사건이 BC 430년에 일어난 펠로폰네소스 전쟁이라는 점을 근거로, 그의 사망 시기는 기원전 430년 이후로 짐작된다.

《역사》첫머리에 소개되는 그리스와의 전쟁 원인과 관련된 페르시아의 주장은 이렇다. 전쟁의 기원은 그리스 신화에서부터 비롯된다. 지중해 무역을 휩쓸던 페니키아인들이 아르고스에서 이나코스 왕의 딸 이오를 납치하는 사건이 일어났다. 그러자 그리스인들이 이번에는 페니키아의 티로스(두로)에 침입하여 왕의 딸 에우로페를 납치했고, 이어서 콜키스 지방에서 왕의 딸 메디아를 유괴하는 사건이 일어났다. 이렇게 되자 트로이 왕자가 헬레네를 유혹해 달아났던 사건 등 여러 선례를 들어 정당성을 주장하였다. 그럼에도 불구하고 그리스인들이 대규모로 군대를 동원하여 트로이를 멸망시킨 까닭에 페르시아인들은 그리스에 대해 적의를 가지게 되었다는 것이다. 페르시아인들은 아시아지역의 맹주를 자임하면서 아시아와 아시아에 살고 있는 비非그리스 민족들을 자기들에 속해 있는 것으로 간주하였다.

이야기의 본격적인 무대는 리디아로부터 시작된다. 리디아는 지금의 터키 서쪽에 있던 왕국인데, 당시 리디아는 근동지역에서 손꼽힐 만큼 부강했다. 리디아는 역사적으로 금화를 최초로 사용한 나라로 유명하다. 리디아는 만지는 것마다 황금으로 변했다는 미다스 왕의 프리기아와 국경을 맞닿고 있었다.

리디아는 크로이소스 통치 때 주변국인 그리스 폴리스들을 정복하여 조공을 받았다. 이오니아인과 아이올리스인, 아시아에 살고 있는 도리아인의 모든 도시들이 리디아의 정복하에 있었다. 헤로도토스는 이에 대해 '크로이소스에 의해 그리스인들이 최초로 자유를 빼앗기게 되었다.'고 기록한다. 자유를 향한 그리스인들의 항쟁을 알리는 서곡인 셈이다. 그리스 폴리스 중 스파르타는 도리아계, 아테네는 미케네-아카이아계 도시였다. 미케네인들과 아카이아인들이 소아시아 서부 지역에 세운 식민도시가 이오니아 12개 도시국가였다. 크로이소스가 스파르타와 동맹을 맺었기 때문에 이오니아는 모시母市인 아테네에 구원을 요청할 수밖에 없었다.

그런데 그 전까지 역사에서 잠잠하던 페르시아에 한 위대한 왕이 나타나는데 바로 키루스 2세였다. 키루스 2세는 부자 나라 리디아를 정복하면서 어마어마한 부를 획득하게 된다. 키루스는 리디아의 부와 점령지의 군사력을 등에 업고 서아시아의 맹주 아수르, 바벨론을 차례차례 정복하고 결국은 서아시아 전체의 지배자로 등극하게 된다. 키루스가 아시아 지역의 최강자로 떠오르자 그리스의 이오니아인들은 그에게 사자를 보내어 리디아에게 예속돼 있던 때와 동일한 조건으로 키루스를 따르겠다고 제안한다. 그러나 키루스는 그들의 화평 제의를 거부하고 사모스 섬을 제외한 이오니아 전역을 공격해 평정한다.

키루스 2세의 뒤를 이어 그의 아들 캄비세스가 페르시아 제국의 두 번째 왕이 된다. 키루스 2세는 위대한 왕이었고, 백성을 위한 정치를 베풀어 페르시아인들은 아버지로 추앙했다. 관용을 베풀어 유대인들을 해방시켜 준 왕으로도 유명하다. 그러나 캄비세스 왕은 재위기간이 7년여로 매우 짧았고, 부왕과 달리 기괴하고 난폭한 행동을 일삼은 폭군이었다. 이집트를 정복한 것이 그의 유일한 치적이다.

캄비세스 왕 이후 저 '유명한 다레이오스'(다리우스)가 페르시아 제국의 세 번째 왕이 된다. 다레이오스는 키루스왕의 신하 히스타스페스의 장남이었다. 그를 '유명한 다레이오스'라고 부르는 이유는 그가 계략을 꾸며 왕위를 차지하는 이야기도 재미있고, 페르시아 제국을 크게 확장시킨 위대한 왕이기도 하지만, 유대인들의 귀환과 예루살렘 성전 재건을 허락한 왕으로서 성경에 자주 인용되는 인물이기 때문이다.

다레이오스 치세 때 조공국은 인도, 아라비아까지 확대되었다. 왕은 20개의 행정구를 제정하고 각각 총독을 임명하여 민족별로 납세액을 정했다. 이오니아와 아이올리스는 제1징수구로 지정되어 은 400탈란톤이라는 거금이 부과됐다. 뿐만 아니라 페르시아의 정복전쟁에는 언제나 이 두 도시민들을 선두에 세웠다. 이들은 자연스레 반란에 대한 꿈을 꾸기 시작했다. 마침내 BC 499년, 이오니아의 그리스인들은 다레이오스 왕을 상대로 반란을 일으켰다. 이들의 지원 요청을 받은 아테네는 군선 20척을 이오니아에 파견키로 결정했다. 하지만 이오니아의 반란은 페르시아에 의해 즉각 진압되었기 때문에 아테네의 군선 지원은 실제로 이루어지지 않았다. 하지만 이 사건이 그리스와 페르시아 사이에 전쟁을 부르는 계기가 되었다.

아테네, 마라톤 전투에서
페르시아군에 승리

BC 492년, 그리스 북부 트라키아와 마케도니아를 침공한 다레이오스 왕은 남부의 그리스 국가들에게도 사신을 보내 굴종의 증거로 흙과 물을 바치라고 하였다. 많은 도시들이 이에 따랐으나, 당시 가장 강력했던 아테네와 스파르타는 이를 거부하였다. 그러자 다레이오스 왕은 BC 490년, 600척의 함선과 20만 명의 대병력을 파견, 그리스와의 일전에 나선다. 이때 아테네의 유능한 장군 밀티아데스는 유명한 마라톤 전투에서 페르시아군에 승리를 거둔다. 후일 이 일을 마라톤 경기의 유래로 삼지만 《역사》 어디에도 42.195Km를 달려 승전보를 알리고 죽은 병사에 관한 기록은 없다. 다만 아테네는 스파르타의 도움을 요청하기 위하여 전문 장거리 주자인 필리피데스라는 자를 전령으로 파견하는데, 스파르타까지 약 200Km의 거리를 이틀에 걸쳐 돌파하였다는 기록이 남아 있다.

다레이오스 왕의 뒤를 이은 크세르크세스 왕은 부왕의 실패를 만회하기 위해 전쟁 준비를 철저히 한 다음 기원전 480년, 대군을 이끌고 유럽으로 건너간다. 원정군 규모가 유사 이래 최대였다고 한다. 그 당시 아시아에 거주하는 민족으로서 이 원정에 참여치 않은 민족은 하나도 없었으며, 대군의 식수로 고갈되지 않은 하천이 거의 없을 정도였다고 한다. 헤로도토스는 264만 1000명의 병사, 같은 숫자의 기술자와 노예, 상인, 식량담당자, 창부가 동원되었다고 썼다.

페르시아 원정군과 그리스 선봉대가 처음으로 마주친 곳은 테르모필레(근처에 온천이 있어 붙여진 이름) 고개였다. 선봉대는 레오니다스 왕이 지휘하는 300명의 스파르타 정예병들이었다. 이들은 용감히 싸우다 모두 장렬히 전사하였다. 프랭크 밀러 감독의 영화 '300'의 모티브가 된 것이 바로 이 전투장면이다. 영화는 300명의 스파르타 군이 100만의 페르시아 군과 맞서 싸운 테르모필레 전투를 소재로 하고 있다. 헤로도토스는 테르모필레 전투와 관련된 비문을 다음과 같이 전하고 있다. "나그네여, 가서 스파르타인에게 전하라. 우리가 조국의 명을 수행하고 여기에 누워 있다고."

테르모필레를 돌파한 페르시아군은 그리스 중부를 지나 파죽지세로 아테네로 진격했다. 아테네인들은 불길한 신탁으로 인해 국론이 분열되고 크게 흔들렸지만 지도자 테미스토클레스의 지휘 아래 전쟁을 준비하였다. 때마침 아테네에서 대규모의 은광산이 발견되었는데, 아테네는 그 은으로 200척의 배를 건조하였다. 그리고 테미스토클레스의 제안에 따라 전투 병력을 모두 함대에 승선시키고 부녀자들은 대피시켜 아테네시를 소개하였다. 페르시아군이 아테네로 진격해 들어왔을 때 도시는 텅 비어 있었다. 그리고 테미스토클레스는 살라미스에서 결전을 벌여 마침내 대승을 거둔다.

살라미스해전은 세계 3대 해전의 하나로 꼽힌다. 8시간의 전투에 아프리카, 아시아, 유럽 3개 대륙에서 온 20만 명이 넘는 병력이 투입된 유례가 드문 전쟁이었다. 페르시아 함대는 800여 척이나 되었고, 이에 대항하는 그리스 연합군의 배는 380척에 불과하였다. 페르시아군은 폭풍으로 400척의 배를 잃은 뒤였다. 살라미스 해전에서 크게 패한 페르시아는 플라타리아 전투, 미카레 전투에서 잇따라 패해 그리스에서 완전히 물러나게 된다.

페르시아군, 살라미스 해전에서
그리스 연합군에게 대패

그리스와 페르시아의 전쟁은 그 줄거리만으로도 박진감이 넘친다. 그러나 《역사》의 매력은 이러한 줄거리 전개에 국한되지 않는다. 전쟁이 일어난 이유와 그 경과만 설명하였다면 《역사》는 '페르시아 전쟁사'가 되고 말았겠지만, 저자는 자신이 천명한 대로 '탐구의 결과'를 발표하기 위해 수집한 수많은 정보를 이 책에 소개함으로써 최고의 가치를 부여하였다. 앞에서 소개했듯이 헤로도토스는 그리스-페르시아 전쟁의 원인과 진행, 결과를 탐구하기 위해 이들 지역을 직접 여행했다. 그 과정에서 그는 아테네, 스파르타를 비롯한 그리스의 여러 도시국가들과 페르시아뿐만 아니라 그 주변 나라인 리디아, 시리아, 메디아, 아프리카, 인도 등을 여행하고 이들의 지리, 민속, 문화, 사회 구조 및 역사적 특성을 자세히 기록하였다.

그가 기록한 페르시아의 풍속 중 독특한 것은 다음과 같은 것들이 있다. '페르시아인들은 주변국들과 달리 우상이나 신전, 제단을 세우는 풍습이 없지만 하천을 숭배하여 강에 소변을 보거나 침을 뱉는 행위, 강에 손을 씻는 행위를 하지 않는다.' '페르시아인은 술을 매우 좋아하고 중요한 일은 술을 마시면서 상의하는 습관이 있지만 사람 앞에서 토하거나 방뇨하는 것은 허락되지 않는다.' 당시 페르시아인들의 생활습관이 매우 건실하고, 사회적 기풍이 매우 엄격했음을 알 수 있다. 이러한 건실한 기풍이 페르시아가 대제국을 이룰 수 있도록 한 도덕적 바탕이 되었을 것으로 짐작된다.

바벨론인의 풍습 중 가장 좋지 못한 것은 이 나라의 여자는 누구나 일생에 한번은 아프로디테 신전에 앉아 낯선 남자에게 몸을 바쳐야 한다는 것이다. 용모가 시원치 않은 여자는 3, 4년씩 앉아 기다려야 했다고 기록하고 있는 것으로 보아 예나 지금이나 여성에게 용모는 생존에 있어 가장 중요한 자산이 되었던 모양이다.

헤로도토스는 특히 이집트의 역사, 지리, 풍습 등에 지대한 관심을 가지고 기록하고 있다. 그는 이집트인을 세계 어느 민족보다 신앙심이 깊은 민족으로 소개한다. 돼지를 부정한 짐승으로 간주하여 신에게 제물로 바치는 것을 금지하고, 동물을 희생 제물로 드리는 방식과 성기 할례를 통해 청결을 유지한 습관 등은 《오경》에 기록된 유대인의 관습과 매우 유사하다. 이집트문화가 고대 유대민족에 많은 영향을 끼쳤음을 알 수 있다.

또한 헤로도토스는 그리스 12신 이름도 이집트에서 유래하였다고 기록하고 있다. 흥미로운 것은 페르시아인과 이집트인들의 두개골에 관한 설명이다. 이는 헤로도토스가 직접 관찰한 바로서, 페르시아인들의 두개골은 매우 약해 작은 돌을 던져도 구멍이 날 정도인데 반해서 이집트인의 두개골은 돌로 쳐도 부러지지 않을 정도로 강했다는 것이다. 그는 이런 차이를 이집트인은 어린 아기 때부터 머리를 깎는 습관이 있어 두개골이 햇볕을 쬐는 까닭에 단단해지기 때문이고, 페르시아인들은 어릴 때부터 '티아라'라는 중절모를 써 머리를 감추고 햇볕을 쬐지 않기 때문이라고 해석한다.

《역사》는 이처럼 사료적 가치가 높은 책이다. 이런 점이 책의 내용을 산만하게 만들어 일반 독자들이 읽기 어렵게 만드는 요인이 되는 깃도 사실이다. 또한 너무 많은 내용을 소개하려다 보니 부정확한 정보들도 상당히 포함돼 있다.

역사에는 영원한 약자도 영원한 강자도 없다

헤로도토스의 역사관은 한 마디로 역사에는 영원한 강자도, 영원한 약자도 없다는 것이다. 그는 한 인간이나 국가의 번영은 오래 지속되지 않는다고 보았다. 이집트의 왕 아마시스가 사모스의 왕 폴리키라테스에게 다음과 같이 말한 대목은 역사가로서 헤로도토스의 철학을 가장 잘 보여준 대목이라고 생각된다. "신들이 질투심이 많다는 것을 알고 있는 소생으로서는 만사가 모두 행운을 입어 잘 풀리는 것보다는 성공이 있으면 실패도 있는 식으로 성공과 불운을 번갈아 맛보면서 일생을 마치는 것이 바람직하다고 생각하고 있습니다. 왜냐하면 무슨 일에서 행운을 누린 자가 비참한 최후를 맞이하지 않은 예를 소생은 일찍이 들은 적이 없기 때문입니다."

　이렇게《역사》전체를 통해 헤로도토스가 말하고자 한 것은 큰 번영은 '불안정한 것'이고 몰락으로 이어질 수 있다는 것이다. 특히 그 번영이 크세르크세스의 경우처럼 오만함과 어리석음을 수반한 경우에는 더욱 그렇다. 크세르크세스는 그리스 침공을 준비하면서 이렇게 자신감에 넘치는 말을 한다. "페르시아의 판도를 제우스신께서 살고 계시는 하늘 끝까지 넓힐 수 있을 것이다." 그 말에 왕의 숙부인 아르타바노스는 그의 자만심을 누그러뜨리려고 이렇게 대꾸한다. "동물 중에서 신의 번개에 맞아 죽는 것은 오직 눈에 띄게 큰 것들뿐입니다. 신은 그렇게 해서 그들이 지나치게 우쭐거리지 않도록 하십니다… 신은 자신 이외에는 누구도 교만한 마음을 갖지 못하게 하십니다." 크세르크세스는 승리할 수밖에 없는 전쟁에서 패함으로써 헤로도토스의 역사관을 뒷받침해 주고 있다.

　이 책에서 이야기하는 또 하나의 소중한 가치는 자유를 위한 투쟁 정신이다. 헤로도토스는 페르시아와의 전쟁을 그리스인들의 자유를 위한 투쟁이라고 보았고, 그런 시각으로《역사》를 기술하고 있다. 이는 페르시아 전쟁 이야기가 지니고 있는 의미, 즉《역사》전체가 지닌 의미가 무엇인지 암시한다.

　이러한 사실은 스파르타의 사신 두 명이 페르시아의 수도 수사로

가던 도중 페르시아 군사령관인 히다르네스와 나눈 대담에서도 잘 드러난다. 히다르네스는 두 사람에게 페르시아 왕의 신하가 되어 그리스를 지배해 보는 것이 어떠냐고 제안한다. 이 말에 대해 사신들은 이렇게 대답한다. "각하, 저희들에 대한 각하의 충고는 사태를 충분히 알지 못한 데서 나온 것입니다. 각하께서는 한쪽 면에 대해서는 잘 알고 계시지만 다른 한쪽 면에 대해서는 잘 모르고 계십니다. 즉 노예라는 것이 어떤 것인지 잘 이해하고 계시지만, 자유란 것에 대해서는 아직 경험한 일이 없으므로 그것이 단지 쓴지 모르고 계십니다. 그러나 각하께서도 일단 자유의 맛을 알게 된다면 창뿐만 아니라 손도끼라도 들고 싸워야 한다고 우리에게 권하게 되실 것입니다."

헤로도토스가 아테네인들의 자유를 위한 투쟁을 칭송하며 말한 다음의 글은 그가《역사》를 통해 내세우고자 하는 최고의 가치가 무엇인지 잘 드러내 보여준다. "아테네인을 공포로 몰아넣었던 무서운 신탁조차도 아테네로 하여금 그리스를 포기하게 하지 못했다. 그들은 자국 영토로 육박해오는 적과 끝까지 맞서 이들을 격퇴시켰다."

참고도서

1.《역사》상.하, 헤로도토스 지음, 박광순 옮김, 범우사, 2008
2.《문명 이야기》, 윌 듀런트 지음, 김운한 · 권영교 옮김, 민음사, 2011
3.《그리스 로마 신화》, 송건호 옮김, 북마당, 2011

4

철학의 탄생

소크라테스의
변명 외

　아테네의 민주정치 확립과 그리스 문화의 황금시대는 페르시아전쟁에 승리한 후에 찾아왔다. 아테네는 BC 477년, 아시아와 에게해 지역의 그리스 도시들과 델로스 동맹을 결성하여 반反 페르시아 동맹을 확고히 하는 한편, 페르시아 편에 섰던 폴리스들을 차례로 응징한다. 아테네 함대는 지중해 지역의 모든 항구를 교역항으로 개방시켰다. 아테네는 이후 상업 발전을 통해 쌓은 부를 이용해 지중해의 군사, 정치, 경제의 중심지로 떠오르게 된다. 또한 델로스 동맹을 통해 얻는 풍부한 재력을 바탕으로 정치와 문화의 꽃을 활짝 피웠다.

아테네의 황금시대

　BC 480~399년은 '아테네의 황금시대'였다. 아테네는 시민권을 가진 18세 이상의 모든 남자에게 참정권을 부여하고, 민회를 국정의 최고기관으로 하는 직접 민주정치를 실현했다. 관료는 선거를 통해 선출하고 유급제로 운용했다. 지위 남용을 막기 위해 임기는 일 년으로 하고 재선은 금지되었다.

당시 아테네의 지도자는 페리클레스였다. 그는 30여 년 간 아테네의 최고사령관으로 잇따라 선출되면서 아테네의 중흥을 이루었다. 그의 통치 아래 예술가들은 아름다운 극장과 사원들을 건축했고, 건축물에는 신화 속의 신들을 아름답게 조각하여 장식했다. 철학자들은 시민들에게 지혜와 선에 대해 가르쳤다. 작가들은 훌륭한 시와 연극을 작곡하고, 노천극장에서는 배우들이 가면을 쓰고 비극과 희극을 공연했다. 페리클레스는 다음의 유명한 연설을 통해 당시 아테네의 민주주의 사상을 완벽하게 표현한다.

"우리의 정치체제는 민주주의라고 부르는데 권력이 소수가 아닌 모든 시민의 손에 달려 있기 때문입니다. 필요할 때면 시민들은 기꺼이 공직에 종사합니다. 특권을 얻기 위해서가 아니라 자신이 가진 것으로 봉사하기 위해서입니다. 우리가 한 일들에 깊은 자부심을 느낍니다. 우리는 법과 질서를 존중해 왔습니다. 우리는 아름다움을 사랑합니다. 이는 단순한 취향 때문이 아니라, 인간다움을 잃지 않고 마음을 가꾸기 위해서입니다. 아테네 시민들은 자신의 가정만을 위해 국가를 저버리는 행동은 하지 않습니다. 우리는 상행위에서도 정당함을 잃지 않습니다."

그런데 이러한 아테네의 승승장구를 결코 좌시할 수 없는 라이벌이 있었으니 바로 스파르타였다. 당시 스파르타는 펠로폰네소스에서 가장 강력한 국가였다. 스파르타는 전쟁을 일삼는 군국주의 국가였다. 한창 때의 스파르타가 통치하는 라코니아 지역의 인구 구성을 보면, 시민계급이 3만 2000명, 스파르타 주변부에 사는 페리오이키(중간계급)가 12만 명, 노예계급인 헤일로타이가 22만 4000명으로 이루어져 있었다.

3만 명의 시민으로 10배가 넘는 피지배계급을 복종시키기 위해서는 사회를 엄격한 군국주의체제로 만들 수밖에 없었을 것이다. 신체검사와 테스트를 실시해, 결함이 있는 남자 아이는 절벽벼랑 밑으로 던져졌다고 한다. 소년은 일곱 살이 되면 국가가 맡아 엄격한 스파르타식 군사교육을 시키는데, 30세가 될 때까지 막사에서 동료들과 단체생활을 해야 했다. 이들은 30세가 되어서야 시민에게 주어지는 권리와 의무를 누리게 되었다. 독신자는 범죄자로 간주해 참정권을 제한했다.

한 마디로 거대한 병영국가였다. 스파르타에는 두 명의 왕이 있어 서로 경쟁하여 절대 권력을 잡지 못하게 하였고, 왕은 전시에는 절대권을 가지나 정치의 실권은 30세 이상의 전 시민으로 구성되는 민회가 가지고 있었다. 경제활동은 국가에 의해 모든 권리를 박탈당한 노예들의 노동력으로 유지되었다.

페르시아와 싸우기 위해 연합했던 스파르타와 아테네는 BC 431년 전쟁을 벌이게 된다. 펠로폰네소스 전쟁이다. BC 404년 마침내 스파르타의 승리로 전쟁이 끝나고, 아테네의 영광도 끝이 났다. 페리클레스 자신도 아테네를 휩쓴 병마와 싸우다 그 병으로 죽었다. 무려 27년에 걸친 전쟁으로 승자인 스파르타와 패자인 아테네 모두 피폐해지고, 결국 그리스 세계는 알렉산더 대왕의 손으로 넘어가고 만다. 펠로폰네소스 전쟁에서 패한 아테네는 스파르타의 후원을 받아 집권한 크리티아스 등 30인으로 구성된 과두정치체제로 통치되었다. 그러나 이 체제는 1년도 지속되지 못했고, 다시 민주정이 회복되었다.

독배로 생을 마감한
젊은이들의 우상 소크라테스

BC 399년, 젊은이들을 거짓으로 현혹했다는 죄목으로 소크라테스에게 사형이 선고된다. 아테네의 유명인사였던 소크라테스에게는 그를 존경하는 사람들이 집단으로 따라다녔다. 특히 많은 젊은이들이 그를 따랐다. 그는 사람들에게 질문을 던져 스스로 깨닫도록 하는 독특한 대화법을 사용하였는데, 그와의 대화를 통해 사람들은 무엇이 정의인지, 어떤 것이 바른 삶인지 생각하게 되었다.

그는 그리스 사람들에게 철학하는 삶을 보여주었고, 철학의 세계로 이끌었다. 그의 집요한 물고 늘어지기식 대화법에 반감을 가진 많은 사람들은 그를 원망하기에 이르렀다. 소크라테스는 세 명의 시민들로부터 '그리스 신들을 믿지 않고, 젊은이들에게도 신을 믿지 말도록 가르쳤다.'는 죄목으로 고소를 당했다. 신성모독은 그리스에서 가장 큰 죄에 해당하였고, 누구라도 젊은이들에게 신을 믿지 말라고 가르치는 자는 사형에 처해졌다.

소크라테스는 칠십이라는 고령의 몸을 이끌고 아테네의 시민 배심원 500명 앞에서 자신을 변명해야 했다. 하지만 마지막 변명에도 불구하고 그에게 사형이 선고되었다. 소크라테스의 가르침을 사모하는 친구들은 소크라테스에게 독약을 거부하고 아테네에서 탈출하라고 권했다. 그러나 소크라테스는 '아테네에 살고 있는 사람으로서 아테네의 법을 따르지 않는다면 국가가 지속될 수 있겠는가?'라고 반문하면서 기꺼이 독미나리즙을 마시고 숨을 거둔다.

소크라테스의 수제자 중에 플라톤이 있었다. 명문 집안 출신인 플라톤은 아테네 최고의 현자 소크라테스에게 사형선고를 내리고 독약을 마시게 한 아테네의 어리석은 정치체제를 참을 수 없었다. 이러한 정치에 대한 실망과 혐오감이 그를 철학에 대한 탐구로 일생을 바치게 만들었다. 플라톤은 BC 367년 아카데메이아Academeia를 개설하여 철학 교육과 이상적인 정치가 양성 활동을 시작하였다. 이 아카데메이아를 통해 정치가, 입법가를 대거 양산하게 되는데, 그 중 대표적인 인물이 아리스토텔레스였다. 이처럼 서양철학은 소크라테스-플라톤-아리스토텔레스의 계보를 따라 이어졌고, 소크라테스의 사상은 서양철학의 바탕이 되었다.

플라톤은 스승 소크라테스의 고귀한 사상과 인품을 많은 저술을 통해 남겼다. 여기에 소개하는《소크라테스의 변명》,《크리톤》,《파이돈》,《향연》모두 플라톤의 저서《대화편》에 수록된 작품들이다.《소크라테스의 변명》, 《크리톤》, 《파이돈》은 소크라테스의 재판으로부터 사형에 이르는 과정을 그리고 있다. 《향연》은 위 세 편의 비극적인 사건과는 관련이 없지만 소크라테스 인품의 진면목을 만난다는 점에서 '소크라테스 4복음서'에 포함된다. 이 작품들을 통해 우리는 소크라테스라는 위대한 인물을 만나게 될 뿐만 아니라 당시 그리스의 품격 높은 사회 문화적, 철학적 향기를 맡을 수 있다.

정의로운 삶이란 무엇인가?
《소크라테스의 변명》

그럼 《소크라테스의 변명》부터 읽어 보자. 소크라테스는 '오래된 고발사건에 대한 변명과 최근의 고발사건에 대한 변명'으로 나누어 변명을 진행한다. 오래된 고발사건에서 그의 죄목은 '악행을 행하며 괴상한 사람. 지하의 일이나 천상의 일을 탐구하고, 나쁜 일을 좋은 일처럼 보이게 한다. 그리고 위와 같은 일들을 다른 사람들에게도 가르치는 자'라는 것이었다.

괴상한 사람이라고 고발당한 것으로 보아 여기저기에서 사람들과 철학적 대화를 나누는 소크라테스의 모습은 당시 아테네 사람들에게 기이하게 보인 면이 있었던 것 같다. 아리스토파네스는 희극 《구름》에서 소크라테스를 주요 인물로 등장시키는데, 여기에서 소크라테스는 헛소리를 떠들어대는 사기꾼으로 그려진다.

'지하의 일이나 천상의 일을 탐구하고'라는 죄목은 소크라테스도 상당히 두려워하는 내용이다. 그러한 탐구를 하는 사람은 신들의 존재를 믿지 않는다고 생각되기 쉽기 때문에 그리스에서는 지극히 위험한 인물로 간주된다. 또한 '나쁜 일을 좋은 일처럼 보이게 하는 자'라는 주장은 당시 유행하던 소피스트들이 쓰던 수법이다. 소크라테스 본인은 물론 플라톤도 스승 소크라테스가 소피스트가 아님을 그의 저서에서 수차례 밝히고 있다. 당시 소피스트들은 아테네 청년들에게 악영향을 미치는 위험한 자들로 여겨졌다.

이어서 소크리테스는 자신이 나쁜 평판을 갖게 된 사연에 대해 이야기한다. 소크라테스의 친구가 어느 날 델포이에서 '소크라테스보다 더 현명한 사람은 없다.'라는 신탁을 받는다. 이 신탁의 뜻을 이해할 수 없었던 소크라테스는 자기보다 현명한 사람을 찾기 위해 아테네의 현자들을 찾아 나선다. 그 결과 소크라테스는 다음과 같은 유명한 결론을 내린다. "그들은 아무 것도 알고 있지 못하면서 알고 있다고 생각하지만, 나는 알지도 못하고 또 안다고 생각하지도 않기 때문에 내가 그들보다 더 현명하다." 그는 마침내 신탁의 뜻을 이해하게 되는데, 그것은 '신이 신탁을 통해 인간의 지혜는 보잘 것 없거나, 사실은 아무 가치도 없음을 보여주려 했다.'는 것이었다.

소크라테스가 애지자愛知者들을 찾아다니며 특유의 대화법으로 그들의 무지를 드러내자 아테네 청년들은 소크라테스의 대화법에 열광하면서 자신들도 소크라테스의 대화법을 따라 다른 사람을 시험해 보려고 들었다. 이 또한 자신이 아테네인들의 미움을 받게 된 원인이 되었다고 소크라테스는 인정한다. 소크라테스는 이렇게 오래된 고발사건을 해명하면서 자신의 행동이 왜 그럴 수밖에 없었는지, 청년들이 왜 그를 따라하는지를 침착하게 설명한다.

소크라테스에게 붙여진 또 다른 죄목은 '청년들을 부패시켜 국가가 믿고 받드는 신들을 따르지 않도록 하고, 자신이 믿는 새로운 신, 또는 정령을 믿으라고 가르쳤다.'는 것이다. 이는 앞의 죄목보다 더 치명적인 내용이다. 이에 대해 소크라테스는 고발장 내용에 담긴 논리적인 모순을 지적하면서 자신은 절대로 무신론자가 아니라고 주장한다.

이러한 변명에도 불구하고 배심원들은 유죄를 선고한다. 유죄선고를 받은 소크라테스가 이에 굴하지 않고 아테네 시민 앞에서 자신의 철학적 소신을 밝히는 것이 《변명》의 후반부를 차지하는 내용이다. 그는 자신의 행동이 정의로운지 아닌지에 관심을 갖지, 죽느냐 사느냐의 위험을 헤아려 행동하는 사람이 아님을 강조한다.

그는 동정을 호소하여 목숨을 구걸하지도 않을 것이며, 만일 다시는 이러한 일을 하지 말라는 조건으로 자기를 방면해 준다고 하더라도, 자신이 지금껏 아테네 사람들에게 해왔던 일을 포기하지 않을 것이라고 선언한다. 그 일이란 일생 동안 지혜를 구하고, 지혜를 가르치며, 사람들에게 "아테네인들이여, 그대들은 최대한의 돈과 명예와 명성은 쌓아올리면서, 지혜와 진리와 영혼을 최대로 향상시키는 데는 전혀 관심이 없는 것이 부끄럽지 않은가!"라고 충고하는 것을 말한다.

그는 계속 아테네 사람들을 괴롭히는 질문을 퍼부을 것이며, '돈에서 덕이 생기는 것이 아니라, 덕에서 돈과 좋은 일들이 생긴다.'고 가르치겠다고 선언하였다. 소크라테스는 이 일을 자신이 신으로부터 받은 사명이라고 주장하였다. 정의로운 삶에 대한 소크라테스 철학의 핵심은 '위험이 임박했을 때에도 자기 자리를 지키고 있어야 하는 것'이라는 그의 말로 집약된다.

소크라테스는 신이 자신과 다른 사람들을 탐구하는 애지자의 사명을 다하라고 명했다고 말하고, 죽음에 대한 공포 때문에 신이 명한 그 의무를 포기한다면 참으로 비겁한 자가 될 것이라고 했다. 그는 자신을 신이 아테네에 보내준 선물이라고 말했다. 자신은 소의 주위를 돌며 괴롭히는 쇠파리 같은 존재라고 말히고, 아테네인들을 계속 각성시키고 설득하고 비난하는 것이 자신에게 맡겨진 의무라고 주장하였다.

유죄선고를 받고도 당당하게 자신의 역할을 강조한 소크라테스의 이러한 자세는 아테네 시민 배심원들을 분노케 했고, 결국 사형이 집행되기에 이른다. 그는 아테네 시민들을 향해 "이제 떠나야 할 시간이 되었다. 각자 자기의 길을 가자. 나는 죽기 위해서, 여러분은 살기 위해서. 어느 쪽이 더 좋은 길인지는 오직 신만이 알뿐이다."라는 유명한 작별인사를 남기고 퇴장한다.

30일간의 옥중 대화_《크리톤》

《크리톤》은 소크라테스의 친구인 크리톤이 감방으로 찾아와 탈출할 것을 권하는 대화록이다. 소크라테스에게 사형이 선고되고 약 1개월이 지난 매우 이른 시간에 크리톤이 소크라테스를 만나러 감방으로 찾아온다. 아테네에서는 테세우스의 승리를 기념하여 매년 델로스에 배를 보내어 아폴론 신에게 제물을 바치는데, 이 배가 출발하여 돌아올 때까지 사형집행이 금지되어 있었다. 이 배가 도착하기까지 30일이 걸렸다고 하니 소크라테스는 30일간 친구들과 옥중 대화를 나눌 수 있었던 셈이다.

크리톤은 "오늘 중으로 델로스에 갔던 배가 도착하고 내일 당신의 사형이 집형될 것"이라고 알린다. 그러면서 그에게 아테네를 탈출하라고 권한다. 크리톤을 비롯한 친구들은 이미 소크라테스를 구하기 위해 돈을 모아 간수를 매수해 놓은 상태였다. 당시 유명인사들은 뇌물을 써서 탈출하는 일이 잦았기 때문에 소크라테스의 아테네 탈출도 크게 무리한 일은 아니었다. 그러나 소크라테스의 친구들은 선에 대해 철학하고 남을 가르치는 이 친구가 쉽사리 탈출에 동의하지 않으리라는 것을 알고 있었다. 소크라테스도 '정당한 이유가 있을 때만 그러한 행동을 할 수 있다.'고 전제하며 크리톤에게 자신의 탈출이 과연 옳은 행동인지에 대해 묻는다.

궁색해진 크리톤은 두 가지 논리로 그를 설득하려 든다. 하나는 친구의 목숨을 구하는 일에 인색했다는 비난을 받을까 두렵다는 것과 부모로서 자녀양육의 의무를 다해야하지 않겠느냐는 논리였다. '부모로서 자녀를 마지막까지 양육하고 교육시킬 뜻이 없다면 자식을 낳지 말아야 한다.'고 그는 주장했다. 크리톤은 '덕을 존중하는 사람으로서 훌륭하고 남자답게 행동하는 것이 마땅한데, 사형을 택하는 것은 안이

하고 남자답지 못한 짓'이라며 그에게 탈출하라고 간청했다.

그러나 소크라테스는 "인간은 자신이 옳다고 인정하는 일을 해야 하는가, 아니면 자신을 속이고 올바른 일을 하지 않아야 하는가?"라고 반문한다. 그는 크리톤에게 '가장 가치 있는 것은 사는 것이 아니라 잘 사는 것'이라고 말하면서 훌륭한 삶은 올바르고 명예로운 삶이며, 자신이 슬기로운 판단을 저버리고 친구의 말을 따르지는 않을 것이라고 선언한다.

소크라테스는 아테네 시민으로서 아테네의 법을 지켜야 하는 당위성에 대하여 이렇게 말한다. "국가가 시민을 어디로 이끌든 도망가거나 자기 자리를 이탈해서는 안 된다. 법정이든 싸움터든 어디에서든지 국가가 자신에게 명령하는 바를 행하지 않으면 안 된다." 그러면서 이렇게 준엄하게 묻는다. "법의 결정이 힘을 발휘하지 못하고 개인에 의해 무효가 되고 짓밟히는 경우에도 국가가 존속하고 전복되지 않는다고 생각하는가?" 그리고 "조금 더 살겠다는 비열한 욕망 때문에 가장 신성한 법을 어기는 것은 부끄러운 일"이라고 단호하게 말한다. 결국 소크라테스는 정의에 대한 자신의 생각을 굽히지 않고, 크리톤도 그를 설득하지 못한다. 소크라테스는 슬퍼하는 크리톤에게 말한다. "그렇다면 신의 뜻에 맡기고, 신이 이끄는 대로 따라가기로 하세."

진정한 철학자의 죽음_《파이돈》

《파이돈》은 소크라테스의 최후의 날을 그의 친구인 파이돈이 증언하는 내용을 담고 있다. 소크라테스의 사형이 집행된 후 파이돈은 아테네를 떠나 고향으로 가는 도중 피타고라스 학파의 요람인 플리우스에 들르게 된다. 그곳에 살던 에케크라테스는 파이돈에게 소크라테스 최후의 날에 대해 묻는다. 앞서 소크라테스의 사형집행은 한 달 이상 늦추어졌고, 그의 친구들은 매일 아침 감옥 문이 열리기를 기다렸다가 그와 하루를 함께 보내는 생활을 하며 그를 떠나보내는 것을 아쉬워하고 있었다.

최후의 날에도 소크라테스의 친구들 열 몇 명이 감옥으로 소크라테스를 찾아갔다. 그 중에는 아테네뿐만 아니라 파이아니아, 테베, 메가라 등 다른 도시에서 온 친구들도 있었다. 마지막 면회 날에 죽음을 앞둔 소크라테스의 태도가 너무나 온화하고 정중해서 친구들에게는 마치 그가 신의 축복을 받아 저 세상으로 가는 것처럼 느껴질 정도였다.

그들은 몇 시간 후 소크라테스의 사형이 집행될 것을 알면서도 그 짧은 시간을 '철학자의 죽음'이라는 주제를 놓고 그와 대화한다. 소크라테스 곁에는 그의 아내 크산티페가 어린 아이들을 안고 울고 있었다. 잘 알려진 대로 크산티페는 세계 3대 악처 가운데 한 명으로 꼽힐 만큼 성질이 고약하고 불평이 많은 여자로 유명하다. 심지어 소크라테스를 현자로 만든 데에는 악처 크산티페의 역할이 지대했다는 말까지 전해진다.

소크라테스는《변명》에서 아테네의 현자를 찾아 대화를 나누는 임무를 수행하느라고 자신은 정작 지독한 가난 중에 살고 있다고 고백한 바 있다. 사실 크산티페 입장에서는 전혀 생계에 관심이 없이 인간의 선이나 아름다움에 대해 토론하며 아테네를 들쑤시고 다니는 남편이 심히 못마땅했을 것이다. 실제 크산티페가 어느 정도로 악처였는지 알 수 없지만, 소크라테스가 나이 오십에 결혼한 것을 보면, 그 당시 그는 이미 철학자로서 유명하였고, 적어도 아내 때문에 철학자의 길을 택한 것은 아님을 알 수 있다. 크산티페도 이미 소크라테스가 현자로 유명하다는 것을 알고 결혼하였으므로 그가 가정을 돌보지 않고 아테네 거리에서 사람들을 붙잡고 해괴한 소리를 하는 것이 전혀 예상하지 못한 일은 아니었을 것이다. 그녀를 위해 한마디 변명하자면 생활의 궁핍함이 그녀를 모질게 만든 것이 아니었을까 하는 점이다. 왜냐하면《파이돈》에 등장하는 크산티페는 그저 남편의 불행에 가슴 치는 평범한 여성으로 묘사되고 있기 때문이다.

아무튼 형이하학적인 크산티페가 물러나자, 소크라테스와 친구들은 '죽음이란 무엇인가?'라는 현학적인 주제를 놓고 담론을 시작한다. 소크라테스는 영혼불멸설을 말한다. 그는 사람에게 있는 영혼은 태어나기 전부터 존재하는 절대적인 본질이라고 말한다. 이 본질에는 아름다움, 선, 정의, 거룩함 같은 개념들이 포함된다. 이러한 본질적인 것들은 인간이 태어나기 전부터 존재하였고, 생명이 태어나는 순간 인간에게 주어진다고 보았다.

그런데 인간은 태어나는 순간 그 본질을 잊어버리게 되는데, 학습이라고 부르는 과정을 통해 본래 가지고 있던 지식을 회복하게 된다는 것이다. 그는 이것을 '상기'想起 라고 표현하였다. 그는 영혼을 고상한 본래의 영혼과 육체에 의해 타락한 영혼으로 구분하고, 육체를 철학적 탐구를 방해하는 요인으로 보았다. 따라서 영혼을 돌보지 않으면 영혼이 육체에 의해 가변적인 영역으로 이끌려 들어가 혼미에 빠지기도 한다. 하지만 영혼이 본래의 순수하고 영원하며 불멸, 불변의 영역에 존재하면 영혼은 불변의 것이 된다고 보았다. 소크라테스는 이러한 상태를 지혜라고 불렀다.

소크라테스는 진정한 철학자란 항상 영혼을 해방시키려고 노력하는 사람이라고 정의한다. 따라서 어떤 것에 대한 순수한 지식을 가지려면 육체로부터 벗어나지 않으면 안 되는데, 철학자의 죽음은 영혼을 육체에서 해방시켜 순수한 세계로, 이상적인 신의 세계로 나아가게 하는 계기가 되므로 철학자는 죽음을 두려워하거나 슬퍼해서는 안 된다는 것이다. 그러니 진정한 철학자는 죽음을 맞이하여 기쁜 마음을 가져야 한다는 것이 그의 논리이다. 그는 친구들에게 '자기 자신을 돌보게.'라는 유언을 남긴다. 그리고 스스로 목욕을 해 몸을 깨끗이 한 다음 크리톤에게 "친구에게 닭 한 마리를 빚졌으니 기억해두었다가 갚아 주게." 라는 부탁을 남기고 의연하게 독배를 마신다.

에로스에 대한 찬미_《향연》

《향연》은 아가톤이 아테네 레나이아 축제의 비극 경연에서 우승하면서 벌인 축하연에 소크라테스와 친구들이 모여 유쾌한 대화를 나누는 내용이다. 이 자리에 모인 아테네의 지성들은 '에로스에 대한 찬미'란 주제로 연설을 하기로 한다. 문필가인 파이드로스, 의사인 에리크시마코스, 아가톤이 사랑의 신 에로스의 본성을 찬미한다.

그 다음 파우사니아스가 등장해 에로스의 본질을 저속한 육체적인 사랑을 뜻하는 에로스와 덕을 얻기 위해 노력하는 에로스로 구분한 후 후자를 찬미한다. 이어서 아리스토파네스는 최초의 인간은 남녀의 성이 결합된 한 몸이었는데, 신들이 그를 둘로 쪼개 각자 다른 반쪽을 찾아 하나가 됨으로써 본래 자신의 모습을 획득하려고 하는 것이 에로스의 본질이라고 주장한다.

이에 대해 소크라테스는 에로스는 지혜롭고 부유한 아버지(포로스)와 가난하고 무지한 어머니(페니아) 사이에서 출생하였다며, 에로스의 본질을 선하지도 않고 아름답지도 않은 중간자로 규정한다. 그는 에로스를 자신에게 모자라거나 없는 것에 대한 사랑, 즉 선하고 아름다운 것을 추구하는 존재라고 설명한다.

그들이 이렇게 에로스의 본질을 탐구하고 찬양하고 있을 때 아테네 권력의 정상에 있던 알키비아데스가 나타난다. 그는 페리클레스의 조카이고 당대 최고의 달변가였다. 좌중이 알키비아데스에게 에로스에 대한 찬양을 부탁하자 그는 "소크라테스 앞에서는 신이든 다른 사람이든 찬양하지 않고 오직 내가 존경하고 사랑하는 소크라테스를 찬양하는 말만 하겠다."고 선언한다. 알키비아데스는 "그의 말을 들으면 수치스러워지고, 자신의 삶이 노예보다 나은 것이 없다는 영혼의 혼란 상태에 빠지고 만다."고 말한다. 그는 소크라테스를 산사람이든 죽은 사람이든 어떤 사람과도 같지 않고, 인류 가운데 그와 비교할 만한 사람은 없다고 극찬한다.

'소크라테스 4복음서'라는 《소크라테스의 변명》,《크리톤》,《파이돈》,《향연》을 읽고 나면 소크라테스라는 인물의 초상이 수천 년의 세월을 넘어 비교적 구체적으로 그려진다. 그는 들창코에다 대머리이고, 지독한 가난 속에서 아내로부터 구박 받는 남자다. 지금의 관점에서 보면 '루저' 같아 보이기도 한다. 그러나 알키비아데스가 지적한 것처럼 우스워 보이는 이 사람의 대화법 속에는 남의 영혼을 물어뜯어 참을 수 없이 부끄럽게 만드는 무엇인가가 있었다.

그는 진지하게 인간의 본질을 탐구하는 데 일생을 보냈고, 자신의 지적인 호기심을 만족시키는 데 그치지 않고 주변 사람들의 삶을 이상적으로 바꾸려고 노력하였다. 대화법이라는 독특한 방법을 사용하여 사람들에게 계속 질문을 던짐으로써 사람들이 깨닫지 못하고 있던 진실을 깨닫도록 유도하였다. 유머가 있고 온화하며, 아름다운 청년들을 보면 넋을 놓고 사랑한다. 그러면서도 자제력을 잃는 법이 없다.

소크라테스는 사형을 당하는 비극 앞에서도 당당히 자신의 존엄성을 잃지 않는다. 그는 결코 목숨 때문에 자신의 소신을 꺾지 않을 것이며, 입을 다무는 조건으로 자신을 살려준다고 해도 그동안 해오던 일을 멈추지 않을 것이라고 말한다. 그 일이란 사람들의 영혼을 계몽하고 깨어 있도록 하는 것이다.

플라톤 번역의 권위자인 벤저민 조엣Benjamin Jowett은 "고대, 현대, 역사, 문학을 망라해 소크라테스의 마지막 시간을 알리는 플라톤의 기록보다 더 비극적인 기록은 없다."고 말한다. 그러나 이 노 철학자는 죽음 앞에서도 당당히 자신의 소신을 지킨다. 그는 최후의 순간 아테네 시민들에게 이렇게 작별인사를 남겼다. '영혼을 더욱 훌륭하고 선하게 만드는 데 관심을 가져라.' '덕을 기르는 데 힘써라.'

바로 이 마지막 모습이 사람들의 가슴에 소크라테스를 인류의 영원한 스승으로 새겨 주고 있을 것이다.

참고도서 ━━━━━━━━━━━━━━━━━━━━━━━━━━━━━━━━━

1. 《소크라테스의 변명, 크리톤, 파이돈, 향연》, 플라톤 지음, 황문수 옮김, 문예출판사, 2011
2. 《키워드로 읽는 세계사》, 휴 윌리엄스 지음, 박준호 옮김, 일월서각, 2010
3. 《문명이야기》, 그리스 2-1, 윌 듀런트 지음, 김운한, 권영교 옮김, 민음사, 2011
4. 《처음 읽는 서양철학사》, 안광복 지음, 웅진지식하우스, 2007

5

중세 속에서

| 신곡 |

단테

유럽의 중세는 그리스도교가 압도한 시대였다. AD 313년 콘스탄티누스 황제에 의해 기독교가 공인된 후 로마를 점령한 기독교는 AD 1천년이 되자 유럽 전역과 러시아를 기독교 국가로 만들었다. 유럽에서는 그리스도교가 인간 생활의 모든 면을 지배하게 되었다. 교황권이 강화되면서 종교는 인간의 삶을 속박하는 권력이 되었다. 그러한 사회 분위기 속에서 사람들은 무슨 생각을 하고 어떻게 살았을까?

단테의《신곡》은 13세기 이러한 유럽의 여러 모습을 거의 완전하게 포착해 보여주는 걸작이다. 중세 문학의 최고봉으로 불리는 이 작품에는 중세를 치열하게 산 작가 자신의 모습이 있고, 역사의 부침 속에 놓인 당시 사람들의 삶의 모습이 그대로 그려져 있다.

교회와 세속 권력의 혈투가 빚어낸 걸작

《신곡》은 교황권과 황제권이 치열한 다툼을 벌이던 시대를 배경으로 하고 있다. 단테 자신도 이 싸움에 희생되어 조국 피렌체에서 쫓겨나 눈물 젖은 빵을 먹으며 이 작품을 썼다. 어떻게 보면 《신곡》은 양자의 다툼이 빚어낸 진주 같은 작품이라고 할 수 있다. 이탈리아를 배경으로 황제파와 교황파는 왜 그렇게 치열하게 싸웠을까?

교황제도가 탄생하게 된 배경부터 먼저 살펴보자. 교황제도는 그리스도가 사도 베드로에게 부여한 사명에 근거하여 로마 주교가 주장한 제도이다. 그 근거는 예수가 시몬 베드로를 자신의 후계자로 선언하면서, "너는 베드로이다. 내가 이 반석 위에 내 교회를 세울 터인즉, 저승의 세력도 그것을 이기지 못할 것이다. 또 나는 너에게 하늘나라의 열쇠를 주겠다. 그러니 네가 무엇이든지 땅에서 매면 하늘에서도 매일 것이고, 네가 무엇이든지 땅에서 풀면 하늘에서도 풀릴 것이다." (마태오 16:18-19)라고 말했던 성경구절이다.

교황권은 역사적으로 로마 주교 레오 1세(440~461년) 때부터 시작된다. 레오 1세의 등장은 서로마제국의 멸망과 관련이 있다. 3세기 중반 이후 많은 야만족들이 로마제국으로 밀려 들어왔다. 이를 견디다 못한 로마는 4세기에 들면서 제국의 수도를 콘스탄티노플로 옮겨간다. 이후 로마는 권력의 진공상태에 빠지고 고트족, 훈족, 반달족의 방화, 약탈이 이어졌다.

이때 난국을 극복하기 위해 지도자로 나선 이가 로마 주교 레오 1세였다. 당시 로마인들이 가장 무서워한 적은 훈족의 아틸라였다. 별명이 '신의 징벌'인 아틸라는 잔인하고 포악한 자였다. 그가 가는 곳마다 전 유럽이 벌벌 떨었다. 로마가 공포에 질려 있을 때인 AD 452년, 레오 1세 주교는 아틸라를 찾아가 담판을 벌였다. 그의 설득 탓이었는지 이후 아틸라는 로마 침공을 단념하고 돌아갔다.

레오 1세는 그 후 로마를 침입한 반달족의 왕 가이세리크도 설득해 살인과 강간 등 만행을 못하게 막았다고 한다. 이렇게 되자 위기 때마다 로마인들은 레오 주교에게 매달렸고, 이후 로마 주교에게 막강한 힘이 주어지게 되었다.

당시 그리스도교에는 콘스탄티노플, 이집트의 알렉산드리아, 시리아의 안디옥, 예루살렘과 로마 등 다섯 대교구가 있었다. 로마제국이 수도를 콘스탄티노플로 이전한 뒤 많은 귀족들이 황제를 따라갔기 때문에 로마의 인구는 5만 명 정도에 불과했다. 아우구스투스 황제 때의 인구 100만 명에 비하면 실로 형편없는 수준이었다.

그럼에도 불구하고 로마 교회가 다섯 대교구 가운데 하나로 남을 수 있었던 이유는 교회가 베드로의 묘 위에 최초로 세워졌다는 역사적 의미 때문이었다. 레오 1세는 로마 주교만이 그리스도로부터 권능을 부여받은 베드로의 후계자임을 역설하였고, 자신을 교회의 수장이자 사도 베드로의 전권을 계승한 후계자로 공언하였다.

레오 1세는 대교황이라는 호칭을 받은 첫 번째 교황이었다. 하지만 이런 로마 주교의 주장을 당시 최고 권한을 가지고 있던 콘스탄티노플 주교좌에서 용납할 리가 없었다. 그러자 로마 교회는 생존을 위해

서유럽 쪽으로 눈을 돌리고 새로이 유럽에 편입되어 들어온 게르만족, 바이킹족 등에 대한 포교활동에 공을 들였다.

위기에 처한 로마 교회 앞에 이슬람이라는 변수가 생겼다. 7세기에 아라비아사막에서 일어난 이슬람 세력은 서아시아, 이집트, 북아프리카, 에스파냐를 휩쓸었고, 기독교 세계는 그야말로 바람 앞의 등불 신세가 되었다. 그런 가운데 로마 교회는 콘스탄티노플이 이슬람 세력에 포위되면서 자신들에 대한 압박이 소홀해진 틈을 타 자립의 기회를 모색했다.

프랑크 왕국의 재상 카를 마르텔이 이베리아반도에서 유럽으로 확장해 들어오는 이슬람 세력을 차단하면서 서유럽의 구원자로 떠올랐다. 명성을 이용해 실권을 장악한 그는 아들 피핀이 왕위를 이어받아 카롤링거 왕조를 열도록 기반을 마련해 주었다. 교황은 피핀이 왕위에 오른 프랑크 왕국과 손을 잡았다. 새로 왕좌에 오른 피핀은 권위가 필요했고, 로마교황은 실질적인 힘이 필요했던 것이다. 피핀이 대군을 이끌고 이탈리아로 들어와 랑고바르드족을 물리치고 그 땅을 교황에게 기증하면서(피핀의 기증) 교황의 영토가 생겼다.

피핀의 아들 샤를마뉴(카를)는 위대한 전사였다. 그는 70여 차례의 원정을 통해 오늘날 서유럽 대부분의 영토를 정복하였다. 당시 교황 레오 3세는 카를대제에게 서로마 황제의 관을 씌워주는 대관식을 거행하였다. 이로써 카를은 로마제국을 이은 서유럽의 지배자가 되었고, 로마 교황은 비잔틴 황제에 대항하는 힘을 얻게 되었다.

그런데 9세기 경, 서유럽을 절체절명의 위기로 몰아넣는 사건이 다시 발생했는데, 바로 마자르인(헝가리인)의 침입이었다. 그들은 교회와 수도원을 파괴, 약탈하고, 무차별적으로 살인, 강간을 저질렀다. 마자르족을 물리치고 서유럽을 구한 이가 바로 동프랑크 왕국(후에 독일 왕국이 됨)의 오토대제였다. 교황 요한 12세가 오토대제의 대관식을 집행함으로써 '독일 민족의 신성로마제국'이 시작되었다(이 체제는 나폴레옹에 의해 폐지될 때까지 지속된다).

독일 국왕들에게 '신성로마황제'라는 명칭이 자동으로 부여되는 것은 아니었다. 그들이 직접 로마에 가서 교황의 '기름 부음', 다시 말해 대관식을 받아야 했다. 독일의 역대 왕들은 '로마황제'라는 명칭에 목말라했고, 이를 빌미로 교황청은 독일 내정에 대한 영향력을 강화하였다. 따라서 두 세력은 끊임없이 충돌했다.

그 중 가장 치열한 싸움의 원인이 된 것이 성직자에 대한 임명권이었다. 황제는 당연히 주교의 임명권을 통치권의 범주에 넣었고, 로마교황들은 성직 임명권을 지키기 위해 사활을 걸고 황제들과 싸웠다. 이 싸움은 11세기 이후 약 2세기에 걸쳐 계속되었다. 황제와 교황의 이러한 갈등이 최고조에 달해 터진 것이 유명한 '카노사의 굴욕사건'이었다. 당시 클뤼니 수도원 출신 교황 그레고리우스 7세(재위 1073~85년)는 교회개혁을 부르짖으며 교황령 27개 항목을 제정하였는데, 거기에는 성직자의 임명권에 대한 교황의 권리는 물론 교황이 왕을 파문할 권리까지 들어 있었다.

교황의 이러한 태도는 당시 봉건제후를 통제하기 위해 교회를 이용하고 있던 신성로마 황제 하인리히 4세의 이해와 상충되기 때문에 두 사람은 격렬하게 다투었다. 왕이 교황을 폐위한다는 결의안을 통과시키자, 교황은 이에 맞서 하인리히 4세를 폐위하고 파문한다고 선언했다. 그 후 눈 오는 어느 겨울 날, 카노사성에 머물고 있던 교황 앞에 하인리히 4세가 찾아와서 맨발로 사죄하는 사건이 일어난 것이다. 이후 교황과 황제의 싸움은 중세의 정치, 사회, 경제에 암울한 그림자를 드리우게 되었다.

파벌싸움에 휘말려
떠돌이로 생을 마감한 단테

이런 와중에 1265년 이탈리아의 피렌체에서 단테가 태어났다. 프랑크 왕국이 동서로 분할된 뒤 이탈리아는 다수의 소국가들로 분할되어 서로 치열하게 경쟁하고 있었다. 11, 12세기가 되면서 지중해를 통한 동방무역의 발달과 십자군의 운송거점으로서 상업이 발달하면서, 시장을 중심으로 도시가 생겨나기 시작했다. 도시의 상인들은 부富를 기반으로 영주의 영향에서 벗어나 자치권을 획득하게 되는데, 이러한 도시를 '자치도시' 또는 '자유도시'라고 불렀다. 11세기에는 북부 이탈리아에서 많은 자치도시가 생겨났다. 그리고 이들 자치도시들을 중심으로 상공업자들이 정치, 경제의 실권을 장악하였다.

피렌체는 중부 토스카나의 아르노 강변에 위치하고 있었는데, 12세기에 독립적인 자치도시가 되고, 1300년경에 이르면 규모면에서 유럼의 5대 도시에 속할 만큼 크게 성장하였다. 피렌체는 모직물, 견직물 공업이 발달하고, 무역, 금융의 중심지로서도 번영했다. 이 시기 피렌체에서는 중산층이 도시 내정에서 큰 몫을 담당하고, 길드가 중요한 무역 주체로 활동하면서 공화국의 발전을 주도하고 있었다.

이때 이탈리아에 대한 신성로마황제의 간섭은 그 정도가 심했다. 그리고 로마 교황청의 영향력도 막강하였으므로, 이들 도시들은 거의 대부분 황제파와 교황파로 나뉘어 사생결단으로 싸웠다. 단테 생존 당시 피렌체는 황제파인 기벨리니당과 교황파인 궬피당으로 분열되어 다툼이 끊이지 않았다. 두 파는 번갈아가며 세력 우위를 차지했는데, 그때마다 이긴 쪽은 상대에게 무서운 형벌을 가했다. 1266년 궬피당은 교황의 지원을 받아 기벨리니당을 피렌체에서 영구히 쫓아내 버렸다. 단테는 궬피당의 정권 확립에 공헌하였기 때문에 1295년 이후 피렌체의 36인 위원회 및 100인 위원회의 위원으로 선출되었고, 1300년에는 피렌체시 프레오리(통령) 가운데 한 명이 되기도 했다.

그러나 궬피당 내부가 백파와 흑파로 분열되면서 단테의 비극이 시작되었다. 백파의 경우 피렌체의 자치권을 주장한 반면, 흑파는 교황의 뜻에 따라 피렌체를 다스리자고 주장하였다. 단테는 백파에 속했다. 당시 교황은 보니파시오 8세(재위 1294~1303년)였다. 교황은 프랑스 국왕 필리프 4세(재위 1268~1314)와 갈등을 빚고 있었는데, 1296년에 로마 교황권과 프랑스 왕권은 서로 극한 대립으로 치닫고 있었다.

이 싸움에서 흑파가 승리하면서 백파는 몰락하였는데, 단테도 모든 재산을 몰수당하고 체포되면 화형이라는 극형을 선고받았다. 그렇게 해서 단테는 조국과 가족을 떠나 이탈리아 여러 도시를 전전하게 시작한다. 이러한 생활은 객지에서 생을 마감할 때까지 계속되었다. 단테는《신곡》에서 다음과 같이 자신의 비참한 처지를 한탄하였다.

남의 빵을 먹고 사는 맛이 얼마나 짠지
또 남의 계단을 오르내리는 일이 얼마나
힘든 것인지를 너는 알게 될 것이다. - 〈천국편 17곡〉

망명 생활은 단테에게 엄청난 고독과 좌절을 안겨주었다. 하지만 단테는 비참한 현실에 침몰하지 않았다. 눈물 젖은 빵을 먹으며 남은 생의 마지막 힘을 짜내어 총 1만 4233행으로 된 장대한 서사시《신곡》을 마침내 완성하였다.《천국편》을 마무리한 단테는 라벤나의 외교사절로 베네치아에 다녀오다가 병마를 이기지 못하고 1321년 사망하였다. 56년의 삶에서 3분의 1에 해당하는 19년을 망명객으로 보낸 뒤 맞이한 쓸쓸한 죽음이었다.

단테는 죽어서도 그토록 그리워한 피렌체로 돌아가지 못하였다. 이번에는 그가 너무 유명해진 탓이었다. 피렌체는 단테 사후 100년 뒤, 유명해진 단테의 유골을 피렌체로 옮겨가려고 했다. 그러나 이번에는 라벤나의 반대에 막혔다. 그 분쟁에서 교황이 피렌체의 손을 들어주자, 라벤나는 단테의 유골을 몰래 빼돌려 숨겨 버렸다. 후에 그의 유골이 발견되어 라벤나의 작은 교회에 안치된 것이 1865년이었다고 하니, 고향을 향한 단테의 유랑은 아직도 계속되고 있는 셈이다.

영원한 연인 베아트리체에게
바치는 대 서사시

단테의 《신곡》에서 가장 중요한 역할을 맡은 두 사람이 있으니, 그의 영원한 연인 베아트리체와 그의 길안내를 맡은 베르길리우스이다. 베아트리체는 단테가 10세 때부터 사랑한 영원의 여인이다. 베아트리체가 24세의 젊은 나이로 요절하자 단테는 이 '영원한 여성'에 대한 그리움을 세상 어떤 여자에 대해서도 쓰인 적이 없는 작품으로 표현하고자 결심하였고, 이것이 《신곡》으로 실현되었다.

《신곡》은 시작부터가 예사롭지 않다. 1300년 3월 25일, 성금요일 새벽, 순례자 단테가 어두운 숲속을 헤매고 있을 때 세 마리의 무서운 짐승이 나타나 그를 에워싼다. 어찌할 바를 모르고 쩔쩔매는 그의 앞에 베르길리우스의 혼백이 나타난다. 베르길리우스는 베아트리체의 요청을 받고 단테를 구원하러 나타났으니, 실제로 그를 구원한 것은 '영원한 여인' 베아트리체였던 셈이다. 베르길리우스는 단테를 지옥과 연옥 여행길로 안내한다.

먼저 지옥으로의 순례길을 따라가 보자. 지옥행을 선고받은 죽은 자들의 영혼은 지옥을 흐르는 강 아케론을 건너 영원한 어둠이 계속되는 불과 얼음의 지옥으로 실려 간다. 플라톤의 《파이돈》에 나오는 그 아케론이다.

지옥문 꼭대기에는 '나를 거쳐서 길은 황량의 도시로/나를 거쳐서 길은 영원한 슬픔으로/나를 거쳐서 길은 버림받은 자들 사이로/⋯ 여기 들어오는 너희는 모든 희망을 버려라.'라는 무시무시한 글귀가 씌어져 있다. 지옥문을 들어선 영혼들은 별 하나 없는 암흑 속에서 '한숨과 울음과 고통의 비명들'을 내지르며 쫓기듯 죄 값을 치를 곳으로 쓸려간다. 지옥은 지구 중심의 밑바닥으로 내려가는 깔때기 구조이다. 전체 아홉 단계로 구분되어 있는데, 아래로 내려 갈수록 죄 많은 영혼이 배치되어 혹독한 형벌을 받고 있다. 단테는 이렇게 지옥을 아홉 개의 구역으로 나누고 죄 지은 영혼들이 죄질에 따라 벌을 받는 구도로 《지옥》편을 구성하였다.

중세에는 인간을 죽음으로 이끄는 가장 무거운 7가지 죄의 원천이 있었다. 교만supervia, 인색avaritia, 음욕luxuria, 분노ira, 탐욕gula, 질투invidia, 나태acedia의 7가지인데, 이의 머리글자를 따서 SALIGIA라고 불렀다.

이 7가지 죄가 《신곡》에서 죄의 주종을 이루는데, 《지옥편》과 《연옥편》에 나타나는 죄종은 좀 다르다. 《연옥편》에는 7가지 죄가 그대로 적시되지만, 《지옥편》에서는 죄질이 더 구체적으로 기술된다. 단테는 당시 말하는 7가지 죄를 비교적 가벼운 죄라고 보고, 이 죄를 지은 자들은 상부 지옥으로 보내었다. 그가 정말로 분개한 죄인들은 배신자, 사기꾼, 분열 분파자, 성직 매매자, 폭력범, 이단자, 남색자 등이다.

단테는 타락한 성직자들을 가차 없이 지옥 불 속에 던져 넣었다. 보니파시오 8세도 단테의 분노를 피할 수 없었다. 지옥에서 가장 가혹한 벌을 받는 자는 마호메트이다. 그는 지옥에서 영원히 산채로 찢기는 형벌을 받고 있다. 그리스도교 세례를 받지 않은 자들의 영혼도 지옥의 제1옥인 림보에 배치해 희망 없는 고통 속에 살도록 했다.

그는 소크라테스의 영혼도 림보로 보내 또 다시 철학적 고뇌에 빠지게 했다. 플라톤의 《파이돈》을 읽은 독자라면 누구나 그의 순수한 영혼이 아름다운 집에서 영원히 살 수 있기를 바랐을 터였다. 호메로스, 베르길리우스도 소크라테스와 함께 림보에 빠져 있다.

지옥의 끔찍한 풍경을 뒤로하고 단테와 베르길리우스는 마침내 연옥 문 앞에 이른다. 연옥은 바다 위에 천상을 향해 솟아오른 산으로 묘사된다. 천사 뱃사공의 배를 타고 이승으로부터 건너온 연옥 영혼들은 연옥의 강물에 자신의 죄를 씻으며 산꼭대기를 향해 올라간다. 연옥의 꼭대기에는 최초의 에덴동산이 자리하고 있다. 이곳에서 영혼들은 천국을 향해 날아오르게 되어 있다. 말하자면 연옥은 인간 영혼을 정화시켜 천국에 오를 준비를 시키는 곳이다.

연옥 문 앞에서 천사는 단테의 이마에 일곱 개의 P를 새겨준다. 일곱 P는 연옥에서 속죄해야 하는 오만, 질투, 분노, 태만, 탐욕, 폭식, 색욕의 7가지 악을 가리킨다. 단테가 7개의 두렁길을 통과할 때마다 천사가 그의 이마에 새겨진 P자를 하나씩 지워준다.

단테는 맹렬히 타는 불꽃 속을 지나 마침내 낙원의 숲속에 도착한다. 천지창조 때 하느님이 아담과 이브에게 준 에덴동산이다. 단테는 두 개의 강물을 마신다. 레테의 강물을 마셔 죄의 기억을 지우고, 에우노에의 강물을 마심으로써 모든 선행의 기억을 새롭게 하는 힘을 갖는다. 그러자 비로소 단테의 영원한 여인 베아트리체가 나타나 베르길리우스를 떠나보내고 그를 천국으로 안내한다.

천국은 열 개의 하늘로 구성되어 있다. 첫째 하늘이 월성천이다. 자신이 약속한 서원을 어긴 영혼들이 머무르는 곳이다. 둘째 하늘은 수성천이다. 생전에 자진해서 선행을 베푼 자들의 영혼이 머무는 곳이다. 셋째 하늘은 금성천이다. 사랑에 사로잡힌 자들의 영혼이 축복을 받으며 머무르는 곳이다. 넷째 하늘은 태양천으로 현자들의 혼이 살고 있는 곳이다. 다섯 번째 하늘은 화성천이다. 신앙을 위해 죽은 자들의 영혼이 머무르는 곳이다.

여기서 단테는 조상을 만나고, 단테 가에 미친 비운의 뿌리를 알게 된다. 피렌체의 피비린내 나는 싸움의 발단과 가문 간의 갈등, 파벌 간의 갈등, 교황과 황제의 갈등 등 이 책의 주요 매듭이 여기에서 풀린다. 여섯 번째 하늘은 목성천이다. 현세에서 정의를 사랑한 영혼들이 이곳에 배치되어 있다. 일곱 번째 하늘은 토성천으로 명상 속에 일생을 보낸 사람들의 영혼이 머무는 곳이다. 눈부신 황금색 사다리가 천국까지 닿아 있어 이전의 여섯 하늘에서 이후의 두 하늘로 건너가는 다리 역할을 한다.

사다리를 올라가 닿은 곳인 여덟 번째 하늘은 항성천이다. 장미꽃, 백합꽃이 가득 한 곳에서 단테는 그리스도와 마리아의 광명을 본다. 단테는 이곳에서 베드로와 야고보와 요한의 질문을 통과해서 아홉째 하늘인 원동천으로 올라간다. 원동천은 전속력으로 돌며 영혼들을 하늘로 밀어 올려주고 있다. 단테는 예리한 빛을 발하는 한 점의 불(하느님의 빛)을 바라본다. 열 번째 하늘은 지고천이다.

지고천은 순수한 빛의 나라 엠피레오이다. 그곳은 우주의 가장 높은 곳이며 천사와 성인들이 하느님을 찬양하고 있다. 단테는 찬양이 울려 퍼지는 가운데 숭고한 빛 속으로 깊숙이 들어가 찰나의 섬광에서 하느님의 얼굴을 보고, 삼위일체의 성스런 교리를 터득하게 된다.

이후 지상으로 돌아온 단테는 자신이 아는 모든 지식을 동원해서 《신곡》을 집필한다. 단테는 《신곡》에 자신의 모든 철학과 신념과 에너지를 불어넣었다. 《신곡》《천국편》을 완성하고 얼마 지나지 않아 이 위대한 시인은 죽음을 맞이한다.

《신곡》은 작가의 바람대로 그에게 높은 명성을 안겨다 주었다. 《지옥편》, 《연옥편》, 그리고 《천국편》은 완성되는 즉시 유포되었고, 그의 이름은 전 이탈리아로 퍼져나갔다. 초기 르네상스 시대 최초의 인문학자 페트라르카는 단테의 인기를 보고 속을 태웠으며, 보카치오는 단테의 《신곡》에 대비되는 인간사의 희극 《데카메론》을 써서 이탈리아 최고의 산문 작품이라는 평가를 받았다. 중세 이탈리아 문학의 최고봉을 이루는 작가들이 단테의 영향을 받아 역작들을 내놓았다.

단테의 《신곡》은 중세를 대표하는 문학이지만, 암흑시대를 지나 르네상스로 가는 시대의 경계선 상에 위치해 있었다. 《신곡》은 중세의 가장 어두운 시대에 탄생했지만, 횃불처럼 타오르며 새 시대를 향해 빛을 보내고 있었다. 이들을 이어서 피렌체에서 미켈란젤로, 레오나르도 다 빈치, 갈릴레오 등 르네상스 시대를 열어갈 위대한 인물들이 탄생하게 된다.

참고도서

1.《신곡》지옥편, 연옥편, 천국편. 단테 알리기에리의 코메디아, 단테 알리기에리 지음, 박상진 옮김, 민음사, 2010

2.《유대인 바로 보기》, 류세모 지음, 두란노, 2010

3.《교황의 역사》, 베드로부터 베네딕토 16세까지, 호르스트 푸어만 지음, 차용구 옮김, 도서출판 길, 2013

4.《문명이야기》, 동양문명 1-1, 윌 듀런트 지음, 왕수민·한상석 옮김, 민음사, 2011

5.《문명이야기》, 르네상스 문명, 5-1, 윌 듀런트 지음, 안인희 옮김, 민음사, 2011

6

그리스도교의 혼란

| 장미의 이름 |

움베르토 에코

　그리스도교 수장인 교황들은 필요에 의해 황제라는 세속 권력과 손잡고, 세속 권력을 차지하기 위해 황제와 갈등을 벌이면서 중세를 어둠 속으로 몰아넣었다. 그럼에도 초기 그리스도교의 숭고한 정신으로 돌아가고자 하는 운동은 꾸준히 있었다. 신실한 교인들은 박해시대에 지하 굴속이나 사막, 바위 굴속에서 지낼 때 신심이 더 깊었다는 점을 자각하게 되었다. 그러한 자각 위에 스스로 고행의 장소로 되돌아가니 이것이 수도원 운동의 시작이었다.

　움베르토 에코의 소설 《장미의 이름》은 중세의 그리스도교 신앙과 세속 권력 간의 갈등, 바른 신앙생활을 위한 교회 내의 몸부림이 얼마나 치열했는지 보여준다. 더 좁게는 14세기, 교황 요한 22세와 신성로마 황제 루트비히 4세 사이의 권력다툼에 휩쓸리는 이탈리아 그리스도교인들의 삶을 여과 없이 보여준다. 소설에는 또한 수도원 운동의 종파전쟁과 중세를 휩쓴 이단논쟁의 그림자가 복잡하게 깔려 있다.

움베르토 에코는 이 작품에서 유럽 정신의 두 기둥, 즉 그리스도교라는 종교와 아리스토텔레스로 대변되는 그리스 철학의 싸움을 주제로 이야기를 전개한다. 작가가 아리스토텔레스의《시학》제 2권의 '웃음'이란 주제를 가져와 중세의 광적인 그리스도교 교조주의를 깨트리는 데 사용한 구도가 읽는 사람의 지적 흥미를 자극한다.

수도원 운동은 로마제국 전역에 흩어져 있던 초기 고행자 무리에서부터 시작되었다. 이들은 주로 이집트의 사막에 은둔처를 마련하였다. 대표적 인물이 성 안토니우스였다. 하지만 사막에서 혼자 생활한 많은 수도자들이 환각에 시달리거나 정신적인 어려움을 겪었다. 그래서 이들이 함께 모여 공동체를 설립하게 되었고, 이것이 수도원 운동의 시작이었다.

성 파코미우스는 최초로 수도원 생활규범을 마련하였는데, 그가 죽기 전에 이 규범에 따르는 수도사가 수천 명에 이르렀다고 한다. 파코미우스의 수도원 운동은 베네딕트회로 이어진다. 수도원 운동은 전 유럽으로 번졌고, 여러 수도회들이 탄생했다. 게르만 민족의 침입으로 서방 라틴 세계의 도시들이 파괴되자, 수도원이 그리스도교 신앙, 교육, 문화의 중심지 역할을 대신했다.

아비뇽 유수와 교회의 대혼란

《장미의 이름》은 교황청의 아비뇽 유수를 역사적 배경으로 하고 있다. 로마의 권위를 상징하던 교황청이 프랑스의 아비뇽으로 옮겨 가는 사건이 일어났다. 프랑스의 미남 왕 필리프 4세와 로마 교황 보니파시오 8세 사이의 반목이 발단이 되었다. 필리프 4세 왕은 왕권을 강화하기 위해 교회에 세금을 부과하고, 로마교황에게 보내는 조세를 차단해 버렸다.

그리고 눈엣가시 같은 보니파시오 8세 교황을 제거하고, 보르도 주교인 클레멘스 5세를 새 교황으로 선출되도록 했다. 클레멘스 5세가 로마의 지지를 얻지 못하자 교황청을 프랑스의 아비뇽으로 옮겨 버렸는데, 이것이 바로 '아비뇽 유수'(1309~1376)이다.

로마의 권위를 상징하던 교황청이 사라지자 로마 지역은 큰 어려움에 처하게 된다. 1000개에 달하는 주교구에서 거둬들이던 부富가 들어오지 않자 로마는 단번에 피폐해졌다. 당시 로마의 상황을 윌 듀런트는 《문명이야기》에서 이렇게 묘사한다. '양치기들이 로마의 일곱 언덕 경사면에서 양떼에게 풀을 뜯게 하고, 거지떼가 길거리를 배회했으며, 노상강도떼가 설쳤다. 아내들은 유괴되고 수녀들은 강간당했으며 순례자들은 강도를 당했다.'

교황청의 소재를 둘러싼 논란은 서유럽을 대분열 시대로 몰아넣었다. 교황청의 아비뇽 이전으로 유럽의 그리스도교들이 들끓자 교황 그레고리오 11세는 1376년에 로마로 일시 복귀하였다. 그리고 로마인들의 압력으로 바티칸에 새 교황이 선출되었다. 이 사람이 우르바노 6세인데, 그는 무차별적인 개혁과 난폭한 행동을 일삼아 비난을 받았다. 이에 프랑스 추기경들이 클레멘스 7세를 새 교황으로 선출하여 아비

농에 거처하게 하였다.

성직자 사회는 분열되고, 교황의 권위도 심하게 실추되었다. 그러자 파리, 옥스퍼드, 프라하의 대학교수들이 나서서 공의회를 열어 교황을 심판해야 한다고 주장했다. 이리하여 콘스탄츠 공의회가 소집되고, 두 교황에게 소환장이 발부되었다. 그러나 두 교황 모두 출두를 거부하였기 때문에 종교회의는 알렉산데르 5세를 새 교황으로 선출하였다. 3인의 교황이 군림하는 웃지 못할 상황이 벌어진 것이다. 이 대분열의 시기는 1417년 6월 마르티노 5세가 교황으로 선출되면서 40여 년 만에 막을 내렸다. 그러나 이 일련의 과정에서 교황을 비롯한 성직자의 권위는 더할 나위 없는 손상을 입었다.

두 교황을 소환할 정도로 막강한 힘을 가진 파리, 옥스퍼드, 프라하의 대학교수들은 누구인가? 유럽에서 대학 설립은 12세기 후반부터 시작되었는데, 중세의 대학은 모두 신학을 연구하는 곳이었다. 대학이 설립되기 이전 중세의 기독교 철학은 성직자들이 주도하는 교부철학 教父哲學으로서 중심인물은 아우구스티누스였다. 그는 일체의 것을 의심하더라도 의심하는 나의 존재와 영원한 진리는 없어지지 않으며, 이 영원한 진리의 근거를 신이라고 보았다.

그의 영원한 진리 개념은 플라톤의 이데아설에 깊은 영향을 받았고, 그의 철학체계는 플라톤의 계보를 따랐다. 그런데 대학이 등장하면서 교부철학은 학자들에 의한 철학, 즉 스콜라철학으로 대체된다. 본래 아리스토텔레스의 철학은 이성을 중시하였고, 이러한 철학은 신앙과의 사이에 갈등을 일으켰다. 1215년 로마 교황청은 아리스토텔레스

연구를 금지시켰고, 1231년에는 아리스토텔레스 철학에 담긴 오류를 시정하도록 권고한 위원회를 결성하기에 이르렀다.

아리스토텔레스에 관한 강의 금지령이 해제된 후에도 신앙과 이성에 대한 논쟁은 끊이지 않았다. 이러한 갈등을 수습한 이가 토마스 아퀴나스였다. 그는 신학과 철학은 모순 관계가 아니라고 주장하였다. 스콜라 철학자들은 신이 인간의 삶에 개입하는 방식은 합리적인 자연법칙을 통해서라고 주장함으로써, 신학자들이 과학적 발견에 뛰어들어 사회변혁을 가져오게 한 중요한 계기를 마련하였다.

《장미의 이름》에서 아리스토텔레스의 '웃음'이란 주제가 심각한 문제의 발단이 되는 것도 이런 맥락에서다. 옥스퍼드에서 자연공부를 한 명민한 프란체스코회 수도사가 소설의 주인공으로 등장하는 것도 마찬가지다.

수도원을 중심으로 한 교회의 자정운동

《장미의 이름》은 1327년 11월이라는 날짜로부터 시작된다. 아비뇽 유수 시절이었다. 로마를 비롯한 이탈리아 전역은 혼돈 속에 빠지고, 신심단체가 우후죽순으로 생겨나고, 군중들은 갈피를 못 잡고 우왕좌왕했다. 교황파와 황제파의 싸움은 이탈리아 반도를 혼돈으로 내몰았고, 단테가 《신곡》에서 지옥으로 보낸 교황들보다 훨씬 더 탐욕스러운 요한 22세가 재임하던 시기였다.

요한 22세 교황은 탐욕스럽게 돈을 모아 80만 금화라는 엄청난 재산을 남기고 죽었다. 절대적 청빈의 생활을 따르던 프란체스코회의 수도사들이 이런 교황과 불화를 빚는 것은 이미 예견된 일이었다. 〈요한계시록〉에 기록된 세계 종말과 최후의 심판이 임박했다는 설이 횡행하고, 종교재판과 이단 처형이 공공연하게 이루어지고 있었다.

이러한 사회 분위기는 수도사들이 중심이 된 여러 개혁운동으로 발전했다. 청빈을 내세운 수도사들의 운동은 많은 사람들의 지지를 받았다. 앞에서 본 것처럼 초대 수도원 운동은 이집트 사막 수도사들의 전통을 이은 베네딕트회에서 시작되었다. 베네딕트회는 성 베네딕투스에 의해 창시되었는데, 그는 재물로 인한 화禍에 대해 설교하고, 청빈·정결·순명의 기치를 내걸었다. 그가 AD 520년에 몬테카시노 수도원을 설립하자 많은 수도원들이 뒤를 이었다.

수도원 운동에서 가장 주목할 만한 것은 10세기에 클뤼니 수도원을 중심으로 일어난 개혁운동이었다. 수도사들은 성경과 베네딕트회 규칙에 온전히 순종하도록 되어 있었다. 교회 개혁을 바라는 시민들이 이 운동에 열렬히 동조하였고, 교황들의 삶도 큰 영향을 받았다. 클뤼니 수도원이 유명해지자 프랑스의 모든 귀족들이 그곳을 후원하겠다고 나섰다. 그러면서 수도원들은 점차 크고 호화로운 형태로 바뀌고, 축재에 혈안이 되어갔다.

12~13세기 들어 성 도미니쿠스와 성 프란체스코가 나타났다. 이들은 베네딕투스보다 훨씬 강경하게 지상의 권력과 부富를 경계하라고 가르쳤다. 이들은 사유재산을 완전히 포기하고, 탁발생활을 하는 가운

데 마음의 청결을 유지하는 강령을 세웠다.

하지만 성 프란체스코회도 성인이 사망한 후, 그의 가르침을 온전히 지켜야 한다는 엄격파와 교단의 확장을 위해 어느 정도의 세속적 성향을 감수해야 한다는 온건파로 나뉘어 대립하게 되었다. 엄격파는 당시 교황 요한 22세와 대립하였다. 엄격파는 전 교황 첼레스티노 5세와 뜻을 모아 '은수사隱修士 첼레스티노의 가난한 형제들'이란 모임을 결성하였다. 이들은 탁발托鉢을 하며 전도를 하였는데, 당시 평민들이 대거 이 운동에 참여하면서 이탈리아는 탁발승 천지가 되었다.

이들 탁발승들은 전국을 떠돌며 그리스도의 이름으로 교회 개혁운동을 전개하였지만, 일부는 도둑의 무리가 되거나 유대인들을 공격하고, 사제의 권위를 거부하는 등 점차 위험한 무리로 변질되어 갔다. 드디어 교황 보니파시오 8세는 엄격주의파 수도자들과 소형제회 수도회 탁발승 무리에 대해 더 이상 용인할 수 없다는 입장을 천명하였다. 이어서 등장한 교황 요한 22세는 엄격주의파 수도사들에 대하여 더욱 가혹한 입장을 견지하였다.

광신의 위험성을 경고하다
《장미의 이름》

작가 움베르토 에코는 1932년 이탈리아의 알렉산드리아에서 태어났다. 그는 토마스 아퀴나스의 철학에서부터 현대의 컴퓨터에 이르기까지 다방면에 걸쳐 지식을 쌓았고, 언어에 천재적인 소질을 발휘하여 모국어인 이탈리아어는 물론 영어와 프랑스어, 독일어, 스페인어, 포르투갈어, 라틴어, 그리스어, 러시아어까지 해독할 수 있었다. 나아가 뛰어난 철학자, 역사학자, 미학자일 뿐만 아니라 오늘날 가장 저명한 기호학자로 평가 받고 있다. 작가는 자신의 이러한 재능을 맘껏 버무려《장미의 이름》을 세상에 내놓았다.《장미의 이름》한 권에 1만 권의 책이 집약되어 있다는 평가를 받는다. 독자들은 이 책을 통해 해박한 인류학적 지식을 얻고, 지적인 즐거움을 맘껏 누리게 된다.

그러면《장미의 이름》속으로 들어가 보자. 교황청이 아비뇽으로 옮기고 나자 이를 로마로 되돌리려고 하는 움직임이 생겨나기 시작했다. 이때 황제 루트비히는 1327년 신성로마제국 황제의 대관식을 거행하기 위하여 밀라노로 내려온다. 그리고 프란체스코 소형제회의 총회장인 미켈레가 교황 요한 22세로부터 소환 명령을 받는다. 미켈레는 아비뇽으로 가기 전에 신변 안전보장을 받으려고 한다.

그래서 황제의 지지를 받는 프란체스코 수도회 사절단과 교황 측 사절단이 한 자리에 모여 사전 협상을 하게 된다. 교황으로부터 이단 판정을 받은 프란체스코 수도회 소형제회는 이 협상을 통해 양자의 실체를 서로 인정하고, 교황 측으로부터 미켈레와 프란체스코 수도회의 신변안전 보장까지를 받으려고 한다.

이 첫 모임을 주선하기 위해 선발된 사람이 황제 루트비히의 직속 신하이고, 주인공 아드소의 아버지와 친구인 윌리엄 수도사이다. 윌리엄 수도사는 종교재판의 조사관 역할을 수행한 바 있지만, 자신이 맡은 역할에 회의를 품고 옥스퍼드로 돌아가 자연공부를 한 명민한 프란체스코회 수도사이다.

주인공 아드소는 오스트리아의 멜크 수도원에서 공부하는 베네딕트회 수도사이다. 아드소는 부친의 손에 이끌려 황제의 대관식 참관을 위해 이탈리아로 왔다가 윌리엄 수도사의 필사 서기 겸 시중드는 사람이 된다. 이후 두 사람은 함께 여러 도시의 수도원을 여행한다. 여행 목적은 프란체스코 수도회 사절단과 교황 측 사절단이 미켈레 소환을 앞두고 사전 협상할 장소를 물색하기 위해서였다.

1327년 11월, 두 사람은 소설의 중심이 되는 어느 베네딕트회 수도원에 도착한다. 그 수도원은 장대한 규모와 함께 세계 어느 수도원보다 많은 장서와 필사본 고전을 보유한 장서관이 있는 것으로 유명했다. 그런데 두 사람이 도착하기 하루 전, 이 수도원에서 살인사건이 일어난다. 수도원장의 요청에 의해 범인을 추적하는 두 사람은 계속되는 살인사건에 휘말리며 이야기 한가운데로 들어간다.

첫 희생자는 문서실의 아델모였다. 윌리엄은 그의 채색화에서 다소 음란한 느낌의 괴물들이 그려져 있음을 발견한다. 그리고 아델모의 채색에 대해 다른 수도사들과 늙은 수도사 호르헤 사이에서 논쟁이 있었음을 알게 된다. 논쟁의 소재는 '웃음'이었다. 호르헤는 '그리스도는 웃지 않으셨다.'고 주장하면서 진리를 알리는 서책을 웃음꺼리로 여기는 수도사들의 태도를 책망했다는 것이다.

윌리엄과 아드소는 사건을 조사하기 위해 수도원장에게 장서관을 조사할 수 있도록 허락해 달라고 요청하지만, 수도원장은 사서 이외의 출입이 허용되지 않는다며 단호하게 거절한다. 이튿날 또 다시 살인사건이 일어난다. 이번에는 그리스어 번역사 베난티오가 희생자다. 윌리엄과 아드소는 베난티오가 아리스토텔레스에 심취해 있었음을 알게 되고, 그의 죽음이 어떤 서적과 관련이 있을 것으로 추정한다.

사흘째, 아드소는 주방에서 식료계 수도사인 살바토레로부터 그의 과거 행적을 듣는다. 그는 농노의 아들로 태어나 기근과 봉건 제후의 수탈에 시달리다가 청빈의 깃발을 내건 탁발수도승 무리에 가담하게 되었다고 한다. 그는 무리와 함께 십자군 원정을 빙자하여 도적질을 일삼았고, 특히 유대인을 죽이고 그 재산을 강탈하는 데 앞장섰다고 털어놓았다. 그러다 이 무리가 흩어지자 소형제회 수도원에 의탁했다가 그곳에서 레미지오를 만나 함께 이곳 수도원의 식료계 수도사로 오게 되었다고 했다.

아드소는 혼자 장서관으로 숨어들었다가 주방에서 마을 처녀와 정사를 벌이고 있는 수도승과 마주치게 된다. 가난한 마을 처녀는 그렇게 해서 식량을 얻어가고 있었던 것이었다. 아드소도 순간적인 육체적 유혹을 못이겨 수도사로서의 자격을 박탈당할 만한 사건에 휩쓸린다. 이 사건으로 아드소는 깊은 죄의식에 빠지지만, 그 일을 통해 진정한 진리가 무엇인지, 신앙이 무엇인지, 사랑이 무엇인지에 대해 깊이 고민하게 된다.

나흘째, 보조 사서인 베렝가리오의 시신이 발견되면서 수도사들은 극도의 불안에 떤다. 윌리엄 수도사는 주방에서 정사를 벌인 수도승을 알아내기 위해 식료계 수도사인 살바토레와 레미지오를 유도 신문한다. 여기서 레미지오의 과거 행적이 밝혀진다. 그는 살바토레와는 달리 가난에 시달려 본 적은 없지만 청빈의 이상에 깊이 감동하여 속세를 떠나 비승비속의 걸승으로 살았던 과거를 털어놓는다. 그는 돌치노의 설교를 믿고 그 종파에 들어갔다가 돌치노파가 이단으로 몰려 파멸당하는 모습을 지켜본 인물이다. 윌리엄 수도사는 레미지오가 돌치노파의 무리에서 살바토레를 만났고 함께 이 수도원으로 피해와 숨어지낸다는 사실을 알게 된다.

그날 교황 측 대표단과 황제 측 대표단이 수도원에 도착한다. 황제 측 대표단에 이단 조사관으로 악명 높은 도미니크회 수도사인 베르나르 기가 포함되어 있다는 사실을 알자 프란체스코 소형제회 소속 수도사들은 두려움에 떤다. 그날 밤 살바토레가 또 다시 마을 처녀를 불러들여 엉뚱한 짓을 벌이려다 발각되어 베르나르 기의 문초를 받는다. 아드소가 사랑하는 마을 처녀는 마녀로 체포된다.

닷새째, 황제파와 교황파 대표단의 수도회 수도사들은 서로를 비난하며 이전투구를 벌인다. 그 와중에 시약소의 세베리노가 피살체로 발견되고, 교황의 사절인 베르나르 기의 엄중한 문초가 벌어진다. 레미지오가 시약소에서 잡히면서 베르나르는 레미지오를 이단행적과 수도원 살인사건의 범인으로 체포한다. 레미지오는 베르나르 기의 이단심문 앞에 꼼짝 못하고 자신의 과거 행적을 밝힌다. 돌치노파에 몸담았던 그의 과거는 이단이라는 무서운 단죄를 피할 수 없게 된다. 결국 베르나르는 레미지오를 소형제파에 대한 제물로 아비뇽으로 압송해

가고 마을 여자를 마녀로 처형토록 한다.

　수도원장이 윌리엄에게 수도원을 떠나라고 통고한 날이기도 한 6일째 마지막 밤에 윌리엄과 아드소는 마침내 '아프리카의 끝'이라는 비밀의 방에 도달한다. 거기에는 노수도사 호르헤가 그들을 기다리고 있었다. 그리하여 그가 그렇게 지키고 싶어 한 책의 정체가 드러나는데, 그것은 아리스토텔레스의 《시학》 제 2권이었다.

　'인간은 하고 많은 동물 가운데서도 웃을 줄 아는 유일한 동물이다.'라고 시작하는 이 책은 희극에 대한 이야기로서 아리스토텔레스는 웃음을 선을 지향하는 힘으로 보았다. 그러나 호르헤는 아리스토텔레스가 《자연학》에서 하느님 말씀의 신성을 인간의 우스개로 변질시켰다고 비난한다. 아리스토텔레스의 주장은 인간이 이 땅의 환락경만으로도 천국을 누릴 수 있다는 해괴한 사상을 고취시킬 우려가 있다는 것이었다. 이에 대해 윌리엄은 "진리에 대한 지나친 집착에서 우리 자신을 해방시키는 일, 이것이야말로 우리가 쫓아야 할 궁극적인 진리가 아니겠는가."고 통렬히 지적한다.

　움베르토 에코는 제목 《장미의 이름》에 대한 상징적 의미 해석을 독자에게 숙제로 남겨놓았다. 우리에게 《장미의 이름》이 주는 의미는 무엇일까? 그리스도를 향한 절대적인 믿음과 사랑이 아름다운 장미가 아닐까? 그러나 그 사랑이 광신적으로 기울 때 인간이 얼마나 어리석은 광풍에 쉽게 휘말리게 되는지를 《장미의 이름》은 중세의 역사를 통해 소름끼치도록 절실히 느끼게 해준다.

참고도서

1. 《장미의 이름》, 움베르토 에코 지음, 이윤기 옮김, 열린책들, 2000
2. 《유럽을 만든 은둔자들》, 수도원의 탄생, 크리스토퍼 브룩 지음, 이한우 옮김, 청년사, 2005
3. 《문명이야기》, 신앙의 시대 4-1, 왕수민, 박혜원 옮김, 민음사, 2014
4. 《문명이야기》, 르네상스 5-1, 월 듀런트 지음, 안인희 옮김, 민음사, 2011
5. 《교황의 역사》, 베드로부터 베네딕토 16세까지, 호르스트 푸어만 지음, 차용구 옮김, 도서출판 길, 2013
6. 《서양철학의 어제와 오늘》, 전두하 지음, 정훈출판사, 1992
7. 《하루 만에 꿰뚫는 기독교 역사》, 티모시 존스 지음, 배용준 옮김, 규장, 2007

7

오스만제국의 추억

| 내 이름은 빨강 |

오르한 파묵

    서로마제국이 AD 476년 역사의 무대에서 사라지면서 로마의 영광도 사실상 끝났다. 콘스탄티노플의 동로마제국이 로마의 옛 영광을 유지했다고 보기는 어렵지만, 이들은 독특한 비잔틴 문화를 꽃피우며 세계사에 뚜렷한 발자취를 남겼다. 그런 동로마제국도 그 천년의 세월을 안정된 기반 위에 평화롭게 지냈다고 볼 수는 없다.

    지정학적으로 동양과 서양이 만나는 지점에 위치한 동로마제국은 무역으로 벌어들인 부를 축적해 번영을 이룰 조건은 갖추고 있었지만, 사방의 적들로부터 끊임없이 위협에 시달렸다. 북방에서는 게르만족, 슬라브족, 훈족들이 나타나 괴롭혔다. 동쪽에서는 사산조 페르시아 세력, 서쪽에서는 이슬람 세력에 의한 위협이 지속적으로 가해졌다. 거기다 같은 그리스도교도들에 의한 약탈(제4차 십자군운동)까지 더해지며 충격에 빠진 동로마제국은 쇠약해진 국력을 회복하지 못하고 1453년, 마침내 오스만 튀르크에 의해 완전히 멸망되고 만다.

비잔틴제국을 정복한 오스만 튀르크는 그 후 아시아, 유럽, 아프리카 세 대륙에 이르는 대제국을 건설하였고, 세계사의 흐름을 크게 바꾸면서 찬란한 오스만 문화를 남겼다. 술탄 메흐메드 2세가 콘스탄티노플에 입성하면서 맨 먼저 한 조치는 베네치아인, 기독교인, 유대인의 재산권 및 종교를 허용한 것이었다. 그의 관용정신이 탄생시킨 것이 이른바 오스만 문화였다. 콘스탄티노플의 장대한 문화유산에 매료된 술탄은 동로마제국의 문화유산을 그대로 지키면서 그 위에 독특한 오스만 문화의 색을 입혔다. 역사는 16세기를 '튀르크의 세기'라고 일컫는다. 그는 아름다운 모스크들과 톱 카프 궁전을 건설하였다. 그는 또한 비잔티움 성당들을 파괴하지 않고, 성당을 장식하고 있던 아름다운 모자이크화들을 회칠로만 덮어둠으로써 인류의 문화유산을 오늘날까지 지킬 수 있게 했다.

이스탄불이 우리에게 남긴 걸작

토인비는 이스탄불을 '인류 문명의 살아 있는 거대한 옥외 박물관'이라고 하였다. 이 살아 있는 거대한 옥외 박물관이 작가에게《내 이름은 빨강》이라는 작품을 쓸 수 있게 하였다. 말하자면《내 이름은 빨강》은 이스탄불이 우리에게 준 선물이다. 이 작품으로 2006년도 노벨문학상을 수상한 작가 오르한 파묵은 원래 화가를 꿈꾸었다. 그가 오스만제국 시대의 빼어난 세밀화를 바라보며 사색에 빠져 있을 때, 그림들이, 색들이 그에게 말을 걸어온 것이 아닐까? 그의 작품 속에서 모든 인물, 물체들이 주체가 되어 말을 하는 것처럼 16세기의 오스만제국의 모습을 섬세하게 그려 내었다.

오르한 파묵이 그려낸《내 이름은 빨강》을 통해 우리는 오스만 제국의 역사와 세밀화와 이슬람 철학을 어느 정도 이해할 수 있다. 작가는 이 모든 것을 르네상스를 맞아 변화하는 그림 스타일에 대해 고뇌하는 이슬람의 세밀화가들을 통해 나타낸다.

소설의 주인공은 세밀화와 세밀화가들이다. 세밀화란 말 그대로 물체를 세밀하게 그리는 것이다. 이런 그림 스타일은 고대나 중세부터 있어 왔다. 특히 채색 필사본에 그려 넣은 삽화와 그림이 하나로 결합하여 생겨난 세밀화는 10세기 초에서 19세기 중엽까지 유럽에서 종교서적의 삽화와 장식에 이용되었다. 따라서 세밀화를 1백 퍼센트 이슬람의 전통미술이라고 할 수는 없다. 하지만 16~17세기 페르시아의 사파비왕조를 중심으로, 터키의 오스만제국, 인도의 무굴제국 시기에 발달했던 세밀화는 세계 최고 수준을 자랑한다.

이슬람 국가에서 세밀화가 발전하게 된 것은 우상숭배를 철저히 금한 이슬람 교리와 관련이 있다. 이슬람 세계에서 창조주는 오직 알라뿐이기 때문에 생명 있는 인물이나 동물을 본떠 만드는 행위는 금지되고, 사람의 눈으로 사실적인 표현을 하는 것도 기피되었다. 이러한 영향으로 이슬람 미술은 독자적인 양식을 만들어내었다.

《내 이름은 빨강》에 소개되는 이슬람 세밀화의 유래를 살펴보면 이렇다. 세밀화는 티무르제국에서 시작되었다. 티무르제국은 중앙아시아의 티무르에 의해 1370년 사마르칸트에 도읍을 정하고 수립된 국가이다. 티무르는 스스로를 칭기즈 칸의 자손이라고 칭하고 몽골제국의 부흥을 기치로 내걸었다. 그는 정복지 주민을 잔인하게 살육한 것으로 악명이 높았지만 한편으론 학문과 예술을 후원하는 데도 아낌이 없었다. 정복지의 많은 예술가와 지식인, 장인, 건축가들을 수도 사마르칸트에 이주시키고 수도를 아름답게 장식하는 데 공을 들였다.

세밀화 문화는 티무르 사후 재위에 오른 그의 아들 샤 로흐에 의해 꽃을 피우게 된다. 그는 부왕과 달리 주변국들과 친교를 맺어 평화를 유지하면서 학예를 보호함으로써 이슬람 문화가 크게 발달하도록 했다. 특히 페르시아 문화에 심취한 그는 수도를 헤라트로 옮기고, 그곳을 예술과 교육의 도시로 육성하였다. 당시의 세밀화가들은 위대한 페르시아 시인들의 작품을 삽화로 표현하였는데, 세계에서 가장 기교가 뛰어나고 완성도가 높은 작품을 만들어 내었다.

이 세밀화가 오스만제국에 전파된 경위는 이렇다. 오스만제국의 술탄 셀림 1세가 페르시아 사파비왕조 이스마일 샤와의 전투에서 승리한 후 사파비의 수도 타브리즈에 입성하였다. 궁전을 약탈한 술탄의 군사들은 세밀화들이 그려진 책들과 당시 최고의 세밀화가들을 이스탄불로 끌고 간다. 이는 페르시아 문화가 오스만제국에 깊이 스며들게 되는 계기가 되었다. 술탄이나 파샤들이 세밀화가들을 휘하에 둔 이유는 페르시아의 왕 샤 타마스프처럼 그림 자체를 사랑한 경우도 있었지만, 대개는 자신들의 업적을 과시하기 위한 책 제작이 목적이었다.

책 속에는 삽화가 포함되었는데, 이를 위해 세밀화 및 세밀화가가 필요했던 것이다. 그들은 화원을 두고 '휘스레브와 쉬린''레일라와 메즈눈''유수프와 줄라이하'와 같은 페르시아의 전설적인 사랑 이야기들을 계속 책으로 제작하였다. 당시 세밀화가들의 실력은 옛 장인들의 그림을 얼마나 완벽하게 재현해 내었느냐에 의해 결정되었다. 그런 경지에 도달하기 위해 그들은 똑같은 그림을 수백 번 수천 번 반복해서 그렸다. 흔들리는 촛불 아래서 장시간 그림을 그렸기 때문에 시력을 잃는 장인들이 많았다. 그들은 실명을 신이 인도하는 최고의 경지로 미화하기도 했다.

오스만제국 세밀화가들의
부질없는 욕망

《내 이름은 빨강》의 배경은 오스만제국의 최전성기로 술탄 무라드 3세가 통치하던 16세기이다. 오스만 부족은 14세기에 아나톨리아를 통일한 후 비잔틴의 제2 도시 아드리아노플을 빼앗는 등 기세를 올렸지만 1402년 티무르와의 싸움에서 패함으로써 세력이 크게 위축된다. 그러나 무라드 2세가 폴란드와 헝가리를 굴복시키면서 오스만은 다시 부활하게 됐고, 그 아들 메흐메드 2세가 콘스탄티노플을 함락시키면서 오스만 튀르크는 대제국 형성의 반석을 만들게 된다.

술레이만 1세 때 제국은 최고의 번영을 누린다. 헝가리를 차지한 그는 신성로마제국에 침입하고, 1529년에 빈을 공격했다. 당시 오스만제국은 커피문화가 발달돼 있었는데, 빈에서 퇴각할 때 남기고 간 커피 원두 때문에 유럽에 커피가 전파된 것으로 전해진다. 이 시기에 오스만제국은 아시아, 아프리카, 유럽 대륙의 요지를 지배하였을 뿐만 아니라 지중해에서 인도양에 이르는 무역을 독점하였다. 또한 포르투갈의 인도양 진출에 대항해 군함을 파견하고, 아프리카의 수단, 에티오피아에도 진출하였다.

지중해의 새 주인이 오스만제국이라는 사실을 아무도 의심할 수 없는 시대였다. 소설의 배경이 되는 무라드 3세는 21년간 오스만 제국을 잘 통치하였고, 명재상 소쿨루 메흐메드 파샤의 도움으로 페르시아의 사파비왕조와 전투를 벌여 일부 지방을 빼앗는 업적을 세웠다. 왕은 기독교를 탄압하였으나 서방 기독교 문화에 관심이 많았다.

우선 소설 형식이 매우 독특하다. 등장인물들이 모두 주인공이 되어 화자로 나선다. 뿐만 아니라 나무, 말, 개, 미녀, 색깔까지 이야기에 참여한다. 색깔은 물론 빨강이다. 그밖에도 금화, 죽음, 악마 등이 당시 풍경을 재현하는 데 참여한다.

주요 등장인물들을 보자. 우선 카라라는 젊은이가 있다. 그는 이모부 에니시테 밑에서 조수로 일하며 세밀화와 책 만드는 도제 시절을 보낸다. 그러나 그의 딸을 사랑하게 되면서 쫓겨나 12년 간 오스만제국을 떠돌아다닌다. 그는 타브리즈로 가서 오스만의 파샤들과 부자들을 위한 책 제작 일을 하는 도중 에니시테의 부름을 받는다. 다시 이스탄불로 돌아온 그는 옛 연인에 대한 사랑을 되찾기 위해 인내심을 갖고 기회를 기다린다. 에니시테는 당시 술탄의 명령으로 새로운 형태의 책을 만들고 있었는데, 그 와중에 에니시테가 피살된다. 카라는 사랑하는 여인을 차지하기 위하여 살인범을 쫓으며 이야기의 중심으로 휩쓸려 들어간다.

여기서 카라의 이모부 에니시테 에펜디에 대한 설명이 필요하다. 에니시테는 술탄의 대사로 베네치아에 파견된 적이 있는데, 그때 원근법, 사실화의 기법을 쓴 베네치아 초상화를 보고 그 아름다움에 반한다. 오스만제국으로 돌아온 그는 술탄과 술탄을 상징하는 것들을 그려넣어 서양화풍의 화집을 만들자고 술탄을 설득한다. 술탄은 오스만제국의 우월성을 과시하기 위하여 그의 제의를 받아들이고, 에니시테는 재능 있는 세밀화가들인 엘레강스, 나비, 올리브, 황새 등을 불러 비밀리에 작업을 시작한다.

하지만 개인의 초상화를 그려 벽에 걸어놓고 보는 것은 우상숭배의 대상이 되기 때문에 이 새로운 스타일의 그림책 제작은 극렬한 논쟁을 불러일으키게 된다. 그런데 화가 중 한 사람인 엘레강스가 피살된 채 발견되자 그림 제작은 중단되고 화가들 사이에는 긴장이 고조된다.

이제 카라의 마음을 사로잡은 에니시테의 딸 세큐레가 등장한다. 그녀는 이스탄불 최고의 미녀이다. 세큐레는 카라의 순정을 짐짓 모른 체하고 기마병에게 시집갔으나, 남편이 4년째 전쟁에서 돌아오지 않자 두 아들과 함께 친정에 돌아와 있었다. 시동생인 핫산이 그녀에게 흑심을 품고 결혼할 기회를 노리고 있다. 세큐레는 자신과 두 아들의 장래를 책임져 줄 최고의 남편감을 선택하기 위해 핫산과 카라 사이에서 고심한다. 엘레강스가 피살된 데 이어 그녀의 아버지까지 살해당하자 그녀는 이슬람 율법에 따라 시집으로 돌아가야 할 것이 겁나 카라와 급하게 결혼식을 올린다. 그녀는 겁에 질려 카라에게 범인을 잡아달라고 채근한다.

이어서 술탄의 책 제작에 비밀리에 참여한 네 명의 오스만제국 최고의 세밀화가가 등장한다. 금박 전문가 엘레강스, 색채의 대가이며 다음 화원장 자리를 노리는 '나비', 페르시아의 전설의 장인 비흐자드라고 자임하는 '올리브'와 영리하고 현실적인 '황새' 등이다. 서로가 최고의 화가라고 자부하는 이들은 서로 시기하고 질투한다.

이들은 에니시테의 요청으로 비밀리에 그림을 그리면서도 그가 추구하는 그림의 스타일이 오스만제국의 화풍을 닮지 않은 이교도의 그림이라는 점 때문에 두려움을 갖게 된다. 엘레강스의 시체에서 발견된 유일한 증거는 말을 그린 그림 한 점이다. 이 그림을 이용하여 남은 세 사람 중 누가 살인자인가 하는 긴박한 추적이 시작된다. 이쯤에서 화원장 오스만이 등장한다. 그는 제국의 세밀화는 서양의 원근법과는 다른 오스만제국만의 전통을 그대로 유지해야 한다고 믿는 사람이다.

에니시테가 술탄을 설득하여 이교도풍의 그림을 그리는 사실을 알게 된 화원장은 이를 극도로 혐오한다. 술탄의 명령을 받고 카라와 함께 살인자 추적에 들어간 그는 톱 카프 궁전의 보물창고에 보관된 고래의 명작 세밀화들을 보면서 말 그림의 화풍을 추적한다. 오스만은 헤라트화풍의 거두 비흐자드의 그림을 보고 감탄하게 된다. 시대가 바뀌고 있고, 오스만제국의 세밀화도 그 소임을 다했다는 사실을 깨달은 오스만은 자신이 가장 존경하는 비흐자드의 칼로 자신의 눈을 찔러 장님이 된다.

이제 이스탄불에서 가장 유명한 방물장수 에스테르가 등장한다. 그녀는 포르투갈의 유대인 박해를 피해 이곳으로 온 이주 유대인이지만 생기발랄하다. 그녀는 이곳저곳을 다니며 사랑의 편지를 전해주고 소문도 전해주는 뚜쟁이 역할을 한다. 그녀를 통해 각종 사건의 진행 상태를 알 수 있는 경우가 많아 일종의 해설자 역할을 한다. 빠져서는 안되는 인물이다. 여기에 누스렛 호자라는 인물이 나타난다. 그는 마호메트의 후손이라고 주장하면서, 빈곤, 흑사병, 범죄, 절도 등 부도덕하고 수치스러운 일들이 일어나는 것은 마호메트의 가르침을 따르지 않고 서양 것을 받아들였기 때문이라고 주장해 큰 명성을 얻는다.

그는 수도원에서 악기를 연주하고, 커피 마시는 것도 죄악이라며 추종자들에게 그런 부도덕한 곳을 공격하라고 선동한다. 에니시테가 제작하고 있는 그림책이 반反이슬람적이고 이교도풍이라는 소문이 나면서 에니시테의 집으로 몰래 그림을 그리러 다니던 세밀화가들은 누스렛 호자의 추종자들에게 테러를 당하게 될까봐 전전긍긍한다.

이스탄불 뒷골목의 모습도 자세히 묘사된다. 커피집이 있고, 커피집에는 벽에 그림을 걸어놓고 이야기를 들려주는 이야기꾼이 있다. 벽에 걸린 그림에는 죽음, 나무, 악마, 말, 개, 금화, 왕의 초상화, 고개 숙인 여자 등이 등장한다. 이어서 주인공인 빨간 색이 등장한다. 술탄의 책 그림을 장식하는 생생한 빨강색이다. 이 빨강은 세밀화의 어디에나 있으면서 빨간 색이 칠해지는 곳에 열정이 타오르게 하고, 심장박동이

빨라지게 한다. 빨강은 스스로에 대해 '나는 뜨겁고 강하다. 나는 눈에 띈다, 나는 빨강이어서 행복하다.'고 말한다.

작가는《내 이름은 빨강》을 통해 오스만의 화풍을 지키고자 하는 당시 화가들의 치열한 노력을 그렸다. 지금의 눈으로 보면 당시의 세밀화가들이 가졌던 고뇌는 부질없어 보인다. 그들이 지키고자 했던 오스만의 세밀화 화풍이란 것도 사실은 외래 화풍이다. 세밀화에는 중국화풍, 헤라트화풍, 시라르화풍 등 시대별로 다른 화풍이 존재했고, 이것이 이스탄불에서 오스만화풍으로 새로운 열매를 맺었을 뿐이다.

이탈리아의 르네상스도 비잔티움의 영향을 받아 촉발되었다. 제 4차 십자군전쟁으로 베네치아와 프랑스의 십자군이 콘스탄티노플을 약탈해가면서 중세사회는 비잔틴 문화의 화려함을 보았고, 이것에 크게 고무된다. 비잔틴 미술에 자극받은 이탈리아 반도에서 일어난 새로운 문화운동이 바로 르네상스이다. 당시 베네치아는 무역으로 아드리아해와 흑해를 장악하면서 막대한 부를 축적하고 있었다.

르네상스 화풍이 베네치아 화풍이라는 이름으로 이스탄불에 영향을 미쳤다. 문화는 서로 영향을 주고받는다. 오스만 제국에도 새로운 사조인 르네상스 문화가 흘러들어오게 된 것이다. 술탄 메흐메드 2세도 르네상스 화풍으로 자신의 초상화를 그리고 싶어 했다. 그는 레오나르도 다빈치를 초빙하려고 했으나 여의치 않자 베네치아 출신의 화가 젠틸레 벨리니를 초대하였다. 그가 그린 왕의 초상화가 지금 톱카프궁전 박물관에 남아 있다.

《내 이름은 빨강》을 읽고 나서 터키를 여행하면 터키와 이스탄불이 새롭고도 친근하게 다가옴을 느낀다. 얼마 전 터키 여행 중에 도자로 유명한 카파도키아의 아바노스에 들렀을 때의 일이다. 도자 장인들은 점토로 만든 접시에다 빼곡히 문양을 그려 넣느라고 눈을 거의 접시에 맞붙인 채 섬세한 붓질을 하고 있었다. 흔들리는 촛불 아래서 세밀화를 그리다 눈이 멀고 마는 오스만제국의 세밀화가들이 연상되는 광경이었다.

참고도서

1. 《내 이름은 빨강》 1,2, 오르한 파묵 지음, 이난아 옮김, 민음사, 2012
2. 《지구 위의 모든 역사》, 크리스토퍼 로이드 지음, 윤길순 옮김, 김영사, 2011

8

라틴 아메리카의 아픔

| 백년 동안의 고독 |

가브리엘 가르시아 마르케스

　2014년 4월 《백년 동안의 고독》으로 노벨문학상을 수상한 콜롬비아의 대작가 가브리엘 가르시아 마르케스가 타계했다. 세르반테스 이래 가장 인기 있는 스페인어권 작가이며, 스페인어로 출간된 책 가운데 성경을 제외하고 가장 많은 판매고를 올린 작가이기도 하다.

　인류는 1492년을 기억해야 할 것 같다. 이 해에 콜럼버스가 에스파냐(스페인) 여왕 이사벨의 후원을 받아 바하마제도에 첫발을 내딛는다. '신대륙 발견'이라고 불리는 사건이다. 이후 인류 역사는 엄청난 변화를 겪는다. 비로소 세계가 하나로 연결되고, 서유럽 각국은 부富를 축적할 수 있는 새로운 방법을 찾았다. 그것은 바로 착취였다. 그들은 신대륙으로 몰려 들어가 수탈을 자행함으로써 서양 우위의 세계사를 확실히 고착시켰다. 신대륙은 아직도 서구인들로부터 당한 불행한 과거에서 제대로 헤어나지 못하고 있다.

20세기 가장 걸출한 스페인어 소설

소설《백년 동안의 고독》은 그 착취의 역사에 대한 항변이고, 라틴 아메리카 사람들이 겪은 이러한 아픔의 외침이다. 따라서 마르케스의 이 작품을 제대로 이해하려면 중남미의 아픔을 먼저 알아야 한다. 작가가 창조한 우스꽝스럽고 슬픈 이야기 속에 숨은 라틴 아메리카의 역사를 이해하고, 작가가 버무려놓은 은유들을 찾아 읽어야 이 소설의 깊이를 제대로 맛 볼 수 있다.

에스파냐의 이사벨 여왕은 1492년 마침내 그라나다에서 이슬람인들을 몰아내고 나라를 통일하는 위업을 이루었다. 이때 콜럼버스가 인도로 가는 신항로를 개척하겠다고 나서자 여왕은 그를 적극 후원하기로 한다. 마침 이웃 나라 포르투갈이 엔히크 왕자의 주도로 아프리카 서안으로 가는 신항로를 개척하여 황금을 가지고 돌아오는 모습에 자극을 받았던 참이었다. 에스파냐는 국토 회복 전쟁을 치르느라 왕실의 금고도 텅 비어 있었고, 유럽에서 결제수단으로 사용되던 은이 고갈되고 있었다. 새로운 돌파구가 필요한 시점이었다.

당시 서유럽인들이 열렬히 원한 교역품은 후추 같은 향신료였다. 육류를 주로 먹는 유럽인들에게 후추는 기적의 식품이었다. 후추는 육류의 저장성을 높여줄 뿐만 아니라 고기의 역한 냄새를 상쇄해 주었다. 머나먼 아시아에서 온 이 상품은 막대한 이윤을 안겨다 주었다. 후추 1킬로그램은 산지인 인도네시아 말라카에서 은 1그램에 거래되었으나 카이로에서는 베네치아 상인들에게 은 14그램에 팔렸고, 유럽 상인들에게는 18그램에 팔렸다. 마지막으로 유럽 각국의 소비자들에게는 은 20~30그램에 팔렸다. 오스만 튀르크가 차지하고 있는 동방 교역로를 피하면서 인도로의 직접 교역로를 찾는 것이 당시 유럽 상인과 군주들의 열망이었다.

신대륙으로 모두 네 번에 걸친 항해를 한 콜럼버스가 원래 가슴에 품은 꿈은 황금이었다. 그래서 그는 자신이 발견한 신대륙에서 재화를 만들기 위해 고심하였다. 원주민들에게 가혹한 노동과 세금을 부과하고, 그들을 노예로 팔았다. 콜럼버스 뒤를 이은 에스파냐의 모험가들은 신대륙의 내륙 깊숙이 들어가면서 금은의 제국과 광산을 발견하게 된다. 1519년 코르테스가 멕시코 고산지역의 아스테카 왕국을 정복하였고, 1534년 피사로가 잉카제국을 정복하면서 엄청난 양의 황금과 은을 약탈해 에스파냐로 가져갔다. 이 과정에서 수만 명의 원주민들을 학살했고, 고대 중남미 문명은 완전히 멸망하고 말았다. 그 후 남미 곳곳에서 금은광이 잇달아 발견되면서 에스파냐와 포르투갈인에 의한 수탈은 정점으로 치닫게 된다.

한편 라틴 아메리카 인디오들이 내몰린 비참한 상황이 유럽으로 알려지면서 예수회를 포함한 수도사들이 대거 신대륙으로 건너갔다. 그들의 열정적인 포교와 헌신은 남미대륙을 가톨릭교회의 굳건한 보루로 만들었다. 그중 '서인도제도의 사도'라고 불렸던 바르톨로메 데 라스카사스 신부는 50년 동안 자국민들이 자행하는 비인간적인 폭력으로부터 인디오들을 구하기 위해 끊임없이 싸웠다. 그런데 이 훌륭한 선교사는 치명적인 오류를 범하고 만다. 인디오들의 멸종을 막는 방편으로 아프리카 흑인으로 인력을 대체하자고 제안한 것이다.

물론 라스카사스의 제안이 있기 전부터 대서양의 마데이라제도 등에서는 이미 아프리카 흑인노예를 이용한 플란테이션이 시작되고 있었다. 그러나 가톨릭 신부의 제안은 거대하게 몰아친 탐욕의 물결을 더욱 부채질하였다. 아프리카 대륙에서 무자비한 노예사냥이 확대되었다. 라스카사스는 생을 마감할 때까지 자기가 저지른 잘못된 제안을 후회했지만 때는 늦었다. 16세기 이후 유럽인이 노예사냥에 진출하면서 1200만 명에서 1400만 명의 아프리카인들이 노예선에 실려 아메리카 대륙으로 끌려갔다.

신대륙 착취의 역사에 대한 항변

에스파냐와 포르투갈의 정복자들이 원주민이나 아프리카 노예들과 결혼해 새로운 인종을 낳음으로써 라틴 아메리카는 세계에서 가장 다양한 인종 분포를 가진 지역이 된다. 최상층에는 페닌슐러라고 부르는 본국 출신의 식민지 관리가 자리 잡고, 그 아래로 식민지 태생 백인인 크리오요, 그 아래로 백인과 원주민 인디오 사이에 태어난 혼혈인 메스티소, 백인과 흑인 노예 사이의 혼혈인 물라토, 그리고 최하층에 노예와 다를 바 없는 원주민과 아프리카 흑인 노예가 있었다.

중남미는 차츰 고질적인 가난에 빠지게 되었다. 이러한 상황 하에서 임금 노동자로 바뀐 현지 농민들의 삶은 비극적인 상황으로 내몰렸다.

소설의 배경이 되는 콜롬비아에서 1928년, 대파업이 발생했을 때 미국의 유나이티드 푸르츠사(UFC)는 콜롬비아 최대 라티푼디오(대농원)의 소유자가 되어 있었다. 이때 콜롬비아 정부군은 미국 바나나 회사 편을 들어 파업참가자 1000여명을 사살했다. 이러한 역사는 농민들의 증오를 폭발시켰다. 콜롬비아에서는 1948년~57년까지의 10년간 농민전쟁이 빈발하였고, 유혈탄압으로 18만 명이 사망하였다.

작가 가브리엘 가르시아 마르케스는 1927년 콜롬비아 북부의 작은 해안마을에서 태어났다. 그는 아버지의 사업 때문에 외가에서 자랐다. 어린 시절 그는 부모와 떨어져 사는 외로움을 독서로 채웠다. 외조부는 콜롬비아 내전에서 활동한 퇴역 대령으로 훗날 그의 대표작 가운데 하나인《아무도 대령에게 편지하지 않았다》의 모티프가 된다. 또한 외조부와 외가에서 들은 많은 이야기들은《백년 동안의 고독》의 근간이 되었다.

마르케스는 콜롬비아대에서 법률과 언론을 공부하였는데 당시 남미의 모든 나라가 혁명과 폭력으로 점철되어 있었고, 그의 조국 콜롬비아 역시 혼란스러웠다. 이에 마르케스는 학업을 중단하고 자유파 신문인 엘 에스펙타도르 지에서 기자로 일하며 글을 쓰기 시작한다.

1954년 특파원으로 로마에 파견된 그는 본국의 부패와 억압, 장기 집권 음모 등을 비판하는 칼럼을 썼다. 이것이 계기가 되어 신변의 위협을 느낀 마르케스는 조국으로 돌아가지 못하고 이후 반평생을 파리, 뉴욕, 바르셀로나, 멕시코 등지로 떠돌게 된다. 1966년, 작가는 멕시코 시티에 18개월 동안 칩거하면서 매일 여덟 시간씩 집필에 매달린 끝에《백년 동안의 고독》을 완성하였고, 책은 이듬해 6월 부에노스아이레스에서 출판되었다.

아우렐리아노 바빌로니아와 그의 이모 아마란타 우르술라의 근친상간으로 돼지꼬리 달린 아이가 태어나는 순간까지 부엔디아 가문이 7대에 걸쳐 겪는 숙명적 고독을 다룬 이 소설은 출간된 지 한 달도 채 안 돼 초판이 매진되는 등 선풍적인 반응을 불러일으켰다. 그 후 세계 각국 언어로 번역되며 폭넓은 독자층을 확보하고 라틴 아메리카 문학의 국제화를 성취한 '붐'boom 소설의 대표작으로 자리매김하였다. '20세기 스페인어 소설 중 가장 걸출한 작품'이라고 평가되는《백년 동안의 고독》으로 마르케스는 1982년 노벨문학상을 수상하였다.

7대에 걸친 치명적인 고독

소설《백년 동안의 고독》은 허구의 콜롬비아 시골 마을 '마꼰도'와 이 마을을 세운 부엔디아 가문의 이야기를 그리고 있다. 이야기는 16세기, 영국 해적왕 프랜시스 드레이크가 콜롬비아 연안의 항구도시 리오아차를 습격했을 때부터 시작된다.

놀란 우르술라의 증조할아버지는 아내를 데리고 바다에서 멀리 떨어진 산맥 기슭으로 이주해 간다. 그 산골에는 돈 호세 아르카디오 부엔디아라는 담배 재배업자가 살고 있었다. 두 집안은 수세기에 걸쳐 근친결혼을 하며 외딴 산속에 살았기 때문에 근친결혼으로 인한 기형

아 출산에 대한 두려움이 언제나 그들을 내려누르고 있었다.

먼저 호세 아르카디오 부엔디아와 우르술라 이야기부터 해 보자. 이들은 결혼과 더불어 집안 대대로 내려오는 돼지꼬리 달린 아이의 출산에 대한 두려움 때문에 잠자리를 피하고 있었다. 그런데 이 일 때문에 친구의 놀림을 받고, 화가 난 부엔디아가 친구를 죽이게 된다. 죽은 친구의 혼이 계속 나타나 주변을 배회하자 견디지 못한 부부는 마을을 떠나기로 한다. 부부의 친구들도 산맥을 넘어 미지의 땅으로 떠나는 여행에 동참하게 되는데, 거의 2년에 걸친 고생 끝에 그들은 늪지대에 있는 어느 강가에 도착하고, 거기에 정착촌을 만드니 이것이 마꼰도의 시작이다.

초기의 마꼰도는 행복한 이상향이었다. 맑은 물이 흐르고 죽은 사람이 하나도 없었으며 새소리가 외부인을 이끌어 들일 정도로 요란하고 아름다웠다. 이 마을에도 차츰 외지인이 들어오게 되는데, 처음에는 신 문물을 소개하는 집시들이었고, 두 번째는 유흥과 매음을 행하는 퇴폐적인 집시들이었으며, 세 번째는 정부에서 파견한 공무원이 나타난다. 파견 공무원이 처음 한 일은 마을 모든 집들을 파란색으로 칠하라는 것이었다. 파란색은 보수당의 색깔이었다. 첫 번째 집시들이 보여주는 자석, 망원경, 돋보기, 나침판 등에 매료된 호세 아르카디오 부엔디아는 연금술 실험에 매달리면서 온갖 기행을 행하다 정신이 살짝 돌아 집 앞 밤나무에 묶인 채 죽는다. 이때 멜키아데스라는 집시가 부엔디아가의 미래에 대해서 한 예언을 양피지에 남긴다.

이들 부부의 걱정과 달리 큰아들 호세 아르카디오와 차남 아우렐리아노 부엔디아, 딸 아마란타는 모두 정상적인 아이들로 태어난다. 여기에다 고아 처녀 레베카가 가족 속으로 들어오면서 아마란타와 레베카는 숙명적인 경쟁 관계로 자란다. 레베카는 강박관념에 시달릴 때마다 흙과 석회를 먹는 습관을 가지고 있다.

이들로부터 3대째 가문을 이어주는 가장 중요한 역할을 하는 인물로 삘라르 테르네라라는 여자가 등장한다. 삘라르는 먼저 부엔디아의 장남인 호세 아르카디오를 유혹하여 그와의 사이에서 아들 아르카디오를 낳는다. 그 후 차남인 아우렐리아노 부엔디아와의 사이에서 아들을 얻으니 그 아이 이름이 아우렐리아노 호세였다. 장남은 삘라르의 임신 사실에 놀라 가출하지만 후에 집에 돌아온다. 그는 아름답게 성장한 레베카에 반해 그녀와 결혼하지만 권총 자살로 비극적 삶을 끝맺는다.

둘째 아들인 아우렐리아노 부엔디아는 마을에 파견된 공무원의 막내 딸 레미디오스의 모습에 반해 그녀와 결혼한다. 그러나 레미디오스가 임신한 상태에서 죽자 슬픔과 고독 속에서 작은 물고기를 은세공하며 은둔한 채 살아간다. 그러던 그가 장인이 하수인이 되어 저지르는 보수당의 부정선거 모습과, 마을을 점령한 정부군 군인들이 저지르는 잔인한 행동을 목격한 뒤로 대정부 투쟁에 앞장서게 된다. 그는 이십 년 동안 정부군과 싸우며 전설적인 영웅이 된다.

아우렐리아노 부엔디아는 마침내 자신의 그 모든 행동에 의미를 발견하지 못한 채 아버지 호세 아르카디오 부엔디아가 죽은 밤나무에 이마를 기댄 채 쓸쓸히 죽는다. 부부의 장녀이자 유일한 딸인 아마란타는 복잡한 성격의 소유자이다. 그녀는 오만한 질투심으로 세상 남자들의 이목을 끌지만 잔인하게 그들의 사랑을 거절한다. 그녀가 키운 조카 아우렐리아노 호세와 종조카 호세 아르카디오는 아마란타에 대한 강한 근친애로 괴로워한다.

착취의 역사에 녹아 있는 인간 본연의 고독

부엔디아가 3대째 자녀들의 이야기를 따라가 보자. 호세 아르카디오와 삘라르 테르네라 사이에서 태어난 아르카디오는 전쟁이 발발했을 때 이미 어엿한 사춘기 소년으로 자라 있었다. 방종한 여인에게서 태어났다는 이유로 가족으로부터 방치된 채 외롭게 성장한 아르카디오는 아우렐리아노 부엔디아 대령이 그를 마을의 치안 책임자로 임명하고 마꼰도를 떠나자, 빨간 완장을 차고 마을을 잔혹한 공포 속으로 몰아넣는다. 그는 결국 정부군에 패해 공동묘지 담벼락 앞에서 총살당한다. 그는 젊은 처녀 산타 소피아 델 라 삐에닷과의 사이에서 가문을 이을 자녀들을 얻게 되는데 미녀 레미디오스와 쌍둥이 형제 호세 아르카디오 세군도와 아우렐리아노 세군도였다.

4대째 이야기는 미녀 레미디오스와 쌍둥이 형제 호세 아르카디오 세군도와 아우렐리아노 세군도에 의해 이어진다. 레미디오스는 이름 그대로 빼어난 미녀로 자란다. 그녀의 미모는 너무나 특출하여 늘 사람들의 입에 오르내린다. 그녀는 나중에 마꼰도에서 떠들썩한 카니발

이 열렸을 때 카니발의 여왕으로 뽑힌다. 그러나 그 축제는 정부군이 군중들에게 쏜 무자비한 총탄으로 인해 유혈사태 속에서 끝나고 만다. 레미디오스는 제멋대로 살다가 어느 날 홀연히 사라진다.

쌍둥이인 호세 아르카디오 세군도와 아우렐리아노 세군도는 전혀 다른 삶을 산다. 복권을 팔고 다니는 여인 뻬뜨라 고떼스와 육욕에 빠진 채 살아가던 아우렐리아노 세군도는 그 유혈의 카니발 축제장에 나타난 진짜 여왕으로 분장한(정부군이 꾸민 여왕) 페르난다 델 카르삐오를 구해주면서 그녀와 결혼하게 된다. 페르난다는 엄격한 가톨릭 신자였고 냉정하고 매몰찬 여인이었다. 그녀는 부엔디아가에 강한 혐오감을 표명하며 집안을 자기 식의 엄격한 생활방식으로 바꾸어 간다. 그 와중에도 세 자녀가 태어났으니 장남인 호세 아르카디오와 장녀 레난따 레미디오스(메메), 막내딸 아마란타 우르술라였다.

한편 형제 쌍둥이 호세 아르카디오 세군도는 별 볼 일 없는 존재로 살아가다가 바나나 농장의 파업을 주도하면서 일약 유명인사가 된다. 파업을 벌이던 바나나 농장의 노무자들은 정부군의 발포에 의해 대규모로 학살당한다. 시체 속에서 구사일생으로 살아난 호세 아르카디오 세군도는 마꼰도의 집에 숨어 살며 경찰의 수색을 피한다.

바나나 농장의 대학살 후 마꼰도에는 4년 11개월 이틀 동안 계속해서 비가 내렸다. 비는 마치 노아의 홍수처럼 모든 것을 쓸어가 버린다. 기세 좋게 새끼를 낳아 그를 부유하게 만들어 주었던 아우렐리아노 세군도의 짐승들은 비에 떠내려가거나 굶어죽었고, 번영을 누리던 부엔디아가도 식량부족으로 고통을 당한다. 부엔디아가의 큰 집은 순식

간에 흰개미와 불개미의 공격으로 피폐해져 간다. 가문의 퇴락은 사람들의 죽음과 함께 온다. 방 안에 숨어 있던 호세 아르카디오 세군도와 후두암을 앓고 있던 동생 아우렐리아노 세군도도 죽었다. 이어서 아마란타가 죽고, 다음으로 우르술라가 죽었다. 레베카도 죽었다. 우르술라가 죽자 산타 소피아 델 라 삐에닷은 부엔디아가를 떠난다. 페르난다는 아들 호세 아르카디오가 이탈리아에서 돌아오기를 기다리다 죽었다.

이 가운데서 5대째인 호세 아르카디오, 메메, 아마란타 우르술라 이야기가 부엔디아 가문의 종착점을 묘사하듯 마지막으로 펼쳐진다. 신부가 되기 위해 이탈리아의 신학교로 보내진 호세 아르카디오는 애초에 신학에 뜻이 없었다. 로마의 뒷골목을 헤매던 그는 어머니가 위독하다는 편지를 받고 마꼰도로 돌아오지만 어머니는 이미 숨을 거둔 뒤였다. 그는 마을 아이들을 불러들여 집안을 방탕의 천국으로 만들었고, 결국 그로 인해 마을 아이들에게 죽음을 당하고 만다. 둘째 딸 메메는 어머니 페르난다에 의해 수녀학교로 보내진다. 그러나 메메는 그링고(미국인)들의 토요일 댄스파티에 참가하면서 바나나 농장 인부인 인디오 청년 마우리시오스 바빌로니아와 사랑에 빠진다.

두 사람의 사랑을 눈치 챈 페르난다에 의해 메메는 집안에 감금되는데, 지붕을 통해서 메메의 방으로 가려던 마우리시오스가 경비병이 쏜 총알을 맞고 쓰러진다. 메메는 어머니에 의해 수도원으로 끌려가고, 거기에서 아우렐리아노 바빌로니아를 낳는다. 한편 늦둥이 아마란타 우르술라는 메메의 아들 아우렐리아노 바빌로니아와 함께 자란다. 어느 날 벨기에로 유학을 떠난 아마란타 우르술라가 남편과 함께 마꼰도로 돌아온다. 아우렐리아노 바빌로니아와 아마란타 우르술라는 서로의 족보도 모른 채 육욕 속에 빠지게 되고, 아우렐리아노라는 부엔디아가의 마지막 자손을 낳게 된다. 아우렐리아노는 마치 이 모든 이야기를 종결짓듯 돼지꼬리를 달고 태어난다.

산모가 출산 후 과다출혈로 죽고, 아이의 아버지가 괴로움으로 방황하는 사이 아이는 개미들에 의하여 개미소굴로 끌려간다. 그때 아우렐리아노 바빌로니아는 멜키아데스가 양피지에 써놓은 부엔디아가의 미래에 대한 예언을 해독하게 된다. '가문 최초의 인간은 나무에 묶여 있고, 최후의 인간은 개미 밥이 되고 있다.'는 것이었다.

소설은 부엔디아 가문의 비극적인 가족사를 내세워 수탈의 대지 라틴 아메리카의 모습을 비유적으로 보여준다. 부엔디아가의 100년 내내 되풀이되는 근친결혼으로 결국 돼지꼬리 달린 아이가 탄생하고, 이 아이가 개미밥으로 끌려가면서 이야기는 끝이 난다. 작가는 이러한 인간들의 모습을 고독하다고 표현한다. 그 고독은 라틴 아메리카라는 역사와 슬픔이 함축되어져서 만들어졌을 수도 있지만 인간 본래인 고독일 수도 있다.

《백년 동안의 고독》의 가장 큰 미덕 가운데 하나는 지금까지 쓰인 어떤 소설보다 재미있다는 점이다. 삶은 비극적인 동시에 한바탕 희극임을 무대 위의 배우들이 우스꽝스러운 춤사위로 보여준다. 웃다 보면 어느새 슬픔이 차오르는 작품이다.

참고도서

1.《백년의 고독》1,2, 가브리엘 가르시아 마르케스, 민음사, 2000

2.《지구 위의 모든 역사》, 크리스토퍼 로이드 지음, 윤길순 옮김, 김영사, 2011

3.《크리스토퍼 콜럼버스》, 콘스웰라 바레라, 로베르토 마자라 공저, 신윤경 옮김, 12세기북스, 2010,

4.《라틴 아메리카 5백년사, 수탈된 대지》, 에두아르도 갈레아노, 박광순 옮김, 범우사, 1988

5.《강대국의 조건》, 포르투갈과 스페인, 중국CCTV 다큐멘타리 제작진, 양성희 옮김, 안그라픽스 2007

6.《라틴 아메리카의 해방자 시몬 볼리바르》, 헨드릭 빌렘 반 룬 지음, 조재선 옮김, 서해문집, 2009

7.《바나나》, 댄 쾨펠 지음, 김세진 옮김, 이마고, 2010

9

에스파냐의 낭만

| 돈키호테 |

미겔 데 세르반테스

소설《돈키호테》는 너무나 유명하여 특별히 소개할 필요도 없을지 모르겠다. 전 세계적으로 성경 다음으로 많이 읽히고, 가장 격찬 받는 고전으로 알려져 있다. 프랑스의 비평가 A. 티보데는 이 소설을 '인류의 책'이라 불렀고, 진정으로 '인간'을 그린 최초, 최고의 소설이라는 격찬을 아끼지 않았다. 2002년 노벨연구소가 세계 최고의 작가 100인을 대상으로 실시한 설문조사에서 '문학 역사상 가장 위대한 소설'로 선정된 작품이기도 하다.

많은 문학작품이 그러하듯 이 소설 또한 당시 에스파냐의 시대상을 빈틈없이 보여주고 있다.《돈키호테》가 모험을 떠나 부닥뜨리는 사람들은 당시 에스파냐 사회의 모든 부류들이 포함되어 있다. 톨레도의 상인, 베네딕트회 수도사, 인디아로 부임하는 남편과 그 남편을 찾아 세비야로 가는 부인, 흑사병으로 죽은 기사, 갤리선으로 노 젓기 노역을 떠나는 죄수들, 포로로 잡혔다 도망친 남자 등등.

문학 역사상 가장 위대한 소설

소설 《돈키호테》의 배경이 되는 에스파냐는 이사벨 여왕으로부터 설명을 시작하는 것이 좋겠다. 1451년 이사벨이 태어났을 무렵 이베리아반도는 카스티야(중부), 아라곤(북동부), 그라나다(남부), 포르투갈의 네 왕국으로 나뉘어 있었다. 카스티야의 이사벨 왕녀가 아라곤의 페르난도 2세와 결혼함으로서 에스파냐 통합의 기운이 무르익는다.

이사벨 여왕은 13세기 초부터 불붙기 시작한 기독교 세력의 국토 회복 운동(레콘키스타)의 일환으로 이베리아반도 남부에 남아 있던 이슬람 국가인 그라나다를 공격하여 마침내 1492년 1월 무어인들을 축출시키고 통일 왕국을 이루는 데 성공한다. 서고트 왕국이 무어인에 정복된 이후 전 이베리아 반도가 이슬람화 되었으니 이슬람 축출은 무려 8세기 만의 일이었다.

이사벨 여왕은 콜럼버스의 신대륙 탐험을 후원하고 그 결과 남미로부터 엄청난 재보가 왕실로 흘러들어왔다. 이를 발판으로 에스파냐는 16세기 유럽에서 가장 강력한 국가이자 가장 넓은 해외 영토를 갖는 세계적인 제국으로 성장하게 된다.

하지만 준비되지 않은 상태에서 쏟아져 들어온 부(富)는 에스파냐에 독으로 작용하였다. 식민지가 확장되면서 식량과 상품의 수요가 급증하였으나 이를 뒷받침할 산업은 제대로 발달되지 못한 상태였다. 무역적자는 걷잡을 수 없이 커지고, 맹렬한 기세로 인플레이션이 뒤를 따랐다.

거기다 편협한 종교정책이 에스파냐를 두 세기쯤 퇴보시켜 놓았다. 열렬한 가톨릭 신자였던 이사벨여왕은 국토 회복 전쟁에 승리한 후 이교도들을 가혹하게 박해했다. 이사벨여왕의 뒤를 이은 카를 5세와 펠리페 2세도 반종교개혁(신교도의 개혁에 대항해 시작한 16세기의 가톨릭 개혁운동)에 앞장섰다. 이들은 가공할 이단 심판제도를 발족시키고, 이 단자와 그 용의자들에 대한 광적인 종교재판을 시행하면서 국가경제에 치명적인 손실을 초래하였다.

중세로 회귀한 사회 분위기 탓에 사제와 군인, 귀족의 수가 크게 늘어났으며, 유럽의 걸인들이 에스파냐로 대거 몰려들었다. 수도원은 9천개나 되었고, 성직자가 무려 20만에 달했다. 당시 에스파냐에는 귀족 영주들이 독자적인 사법권을 행사해 국왕이 직접 지배하지 못하는 마을과 도시가 1만 개가 넘었다. 영주를 중심으로 중세의 기사 제도가 남아 있었고, 기사를 소재로 한 소설이 크게 유행했다.

악전고투의 삶을 산 작가 세르반테스

이러한 시대를 배경으로 1547년, 소설보다 더 극적인 삶을 살았던 미겔 데 세르반테스가 태어났다. 부친은 외과의사였기 때문에 그는 어린 시절을 그렇게 궁핍하게 보내지는 않았다. 하지만 1569년 에스파냐의 무적함대에 자원입대하면서부터 그의 인생은 꼬이기 시작한다. 당시 유럽의 가톨릭 세력은 지중해에서 활개치는 오스만 튀르크를 몰아내기 위해 신성기독교동맹연합을 결성하였고, 이 전쟁에 앞장선 이가 펠리페 2세였다. 세르반테스도 레판토해전에 참전하였다(1571년). 이 해전에서 에스파냐, 베네치아와 제노바 연합군은 대승을 거두었다.

세르반테스는 전투 중에 총상을 입고 평생 왼팔을 쓰지 못하는 상이군인이 되었다. 28세 때인 1575년, 세르반테스는 전역해 형과 함께 고향으로 향한다. 그러나 귀국 도중, 당시 지중해에 횡행하던 오스만 튀르크 해적의 습격을 받아 형 로드리고와 함께 알제리로 끌려가서 노예생활을 하게 된다.

해적들은 스페인 정부와 세르반테스의 가족들에게 거액의 몸값을 요구하였고, 세르반테스의 가족들은 그 돈을 마련하기 위해 엄청난 빚을 지게 된다. 그 과정에서 세르반테스는 5년간이나 노예생활을 했고, 여러 차례 탈출시도를 하다 심한 고문을 당하기도 했다. 결국 에스파냐 종교단체의 중재로 노예생활에서 풀려나 고향으로 돌아온 세르반테스를 기다리는 것은 몰락한 가문과 병든 아버지였다.

결혼 후에도 변변한 직업이 없던 세르반테스는 생계를 위해 어릴 적의 글 솜씨를 발휘하여 문필 활동을 시작했다. 1585년 발표된 첫 번째 소설 〈라 갈라테아〉는 호평을 받았지만 큰 명성을 얻지는 못하였다. 이후 1587년까지 20~30편의 희곡을 썼지만 변변한 반응을 얻지 못하자 그는 문필 생활을 중단하고 세비야의 어느 곡물 상점에서 점원으로 일했다. 천신만고 끝에 말단 관리가 된 세르반테스는 10여 년간 무적함대의 물자조달관으로, 나중에는 세금징수관으로 일했다. 이 동안에도 그의 생활은 평탄하지 못하였는데, 세금징수관 시절에는 계산착오로 공금을 맡긴 은행으로부터 고발당해 투옥당하기도 했다.

세르반테스는 옥살이를 하는 동안《돈키호테》를 쓰기 시작했고, 57세 되던 1605년에 출간하게 된다.《돈키호테》는 출간과 더불어 대단한 성공을 거두었던 것 같다. 1권의 성공을 2권에서는 이렇게 전하고 있다. '그 이야기책이 일만 이천 부 이상 인쇄되었고, 마드리드뿐만 아니라 발렌시아, 리스본, 브뤼셀, 밀라노, 바르셀로나에서도 출판되었다는 소식을 듣는다. 각계각층의 사람들이 다들 닳도록 읽고, 알고 있어서 어디서 농사짓는 삐쩍 마른 말만 보여도 저기 로시난테가 가네라고 소리친다고 한다…' 그러나 소설의 성공이 그를 가난에서 구제하지는 못하였다. 생활고로 인해 출판업자에 판권을 넘겨버린 까닭이었다.

세르반테스는《돈키호테》제 2권을 준비하던 중 다른 사람에 의해 위작《돈키호테 2》가 출간된 것을 알고 큰 충격을 받는다. 그래서 그는 1권이 나온 10년 뒤 속편인《기발한 기사 라 만차의 돈키호테》를 세상에 내놓는다. 그의 나이 68세 때였다. 평생을 거친 풍파에 내몰리고 2권 저술에 너무 에너지를 쏟은 탓인지 그는 이듬해인 1616년, 69세를 일기로 사망하였다.

인류가 가장 사랑하는 소설

그럼 너무나 재미있는《재치 있는 시골 귀족 돈키호테 데 라 만차》스토리로 들어가 보자. 에스파냐의 라 만차 지방에 아론소 키하나라는 시골 귀족이 살고 있었다. 그는 50세 가량의 몰락한 하류 귀족 출신으로 가정부와 조카딸, 그리고 하인 한 명과 함께 살고 있었다. 그는 당시 유행하던 기사소설에 미쳐 광활한 논밭을 팔아 집안 가득 기사소설을 들여놓고 책 속에 빠져 지냈다. 몇 날 며칠 한숨도 자지 않고 책만 읽던 이 시골 귀족은 마침내 판단력을 잃어버리고, 책 속의 가상 이야기들이 사실이라고 생각하기에 이른다.

그는 스스로 소설 속 떠돌이 편력遍歷기사가 되어 조국과 아름다운 부인을 위해 헌신하고 자신의 이름과 명성을 길이 남기고자 결심한다. 그는 기사가 되기 위해 낡은 무기들을 손질하고, 마구간에 있던 야윈 말에게 '로시난테'라는 고상한 이름을 지어준다. 자신에게도 길이 남을 이름을 지어주고자 여드레를 고민한 끝에 '돈키호테 데 라 만차'라고 이름을 지었다.

그 다음 필요한 것은 모든 것을 걸고 사랑할 여인의 존재였다. 시골 귀족은 마을 근처에 사는 처녀 농부를 마음 속 귀부인으로 삼기로 하고, 그녀에게 '둘시네아 델 토보소'라는 이름을 붙인다. 이렇게 모든 준비가 끝나자 무더운 7월 어느 날 새벽, 조잡한 투구를 쓰고, 방패를 들고 창을 거머쥔 채, 우리의 돈키호테 데 라 만차는 드디어 모험을 찾아 길을 떠난다. 씻어버려야 할 불명예, 바로잡아야 할 부정, 고쳐야할 무분별한 일, 개선해야 할 폐단과 해결해야 할 부채를 허약한 두 어깨에 짊어지고…

그는 자신이 정식 기사가 아니라는 점이 영 못마땅했다. 어떻게든 기사 임명을 받고 싶은 열망에 가득 찬 그는 처음 도착한 주막집을 성이라고 믿고, 주막집 주인을 성주라고 생각하고 그에게 기사 임명을 해달라고 요청한다. 돈키호테의 기괴한 행색과 말투는 우스꽝스럽기 짝이 없었지만 장난기 많은 주막집 주인이 성주로 나서 우스꽝스런 의식을 치르고 돈키호테를 정식 기사로 임명한다.

한편 고향 집에는 돈키호테가 사라진 것을 근심하는 가정부와 조카딸의 요청으로 그의 친구인 신부와 이발사가 와 있었다. 그들은 돈키호테의 이상 행동을 그가 빠진 기사도 관련 책들 때문이라고 생각하고, 그 책들을 재판에 회부하여 화형에 처하기로 한다. 그리하여 책들의 종교재판이 벌어진다. 책에 대한 종교재판은 돈키호테가 얻어맞아 쓰러져 자고 있을 동안 일어났다. 하지만 잠에서 깨어난 돈키호테는 이미 자신의 두 번째 원정을 계획하고 있었다.

그는 이웃집 농부인 산초 판사를 종자로 데리고 가는데 성공한다. 이렇게 하여 기괴한 차림의 돈키호테와 당나귀를 탄 작고 뚱뚱한 산초 판사가 마을을 떠난다. 라 만차 지역에서 눈에 띄는 것이라곤 풍차들뿐이었다. 돈키호테의 눈에는 들판에 늘어서 있는 30~40개의 풍차가 거인들처럼 보인다. 마침 미풍이 불어와 풍차의 거대한 날개가 움직이기 시작하자 돈키호테는 거인들을 물리치기 위해 로시난테에 박차를 가하여 풍차를 향해 달려갔다. 풍차의 날개에 휩쓸려 들어가 높이 떠올려졌다가 들판에 내동댕이쳐져 온몸에 상처를 입는 장면은 돈키호테 이야기에서도 가장 압권으로 남는다.

그들의 모험은 주로 길 위에서나 주막에서 벌어지는데, 돈키호테는 엉뚱한 모험 끝에 종교 경찰의 추적을 받을까 두려워지면 산 속으로 들어가기도 한다. 이 모험들을 통해 주인과 종자는 영광보다는 고난을 훨씬 더 많이 겪는다. 흠씬 두들겨 맞는 것은 예사고, 돈키호테의 귀 반쪽이 날아가 버리는 부상, 갈비뼈가 부서지고 이빨이 몽땅 내려앉는 중상을 당하기도 한다.

산초는 주인의 어이없는 행동에 질리고, 주막에서 자루를 잃어버려 아연실색하게 된다. 마침내 그는 급료를 못 받고, 섬의 영주가 되는 희망을 포기하더라도 주인을 버리고 고향으로 갈 생각을 굳힌다. 그러나 부상으로 고통스러워하는 주인을 보고는 그를 위로하기 위해 재미있는 이야기를 들려주며 계속 길을 간다.

돈키호테는 얼토당토않은 기사론을 장황하게 펼치고, 산초는 의뭉하게 이를 맞받아친다. 주인은 이상을, 하인을 현실을 이야기한다. 서로 동떨어진 말을 하면서도 두 사람의 대화는 절묘하게 하모니를 이룬다. 그들의 대화는 희극적이면서도 둘의 캐릭터를 너무나 잘 드러낸다. 그러면서도 산초는 어느새 주인의 꿈에 동화되어 주인으로부터 하사받아 통치하게 될 섬에 대한 꿈에 사로잡힌다.

한편 돈키호테는 산속 생활의 외로움에 지쳤는지, 아니면 사랑 때문에 실성한 청년을 만나 그의 이야기를 듣게 되어서였는지는 알 수 없지만, 둘시네아 공주에 대한 사랑 때문에 괴로워한다. 돈키호테의 편지를 엘 토보소의 둘시네아 공주에게 전하러 가던 산초가 주막에서 마침 돈키호테를 찾으러 나선 신부와 이발사를 만나면서 그들은 돈키호테의 고행을 중단시키고 그를 마을로 데리고 갈 방안을 의논한다. 신부와 이발사가 꾸민 연극에 속아 넘어간 돈키호테는 우마차에 실려

고향집으로 돌아온다. 세르반테스는 이 이야기의 작가를 아라비아인 역사가 시데 아메테 베넹헬리라고 하며 자신의 정체를 숨겼다.

이상과 현실의 기묘한 동거

《돈키호테》 2권인 《기발한 기사 라 만차의 돈키호테》는 1권의 출간으로 이미 유명해진 돈키호테와 산초가 벌이는 일화들이다. 라 만차에 살라만카에서 공부하고 돌아온 학사 싼손 카라스코가 있었다. 그가 《기발한 시골 양반 라 만차의 돈키호테2》라는 가짜 책이 나돌고 있음을 알려준다. 그것은 고향에 돌아와 한 달 가량을 지낸 돈키호테에게 다시 출정하고자 하는 원동력이 된다. 돈키호테와 산초는 아라곤 왕국의 사라고사로 간다. 학사 싼손이 사라고사에서 열리는 성 호르헤 축제에서 기사들의 시합이 있을 것이라고 알려주었기 때문이었다.

돈키호테는 먼저 엘 토보소로 가서 둘시네아 공주로부터 모험을 떠나는 길의 허락과 축복을 받고자 한다. 돈키호테가 사랑하는 여인 둘시네아 공주는 사실 그가 한 번도 본 적이 없는 상상 속의 인물이다. 더구나 엘 토보소에 궁이나 성 같은 건 없다. 돈키호테보다 앞서 도시로 들어간 산초는 어린 나귀를 타고 오는 세 농군 아가씨를 발견하자 주인에게 달려가 둘시네아 공주가 시녀 두 명을 데리고 오고 있다고 말한다. 돈키호테는 못생긴 시골 아가씨들을 보고 당황해하며, 자기를 따라다니는 마술사가 아름다운 공주를 시골 농사꾼으로 둔갑시켰다고 비탄해 한다.

1권에서와 마찬가지로 그들은 길 위에서, 주막에서 여러 사람을 만나고 사건을 겪게 되지만, 2권의 주요 무대는 공작의 별장이다. 사냥터에서 돈키호테와 산초를 만난 공작 부인은 대번에 그들을 알아본다. 그녀는 《기발한 시골 양반 라 만차의 돈키호테》를 읽어서 그들에 대해 알고 있었던 것이다. 공작 부부의 초대를 받아 별장에 온 돈키호테와 산초는 그야말로 책에 나오는 기사처럼 융숭한 대접을 받으며 공작 부부와 함께 성에서 생활한다(돈키호테는 별장을 성이라고 믿는다). 공작과 공작부인은 시대와 맞지 않게 방랑기사 노릇을 하는 돈키호테와 산초를 놀려먹는 것이 너무나 즐거워 여러 가지 사건을 만들어 돈키호테를 곤란에 빠뜨리고 산초의 재치를 즐긴다.

공작 부부가 돈키호테를 놀려먹은 대표적 사건은 마술사를 등장시킨 것이다. 마법사 메를린이 등장해 둘시네아 공주를 마법에서 풀리게 하는 방법을 제시한다. 그 처방이란 산초가 스스로 자기 엉덩이에 삼천삼백 대의 매를 때리는 것이었다. 이후 주인은 하인이 어서 매를 맞아 둘시네아를 마법에서 풀어줄 것을 줄기차게 요구하고, 이에 대해 산초는 자기 엉덩이가 마법하고 무슨 관계인지 모르겠다고 맞서면서 독자들을 포복절도하게 만든다.

2권에서 가장 놀랍고 재미있는 일화는 산초가 실제로 섬을 다스리겠다고 찾아간 사건이다. 산초의 숙원이 이루어지게 된 것이다. 일이 이렇게 되자 그의 주인은 기쁘면서도 염려가 되어 산초에게 밤새 통치에 대한 충고를 한다. 그는 산초에게 자신이 농부 혈통을 가진 것을 부끄러워하지 말라고 강조한다. "늘 덕을 무기로 삼고 덕을 베푸는 행동을 하면 왕이나 영주의 자손들이 가진 지체 높음을 부러워할 필요도 없네. 왜냐하면 피는 이어받지만 덕은 습득해야 하고, 핏줄이 가치가 없을 때에도 덕은 스스로 혼자서도 빛나니까." 그리고 재판을 할 때는 "공정하고 준엄한 재판관보다는 죄인을 불쌍하게 여기는 동정심 많은 재판관이 되라."고 충고한다. 이러한 충고는 마치 공자나 소크라테스의 가르침을 보는듯하다.

이런 스승의 가르침 덕분이었는지 산초는 총독으로 부임하자 생각보다 현명하게 재판을 행해 사람들을 놀라게 한다. 그러나 계속 재판을 하고, 법률 조항을 만들어야 하는 총독의 역할은 산초에게는 따분한 일이었다. 무엇보다 산초를 견딜 수 없게 한 것은 음식을 마음대로 먹지 못하게 하여 배가 고파 죽을 지경인 것이었다. 게다가 물론 장난이었지만, 밤에 적이 침입해오는 상황이 벌어지자 사람들은 산초를 무장시켜 자기들의 대장, 지휘자가 되어 달라고 요청하기에 이른 사건이 발생한다.

산초는 옷을 바꿔 입고, 점박이 당나귀를 타고 떠나면서 과거 가난하던 시절 그가 얼마나 행복했으며, 야심과 오만의 탑으로 올라갔을 때 자기 영혼 속으로 수천의 노고와 수천의 빈곤, 수천의 불안이 쳐들어왔노라고 고백한다. 그는 사람들에게 자기는 총독이 되려고 태어난 사람이 아니며, 지난날의 자기 인생을 찾아 자유로운 생활로 돌아가겠다고 하면서 주인 돈키호테에게로 돌아간다. 통치를 시작한 지 열흘만이었다. 이리하여 주인과 하인은 감격의 재회를 하게 된다.

산초를 만나자 돈키호테는 다시 자유로이 떠돌아다니던 삶으로 돌아가고자 한다. 그들은 공작 부부와 헤어져 사라고사를 향해 길을 떠난다. 그런데 주막에서 가짜 작품《기발한 시골 양반 라 만차의 돈키호테 2권》에서 자기들이 사라고사로 가서 경기에 참가했다는 이야기가 있더라는 말을 듣자 두 사람은 그 책이 틀렸다는 것을 보여주기 위해 사라고사가 아닌 바르셀로나로 발길을 돌린다. 그들은 우여곡절 끝에 바르셀로나에 도착하고 주인과 하인은 생애 처음으로 바다를 보고 감격한다.

여기서 돈키호테에게 가장 가슴 아픈 사건이 벌어진다. 그것은 '하얀 달의 기사'가 나타나 결투를 신청한 일이었다. 이 결투에서 돈키호테는 말에서 떨어지고, '하얀 달의 기사'의 창끝 아래 눕게 된다. 그 기사는 패배의 벌로 돈키호테에게 집으로 돌아가 일 년간 기사노릇을 중단하고 자숙할 것을 요구한다. 사실 이 기사는 학사 쌴손 카라스코였다. 그는 고향의 신부와 이발사와 의논하여 돈키호테를 고향집으로 돌아가게 하기 위해 치밀한 작전을 짰던 것이다.

이러한 배경도 모른 채 돈키호테와 산초는 처량하게 고향으로 돌아간다. 돈키호테는 패배로 인한 불쾌감과 우울증을 이기지 못하고 결국 죽음을 맞이한다. 최후의 순간 돈키호테는 맑은 정신으로 돌아온다. 그는 자신이 돈키호테가 아니라 아론소 키하나임을 천명한다. 그리고 자신이 그동안 읽었던 기사도 책들이 엉터리고 사기였으며, 그런 깨달음이 늦어지는 바람에 영혼에 빛이 될 만한 다른 책을 읽을 시간이 남아 있지 않음을 애석해 한다.

돈키호테에게는 죽음을 맞이하는 최후의 순간까지 가졌던 또 하나의 꿈이 있었다. 그것은 자신이 목동이 되어 산과 밀림, 초원을 돌아다니는 꿈이었다. '즐거운 노래, 슬픈 노래를 부르며 맑은 샘물의 액체 수정을 마시고 도토리나무나 개암나무의 열매를 먹고, 초록의 융단이 펼쳐진 초원과 달과 별빛 아래서 노래 부르고, 시를 쓰며 사랑하는' 그런 꿈이었다. "얼씨구나! 정말 멋진 인생을 살겠구나, 산초 이 친구야, 우리 귀에 얼마나 멋진 피리소리가 들릴까! 얼마나 멋진 사모나의 뿔 나팔 소리가 들릴까!"라며 즐거워하는 돈키호테의 모습은 어린아이처럼 흥겹다.

하지만 이 대목을 읽는 독자들의 눈에는 눈물이 돌게 된다.

참고도서

1.《돈키호테 1, 기발한 시골 양반 라 만차의 돈키호테》, 민용태 옮김, 창비, 2012

2.《돈키호테 2, 기발한 기사 라 만차의 돈키호테》, 민용태 옮김, 창비, 2012

3.《돈키호테》, 박철 옮김, 시공사, 2010년

4.《세계의 역사 2》, 윌리엄 맥닐 지음, 김우영 옮김, 이산, 2007

5.《라틴 아메리카 5백년사》, 수탈된 대지, 에두아르도 갈레아노, 박광순 옮김, 범우사, 1988

10

네덜란드의 세기

암스테르담의
커피상인

데이비드 리스

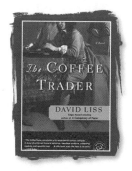

　세계 역사는 17세기를 '네덜란드의 세기'라고 일컫는다. 당시 네덜란드는 에스파냐로부터 독립을 공표하고 동인도회사와 서인도회사를 설립하여 국부를 증식했으며, 자유로운 사회기풍을 조장하여 유럽 경제와 문화의 중심지가 되었다.

　데이비드 리스의 소설 《암스테르담의 커피상인》을 읽으면 '네덜란드의 세기'를 만든 비밀 열쇠를 발견할 수 있다. 네덜란드가 에스파냐로부터 독립을 이룬 것이 1648년이었다. 신대륙을 발견하여 대서양 항해시대를 열고, 막대한 부를 차지하던 에스파냐와 포르투갈의 세력이 쇠퇴하고, 네덜란드가 유럽 최고의 부국으로 떠오르는 시기였다. 아무튼 네덜란드는 16세기 말에서 18세기 중반까지 150년에 걸쳐 세계무역을 지배했고, 세계의 자본이 암스테르담으로 모여들었다.

부를 향한 인간군상의 집념

당시 유럽 최고의 부자 도시 암스테르담에는 유럽의 투기자금뿐만 아니라 부를 쫓아 온갖 부류의 사람들이 몰려들었다. 부를 쫓는 인간들의 음모와 권모술수, 생명을 건 도박을 담아내기에 암스테르담보다 더 적절한 곳이 있었을까? 부를 향한 인간군상의 집념과 자본주의 개화기의 모습을 가장 잘 느낄 수 있는 책이 바로《암스테르담의 커피상인》이다.

네덜란드 연방은 1602년 1월 암스테르담에서 동인도회사를 발족하였다. 네덜란드 동인도회사는 상인들과 무역업자들이 출자해서 만든 기업이었다. 극동에서의 독점거래권을 확보하기 위해 군대운용과 전시작전, 영토 점령, 주둔지 설치, 지역민과의 협상, 선박 건조에 관한 권한까지 부여받은 이 선단 기업은 자체적으로 총과 대포 등으로 무장하고 바다로 나아갔다.

네덜란드 동인도회사가 처음 한 일은 포르투갈로부터 말라카제도를 빼앗는 것이었다. 당시 포르투갈은 무력으로 말라카제도를 점령하고 있었는데, 그곳에서는 정향丁香이라는 귀한 향신료가 생산되고 있었다. 정향은 가격이 워낙 비싸서 '검은 금'이란 별칭으로 불릴 정도였다. 포르투갈인들은 반다제도도 차지하고 있었는데, 반다제도는 당시 지구상에서 육두구라는 향신료가 생산되는 유일한 지역이었다. 육두구는 15세기부터 유럽인들의 요리에 많이 사용되었다. 포르투갈인들은 말라카제도를 장악하고, 정향과 육두구 무역을 독점하면서 엄청난 이득을 챙겼다.

포르투갈의 이러한 행운은 오래가지 않았다. 포르투갈을 대신한 네덜란드는 자바 섬의 바타비아(현재의 자카르타)에 요새를 건설하였다. 네덜란드 군대는 반다제도의 원주민들을 학살하고 노예를 들여와 독점무역을 시작했다. 이제 유럽의 향신료 가격은 암스테르담 사람들이 주물렀다. 그들은 판매가격은 높이고 생산지 구매가격은 아주 낮게 유지하는 식으로 운영해 무려 1000%의 수익을 올렸다.

무역을 우선으로 하는 네덜란드 동인도회사는 에스파냐와 포르투갈과는 달리 선교활동을 하지 않았기 때문에 일본 도쿠가와 막부의 신임을 얻게 되었다. 이후 네덜란드는 일본 무역을 사실상 독점하고, 이를 바탕으로 동양 국가들과의 국제무역도 장악하였다. 전성기에는 페르시아, 벵골, 타이완, 말레이시아, 스리랑카에도 지점을 두었다. 그 결과 암스테르담은 세계의 상업, 금융의 중심으로서 번성했다. 자본과 사람이 몰리면서 암스테르담은 유럽에서 가장 먼저 초기 자본주의의 꽃을 활짝 피우게 된다. 이때가 네덜란드의 황금기였다.

네덜란드가 황금기를 열어갈 수 있었던 요인의 하나는 종교에 대한 관용정책이었다. 이베리아 국가들의 열렬한 가톨릭 세계 구현 운동과 대비되는 입장을 취한 것이다. 이베리아반도는 8세기부터 800년간 이슬람 지배 아래 있었다. 스페인을 지배한 무슬림은 그리스도교도와 유대교들을 핍박하지 않았다. 이슬람교의 관용정책 때문이다.

유대인들은 경제, 철학, 과학, 외교 등 여러 면에서 탁월한 업적을 남겼다. 특히 아랍 학자와 유대인 학자들의 손에 수많은 고대 그리스 시대의 철학, 과학, 신학 서적들이 아랍어로 번역되었고, 이는 나중에 다시 라틴어로 재번역되면서 유럽의 르네상스를 가능케 한 지식의 '컨베이어 벨트' 역할을 하였다. 이슬람의 유대인 관용정책 때문에 스페인에 많은 유대인들이 살게 되었다. 이들 스페인계 유대인들을 '세파르딤'Sephardim이라고 불렀다. 유럽 유대인의 80%를 차지하고, 독일과 프랑스를 중심으로 모여 사는 '아쉬케나짐'Ashkenazim 유대인은 이들과 달리 많은 차별과 박해에 시달렸다.

에스파냐도 국토 회복 운동이 성공하자 유대인들에 대한 탄압을 시작해 1492년에 약 25만 명의 유대인이 에스파냐에서 추방되었다. 개종을 선택한 무슬림, 유대인들조차도 끊임없이 의심을 받고 종교재판의 희생자가 되었다. 그리하여 유대인들은 비교적 종교의 자유가 보장된 암스테르담으로 대거 이동하게 된다.《암스테르담의 커피상인》에 등장하는 주인공들도 박해를 피해 포르투갈에서 이주해온 유대 상인들이다. 그리고 이들 세파르딤 유대인들은 자신들이 살기 위해 동유럽에서 박해를 피해 암스테르담으로 이주해 오는 아쉬케나짐 유대인들을 적대시하고 소외시킨다.

《암스테르담의 커피상인》의 작가 데이비드 리스는 1966년 미국 뉴저지에서 태어났다. 시라큐스대를 졸업하고 조지아주립대에서 문학석사학위를 받았으며, 콜롬비아대에서 박사학위 과정을 수행하던 중 소설을 쓰기 시작하였다.

그의 작품의 매력은 학자답게 수많은 자료를 모으고 치밀하게 그 당시의 모습을 재현함으로써 독자들을 생생한 역사의 현장으로 이끈

다는 데에 있다. 역사의 어두운 뒷골목에서 벌어지는 인간들의 탐욕스러운 다툼을 섬세하게 그려냄으로서 그는 '역사 느와르'라는 새로운 소설 장르를 개척한 작가로 평가받는다. 작가는 한때 백과사전 세일즈맨으로 일했다고 한다. 카드빚에 쫓기면서 어려운 생활을 하였는데 이때의 경험이 빚에 쪼들리는 인물들을 생생하게 창조하는 밑거름이 되었다고 고백한다. 작가 자신도 유대인이다.

역사의 뒷골목에서 벌이지는
인간의 탐욕

스토리의 주인공 미후엘 리엔조는 포르투갈의 콘베르소스(강제로 기독교로 개종당한 유대인) 집안 출신이지만 몰래 유대교 종교집회에 참석한다. 아버지가 종교재판에 넘겨져 처형되자 미후엘은 필사적으로 암스테르담으로 피신해 온다. 상업 전선에 뛰어든 이래 한때는 사업가로 성공하기도 했지만 설탕 선물거래에 실패한 이후 경제적으로 매우 다급한 처지에 몰리게 된다. 그는 동생으로부터 빚 독촉에 시달리고, 그에게 투자했다가 손해를 입은 요아심의 협박에 가슴 졸이면서 어떻게 하든지 그 어려움에서 벗어나고자 절치부심하고 있었다.

동생의 지하방에 겨우 피난처를 구해 얹혀살고 있지만, 그 지하방은 암스테르담 운하에 물이 차면 방안까지 물이 흥건히 차오르는 곳이었다. 동생 다니엘 리엔조는 냉혹하고 인색하며 형에 대한 경쟁심이 가득 찬 인물이다. 다니엘은 형이 파산하자 형과 대립 관계인 솔로몬 파리도의 수족이 되어 형을 괴롭힌다. 파리도는 암스테르담에서 가장 성공한 유대 상인 중 한 명이다. 자기 딸과 미후엘의 혼인이 깨어진 후 파리도는 미후엘을 파멸시키기 위해 집요하게 기회를 노린다. 그는 조합을 만들어 독점적 지위를 행사할 뿐만 아니라, 마아마드라는 유대조직의 간부가 되어 막강한 영향력까지 휘두르기 때문에 미후엘에게는 가장 위협적인 존재이다.

한편 형제 사이에는 아름다운 여인 한나가 있다. 한나는 동생 다니엘의 아내이다. 한나는 냉혹하고 권위주의적인 남편을 싫어하고, 다정한 미후엘을 흠모하면서 그의 아내가 되기를 꿈꾼다. 여기에 게이트라위드 담하위스라는 매력적인 네덜란드 여성이 등장한다. 그녀는 미후엘의 사업능력을 알아보고, 커피 거래를 함께 하자는 제안을 한다. 그 당시만 해도 커피는 치료 목적으로 사용될 뿐, 기호식품인 음료로는 널리 알려지지 않았다.

미후엘이 게이트라위드로부터 처음으로 커피를 소개받고 내놓은 소감은 이렇다. '처음으로 맡은 커피 향기는 낙엽 썩은 흙내처럼 톡 쏘는 향이 있고… 악마의 오줌같이 시커멓게 보였고… 지금껏 한 번도 맛본 적이 없는 매혹적이면서 쌉쌀한 풍취가 가득 밀려왔다.' 미후엘은 커피가 자신을 어려움에서 구해주고, 막대한 부를 가져다 줄 것이라고 확신한다. 그러나 유대인 조직인 마아마드는 비유대인과의 거래를 엄격히 금지하고 있었다. 마아마드는 이주 유대인들의 정착을 도와주고 유대교 율법을 교육시키는 등 유대사회의 중심 조직이지만, 막강한 권한을 행사하여 이주 유대인들에게 위협적인 존재이기도 했다.

유대인들은 마아마드의 규칙을 따라야 하고, 이를 어길 경우 위원회에 불려가 혹독한 심문을 받고 파문당하기도 했다. 미후엘의 파멸을 노리는 파리도가 마아마드의 간부였기 때문에 미후엘은 행동을 극히 조심했다. 게다가 동생이 파리도의 수족이 되어 그의 근황을 파리도에게 낱낱이 보고했다. 파리도도 커피 거래에 뛰어들 기회를 노리고 있었기 때문에 미후엘의 커피 거래를 막으려고 집요하게 나왔다. 그러나 미후엘은 이 모든 위험을 무릅쓰고 게이트라위드와 커피사업을 함께 하기로 한다.

이때부터 미후엘과 파리도 사이에 치열한 경쟁이 벌어진다. 여기서 미후엘의 비즈니스를 돕는 그의 친구 이사이아 누네스가 등장한다. 그는 동인도회사와 거래하는 뛰어난 상인이다. 미후엘에게 충고를 아끼지 않으며 우정을 과시하지만 어린 시절 종교재판을 목격한 이래 늘 불안하고 초조한 상태로 살아간다. 미후엘의 요청으로 이사이아 누네스는 동인도회사에 다량의 커피를 몰래 주문한다. 그리고 미후엘이 곤란에 빠질 때마다 고리대금업자 알론조 알페론다가 나타나 그를 돕는다. 그는 포르투갈의 콘베르소스 출신이다. 그의 가족이 미후엘의 도움으로 종교재판 직전 포르투갈을 탈출하여 암스테르담에 정착할 수 있게 되었기 때문에 그는 미후엘에게 진 빚이 있다.

미후엘은 누네스가 커피를 파리도에게 빼돌린 것을 우연히 알게 되고, 극도의 혼란에 빠진다. 그는 주변의 모든 인물을 의심한다. 자기에게 커피 사업을 제안하고 자금을 댄 게이트라위드까지 의심한다. 마침내 동인도회사로부터 커피를 실은 배가 암스테르담에 도착하고 미후엘은 파리도와의 한판 승부를 벌이게 된다. 마치 서부 영화 '하이눈'에서 정오의 결투를 눈앞에 둔 장면을 연상시킨다. 하지만 운명의 신은 미후엘의 손을 들어준다.

미후엘은 마침내 파리도를 누르고 거래에 성공한다. 그토록 꿈꾸던 목표를 이룬 것이다. 그는 일거에 부채를 해결하고 아름다운 집을 얻어 다니엘의 지하방을 떠나게 된다. 게다가 동생의 아내인 한나까지 아내로 얻어, 암스테르담에서 전설의 주인공 같은 존재가 된다. 뿐만 아니라 앞으로도 커피 거래를 통한 엄청난 부가 그에게 약속되어 있다. 나중에 미후엘은 자기를 커피 거래에 끌어들이고 이 모든 음모를 꾸민 자가 알론조 알페론다임을 알게 된다. 그는 파리도의 음모로 마아마드에서 파문된 사람으로, 파리도에 대한 복수극에 미후엘을 이용하였던 것이다.

암스테르담의 몰락을 초래한 것은 아이러니하게도 영국의 명예혁명(1688년)이었다. 엘리자베스 1세 사후, 명예혁명이 일어나면서 제임스 2세를 추방한 영국의회는 네덜란드의 통치자 오라니에공 빌렘(오렌지공 윌리엄)에게로 시집간 메리(제임스 2세의 장녀)를 여왕으로 불러들인다. 이렇게 하여 네덜란드의 통치자 오렌지공 윌리엄은 윌리엄 3세로 메리 2세와 함께 영국을 공동 통치하게 되었다.

윌리엄 3세가 네덜란드보다 영국 통치에 더 관심을 기울이자 암스테르담에 살고 있던 상인들, 해상교역에 투자하던 부자들이 그를 따라 대거 런던으로 이주해 갔다. 특히 오렌지공과 오래 우호관계를 유지해

온 네덜란드의 유대교도들이 그를 따라 런던으로 이주했다. 오렌지공의 관용정책은 유대교도뿐만 아니라 위그노교도, 스코틀랜드인들도 대거 런던으로 끌어들임으로써 뒤이은 금융혁명, 산업혁명에서 중요한 역할을 담당하게 하였다. 런던이 암스테르담을 대신해 유럽과 신대륙을 잇는 해상교역의 새로운 중심지로 떠오르게 된 것이다.

참고도서

1. 《The coffee trader》, David liss, A Ballantine Book, New York, 2003
2. 《암스테르담의 커피상인》, 데이비드 리스 지음, 서현정 옮김, 북스캔, 2006
3. 《키워드로 읽는 세계사》, 네덜란드 동인도회사의 설립, 휴 윌리엄스 지음, 박준호 옮김, 일월서각
4. 《이야기로 읽는 부의 세계사》, 데틀레프 귀르틀러 지음, 장혜경 옮김, ㈜웅진씽크빅, 2005
5. 《유대인 바로 보기》, 류세모 지음, 두란노, 2010

11

일본 기독교 박해시대의 흔적

| 침묵 |

엔도 슈사쿠(遠藤周作)

　16세기가 되자 대항해 시대의 물결은 일본에까지 상륙하게 된다. 포르투갈 상인들이 일본에 전해준 두 자루의 철포(화승총)는 전국시대의 일본을 통일시키는 확실한 도구가 된다. 일본 통일의 영향은 조선반도에서 임진왜란이라는 커다란 격랑을 만들어 내니 결과적으로 우리도 세계사의 영향에서 벗어날 수 없었던 셈이다.

　오다 노부나가織田信長와 도요토미 히데요시豊臣秀吉, 도쿠가와 이에야쓰德川家康라는 세 영웅이 펼치는 통일 과정은 일본 역사에서 가장 풍부한 이야기의 원천이기도 하다. 바로 이 시기에 포르투갈인들이 일본에 기독교 문화를 전해주게 되는데 일본에서는 이를 '남만南蠻문화'라고 불렀다. 짧지만 화려하게 꽃 피웠던 일본 내 기독교 문화는 그 이후 이어진 혹독한 박해를 통해 싹이 잘려나갔다. 노벨문학상 후보에 여러 차례 오른 작가 엔도 슈사쿠遠藤周作는 이 드라마틱한 시대를 배경으로 일본의 기독교 탄압을 다룬 소설《침묵》을 발표했다.

일본 역사에서 가장 풍부한
이야기의 원천인 시대배경

이야기의 시작은 교토에서 아시카가가 무로마치 막부幕府를 열었을 때로 거슬러 올라간다. 일본의 막부는 실질적 통치자 쇼군將軍이 세운 정부이다. 15세기에 들자 막부의 장악력이 약화되고, 지방 사무라이들과 주종관계를 맺은 영주인 슈고 다이묘守護大名들의 생존을 건 세력 싸움이 치열하게 벌어지게 되었다. 막부의 권위는 땅에 떨어지고 하극상 풍조가 만연하게 되는데, 이로 인해 일본은 1세기 간의 전란시대를 맞게 되니 이 시기를 센코쿠시대戰國時代라고 한다.

이때 일본 역사에서 중요한 한 사건이 일어난다. 1543년 명나라 선박 한 척이 규슈九州 남쪽에 있는 다네가시마種子島에 표류해 온 것이다. 이 선박에는 포르투갈인 탐험가 두 명이 함께 타고 있었다. 그들은 총을 소지하고 있었다. 다네가시마 영주는 그들로부터 총 두 정을 구입하고 총포 제조법을 배웠다. 그리하여 최초로 일본산 다네가시마 총이 개발되었고, 이것을 철포鐵砲라고 불렀다.

그 후 10년 만에 일본은 국민 1인당 총 보유수가 세계 제일이 되었다. 이 혁신적인 무기의 등장으로 일본의 정치정세는 단번에 바뀐다. 지방 영주들이 화기를 구하기 위하여 혈안이 되면서 포르투갈과의 교역이 활발해졌다. 그 무렵 일본인들은 포르투갈의 무역선을 남만선이라 부르고, 포르투갈 사람들을 남만인이라 불렀다. 그와 동시에 예수회 신부들에 의한 기독교 포교가 시작되었다. 새로운 문물과 사상이

전래되면서 일본에는 이른바 남만문화가 짧은 기간 동안 화려하게 일어났다.

기독교를 일본에 처음 전파한 사람은 에스파냐의 예수회 선교사 프란시스코 사비에르였다. 그가 일본 선교의 큰 꿈을 안고 가고시마에 첫발을 디딘 것은 1549년이었다. 당시 일본 통일의 주도권을 잡은 인물은 오다 노부나가였다. 그가 센코쿠시대의 전란을 가라앉히고 천하를 거의 제패할 수 있었던 까닭은 바로 신무기인 철포 때문이었다. 오다 노부나가는 1568년 교토로 진군하였고, 아시카가 요시아키를 15대 쇼군으로 옹립하면서 한 세기 만에 통일을 눈앞에 두게 된다.

이때 포르투갈의 예수회 선교사들이 노부나가에게 일본 내 기독교 선교를 허용해달라고 요청했다. 노부나가는 기독교에 대해 호감을 갖고 있었는데 이는 당시의 정세와 관련이 있었다. 당시 일본에서는 승려들의 세력이 강했다. 큰 절들은 승병을 양성하여 위세를 떨치고 있었다. 쇼군 아시카가 요시아키는 불교 세력을 이용하여 노부나가를 제거하고자 하였다. 이런 연유로 오다는 기독교를 이용해 불교 세력을 억제하고자 하였다. 그런데 일본 통일을 눈 앞에 둔 노부나가가 아케치 미쓰히데의 모반으로 갑작스럽게 죽음을 맞게 된다. 이른바 '혼노지의 변'이다.

'혼노지의 변'을 재빨리 수습한 이가 도요토미 히데요시였다. 미쓰히데군을 간단히 물리치고 기선을 제압해 천하통일을 이룬 히데요시는 엉뚱한 망상을 품게 된다. 명나라를 정복하고 인도까지 복종시키겠다는 것이었다. 당시 일본에는 통일전쟁 후 몰락한 영주들과 호족, 일반무사 등 호전적인 한량들의 불만을 해소시킬 필요성도 있었다. 이리하여 1592년 임진년, 16만의 일본군이 조선으로 쳐들어 왔다. 이때 조선은 처음으로 화승총과 대면하게 되었다. 화승총의 위력 앞에 조선의 화살은 적수가 아니었다. 일본군은 파죽지세로 조선반도를 북상하여 20일 만에 한양을 짓밟았다.

일본은 1597년 두 번째로 조선에 대대적인 공격을 가하니 정유재란이다. 그러나 정유재란을 일으킨 이듬해인 1598년 히데요시가 병사하면서 일본군은 퇴각한다. 이때 히데요시는 63세였고, 아들 히데요리는 겨우 여섯 살이었다. 그가 다이묘와 자신의 무장들에게 어린 아들을 부탁하며 죽을 때 가장 두려워한 사람은 도쿠가와 이에야스였다.

짧지만 화려하게 꽃 피웠던 일본의 기독교 문화

마침내 이에야스는 1600년 세키가하라 전투에서 히데요시 지지세력을 결정적으로 패퇴시키고 실권을 장악하게 된다. 1603년 천황은 이에야스를 쇼군으로 임명함으로써 30년 만에 쇼군제도가 부활하였다. 도쿠가와의 본성이 에도에 있었으므로 이를 에도 막부라고도 부른다. 에도 막부는 15대 250년의 긴 세월에 걸쳐 일본을 통치하였다. 이 긴 평화의 기간 동안 일본은 독특한 문화와 국민성을 만들어낸다. 그러나 남만문화를 타고 봄을 만끽했던 그리스도교인들은 혹독한 탄압을 받았고 그 후로 일본에서 그리스도교 부흥은 다시 이루어지지 않았다. 당시 기독교인은 기리시탄이라고 불렸다.

도요토미 히데요시는 처음 기독교에 대해 호의적이었으며, 휘하에 기리시탄 다이묘들도 있었다. 임진왜란 당시 왜군의 일부는 기독교도들이었다. 그러나 1597년 히데요시는 갑자기 기독교 선교 금지를 선포하고, 선교사들에게 20일 내에 일본을 떠나라는 명령을 내린다. 일본에 표류해 온 에스파냐 무역선 산 펠리페호 사건과 관련이 있었다. 에스파냐 선원들이 자국의 위력을 과시하면서 일본을 위협하자 서양 선교 세력이 일본의 식민지화를 꾀한다고 경계하기 시작하였다.

이리하여 1597년, 일본 최초의 순교사건을 시작으로 본격적인 박해가 시작된다. 교토와 오사카에서 체포된 에스파냐의 베드로 신부를 포함한 26명의 기리시탄들이 교토를 출발하여 890km를 걸어서 나가사키의 니시자카 형장으로 향했다. 이들은 귀와 코를 잘리고, 니시자카 언덕에서 화형에 처해졌다. 도요토미는 휘하의 다이묘들에게도 기독교를 버릴 것을 강요했다.

히데요시가 죽고 도쿠가와 이에야스가 정권을 이으면서 기독교 박해는 약간 완화되는 듯했다. 나가사키는 '일본의 로마'로 불리며 일본 문화의 중심지가 되었다. 당시 나가사키에는 11개의 교회가 건립되었고, 신자수가 37만 명을 넘어섰다고 한다. 하지만 이후 도쿠가와는 기리시탄 금지령을 발표하고, 1614년에는 모든 기독교 선교사를 추방하기에 이른다. 이때부터 본격적인 박해가 시작된다. 1619년, 교토에서 기리시탄 52명이 화형에 처해지고, 선교사를 은닉시킨 교인과 선교사

55인을 체포하여 화형과 참수형에 처했다.

대표적인 탄압은 규슈 남부 시마바라 지역에서 일어났다. 기리시탄들은 펄펄 끓는 뜨거운 물을 뒤집어쓰는 고문을 수없이 반복하여 당하고, 마지막에는 끓는 온천물에 던져져 처형됐다. 1637년 시마바라에서 천주교를 믿는 농민들이 대규모의 봉기를 일으키는 사건이 일어난다. 농민 4만 명이 가담한 이 사건은 12만 명의 병력이 동원돼 4개월 만에 진압되었다. 이 사태를 기독교도들의 집단봉기로 간주한 막부는 부녀자와 아이들까지 도합 3만 7천 명을 몰살시켰다.

혹독한 탄압으로 당시 그리스도인들은 불교도로 가장하거나, 산으로 섬으로 숨어들어가야 했다. 이들 그리스도인을 '숨은 기독교인'이라는 뜻의 '카쿠래 기리시탄'이라고 불렀다. 카쿠래 기리시탄들이 가장 두려워했던 것은 널판을 가리키는 '후미에'였다. 박해에 나선 영주들이 예수 그리스도의 고상이나 성모 마리아를 조각한 동판을 놓고 밟고 지나가게 했던 것이다. 이를 거부하면 처형되지만, 밟으면 목숨만은 건질 수 있었다. 많은 이들이 이 후미에를 밟고 불교도인 것처럼 위장한 채 살아갔다.

17세기 일본의 혹독한 기독교 박해 다룬 작품

《침묵》沈黙은 가톨릭 신자인 엔도 슈사쿠의 작품이다. 그는 나가사키에서 거무스름하게 마멸된 널판을 보고 그것을 밟은 자들이 겪은 비극에 깊은 영감을 받아 소설을 쓰기 시작하였다고 했다. 작가는 이 '후미에' 널판을 통해 17세기 일본에서 행해진 전 세계 유래가 드문 기독교 박해 사건을 《침묵》이란 작품으로 발표하였다.

이 작품은 전 세계 25개 국어로 번역되며 그를 세계적인 작가로 만들었다. 엔도 슈사쿠는 1923년 일본 도쿄에서 태어났다. 중국에서 자랐지만, 부모가 이혼하자 어머니와 함께 일본으로 돌아간 뒤 가톨릭 신자인 이모와 함께 살았다. 이모의 영향으로 열한 살 때 가톨릭 세례를 받았다. 1949년 게이오대 불문학과를 졸업하고, 1950년 프랑스 리옹대에서 공부하던 중 결핵으로 2년 반 만에 귀국하게 된다.

투병 체험은 작가의 문학세계에 깊이 투영된다. 그는 특히 가톨릭 문학이라는 새로운 장르를 개척한 작가로서 '신과 인간'에 대한 형이상학적인 문학세계를 끊임없이 추구하였다.

《침묵》의 이야기는 일본에서 자행되는 잔혹한 그리스도교 탄압 실정이 로마 교황청에 속속 보고되면서 시작된다. 포르투갈 예수회에서 파견한 페레이라 신부가 나가사키에서 '구멍 매달기' 고문을 받고 배교를 맹세했다는 소식이 전해지자 교회와 예수회는 큰 충격을 받는다. 이 소식을 접하고 페레이라 신부의 제자들은 위험을 무릅쓰고 일본에 잠입한다. 1638년 3월 25일 로드리고, 가르페, 마르타라는 세 젊은 사제가 포르투갈에서 일본을 향해 출발하면서 이야기는 시작된다.

말라리아에 걸린 마르타 신부를 마카오에 남기고 로드리고와 가르페 신부는 일본으로 잠입한다. 이 일행에 마카오에서 귀국길에 오른 기치지로라는 일본인이 동행하게 된다. 두 신부는 기치지로에게서 신뢰하기 힘든 여러 면을 보지만 어쩔 수 없이 그를 일본인 안내자로 삼기로 한다. 그들이 처음 도착한 곳은 나가사키에서 80km 떨어진 도모기라는 작은 어촌 부락이었다. 마을 사람 대부분이 '카쿠래 기리스탄'인 곳이었다. 신자들의 도움으로 부락 뒷산에 은신한 두 사제는 한밤중에는 미사를 올리고, 낮에는 몰래 찾아오는 신자들의 고해를 듣고 기도와 교리를 가르치는 사제 역할을 수행했다.

어느 날 밤 두 명의 신자가 고토섬에서 신부들의 은신처로 찾아와서는 그들이 사는 오도마리의 부락민 전체가 카쿠래 기리시탄이라는 놀라운 보고를 한다. 근처 부락에도 불교로 가장한 카쿠래 기리시탄들이 숨어 살며 사제들이 오기를 간곡히 기다리고 있다고 했다. 그들이 신부의 은신처로 찾아오게 된 배후에 기치지로가 있었다. 오도마리 신자들의 간곡한 요청으로 로드리고 신부는 고토로 가서 세례를 주거나 고해를 듣는 일로 바쁘게 지낸다. 기치지로는 신부와 함께 온 자신의 공로를 과장되게 떠벌리며 마을을 돌아다녔으나 여기서 기치지로의 과거 행적이 드러난다. 8년 전에 그의 형과 누이가 밀고되어 화형에 처해졌을 때 그 광경을 숨어 본 기치지로는 후미에를 밟고 배교한 다음 마을을 떠나 돌아오지 않았다는 것이다.

사제들의 잠입 사건이 누군가의 신고로 탄로나면서 도모기 마을에 수난이 찾아온다. 후미에를 거절한 두 신자가 마을 앞바다에서 수형을 당한다. 수형이란 바다에 나무십자가 기둥을 세우고 신자들을 묶어두는 것으로서 바닷물이 들고 나면서 서서히 죽게 만드는 형벌이다.

두 사람의 순교 후 도모기 마을에 대한 감시가 강화되자 로드리고 신부는 가르페 신부와 헤어져 고토의 마을로 피신한다. 그러나 오도마리 마을에 도착한 신부는 그 마을이 완전 폐허가 된 것을 발견한다. 산길을 헤매던 로드리고는 관헌에게 체포되어 그의 짧은 포교는 끝을 맺는다. 나가사키로 이송되는 도중에 후미에를 거부한 농민 교인이 참수당하는 광경을 목격하면서 신부는 큰 혼란에 빠진다.

노역에 시달리는 비참한 생활도 부족해서 신앙 때문에 시련을 안기는 하느님이 원망스럽고, 그들의 시련에 침묵하는 하느님 때문에 로드리고 신부는 괴로워한다. 여기에 이노우에 지쿠고노가미라는 나가사키의 악명 높은 고위관리가 나타난다. 그는 카쿠래 기리시탄들을 회유하기 위해서는 신부들을 배교하게 만드는 것이 가장 좋은 방법이라고 생각했다. 그는 체포된 가르페 신부와 신자들의 처형 모습을 로드리고 신부에게 보여주면서 신부들이 가난한 신자들을 죽음으로 내모는 것이 과연 기독교 교리에 맞는 것이냐고 묻는다.

로드리고 신부의 번민은 절정으로 치닫는다. 그는 하루 종일 벽만 바라보고 앉아 거적에 둘러싸인 채 바다에 던져진 세 농민 교인과 그들을 따라 바다 속으로 헤엄쳐 들어가던 가르페 신부를 생각하였다. "주님, 우리의 기도를 들어 주세요."라고 외치며 바닷물 속으로 빨려 들어가던 가르페 신부를 삼킨 무심한 바다가 원망스럽고, 침묵으로 일관하는 하느님이 원망스러웠다. 만약 하느님이 존재하지 않는다면 가르페의 인생도 자신의 인생도, 신앙을 위해 죽어간 수많은 사람들의 인생도 우스꽝스러울 뿐이다.

이노우에의 다음 작전은 로드리고를 페레이라 신부와 만나게 하는 것이었다. 페레이라 신부는 로드리고에게 일본은 기독교 선교의 무덤이라고 말한다. 그가 20년간 선교하면서 깨달은 것은 기독교라는 나무를 일본이라는 늪지대에 심었는데, 뿌리는 썩었다는 것이었다. 로드리고 신부는 페레이라 신부의 말을 이해하지 못한다.

　마지막으로 로드리고 신부는 나가사키 시내를 한 바퀴 끌려 다닌 후 캄캄한 마루방에 감금된다. 멀리서 코고는 소리가 이어졌다 끊어졌다 하며 계속 들렸다. 신부는 파수꾼이 술을 마시고 잠들어 코고는 소리를 내는 것으로 생각하였다. 신부는 겟세마네 동산에서 잠에 빠져 있던 예수의 제자들을 생각하고 분노가 치밀어 올랐다. 그때 페레이라 신부가 나타나서 그것은 코고는 소리가 아니라 '구멍 매달기'를 당하는 신자들이 내는 신음소리라고 말해준다.

　페레이라 신부는 자기도 '구멍 매달기'를 당하는 신도들의 신음소리를 들었고, 자기의 필사적인 기도를 외면하는 하느님을 견딜 수 없어 배교했다고 말했다. 페레이라 신부는 로드리고 신부에게 속삭인다. "배교를 통해 불쌍한 신자들을 구할 수 있다면 그것이 가장 위대한 사랑의 행위이다."

　다음 날 아침, 로드리고 신부는 후미에를 밟았다. 많은 사람들의 발에 밟힌 예수의 얼굴은 거의 닳아 없어지고 오그라져 있었다. 그때 성화판의 예수가 침묵을 깨고 로드리고에게 말한다. "밟아도 좋다. 나는 너희들에게 밟히기 위해 이 세상에 태어났고, 너희의 아픔을 나누어지기 위해 십자가를 짊어졌다."

페레이라 신부의 탄식처럼 일본은 기독교의 늪이 되고 말았는가? 그렇지 않다는 증거가 있다. 1873년 메이지 정부에 의해 금교령이 해제되었을 때 숨어서 신앙을 지켜온 카쿠래 기리시탄들이 250여년 만에 교회로 찾아오면서 그들의 존재가 다시 세상에 알려졌다. 1991년에는 인류학자 크리스틸 웰런Christal Whelan이 10년 동안의 끈질긴 추적 끝에 카쿠래 기리스탄 교인들을 고토섬에서 찾아내기도 했다.

세상이 바뀐 지 100년이 넘었는데도 이들은 여전히 남의 이목을 피해 자신들만의 종교행위를 유지하고 있었던 것이다. 2000년, 《침묵》의 무대가 된 나가사키의 소토메 언덕에 엔도 슈사쿠의 문학관이 세워졌다. 이 문학관 앞에 세워진 문학비에는 "인간은 이렇게도 슬픈데 주여 바다가 너무나 푸릅니다."라고 한 작가의 문장이 새겨져 있다. 로드리고 신부가 바라보았고, 하느님이 완고하게 침묵했던 바다가 소토메 언덕에서 바라다 보이는 바로 그 바다이다.

참고도서

1.《침묵》, 엔도 슈사쿠 지음, 공문혜 옮김, 홍성사, 2011
2.《이야기 일본사》, 김희영 엮음, 청아출판사, 1988
3.《일본 전국을 통일한 3인 영웅전, 信長 · 秀吉 · 家康》, 이케나미 쇼타로 지음, 이성범 옮김, J&C, 2001
4.《세계의 역사 2》, 월리엄 맥닐 지음, 김우영 옮김, 이산, 2007년
5.《지구 위의 모든 역사》, 크리스토퍼 로이드 지음, 윤길순 옮김, 김영사, 2011

12

종교적 히스테리의 시대

| 주홍글씨 |

나다니엘 호손

17세기에 들면서 유럽인들의 신대륙 이주가 본격적으로 시작됐다. 많은 이들이 유럽을 떠나기로 마음먹게 만든 데는 종교개혁운동으로 벌어진 신구교간의 종교전쟁이 큰 영향을 미쳤다. 사람들은 르네상스 정신과 맞물려 시작된 종교개혁운동으로 인간다운 삶이 보장되고, 권위적인 종교의 굴레에서 벗어나게 될 줄 알았다.

그러나 가톨릭교회와 프로테스탄트 간의 세력다툼은 인류 역사를 한 세기 이상 종교전쟁으로 몰아넣었다. 유럽 대륙이 종교전쟁으로 지새우자 많은 사람들이 종교의 자유를 찾아 북미 대륙으로 이주하게 된 것이다. 그러나 초기 이주자들, 특히 청교도 이주자들은 경건한 교리 때문에 또 다시 억압된 삶을 살아야 했다. 나다니엘 호손의《주홍글씨》The Scarlet Letter는 준엄한 청교도 사회를 배경으로 종교에 짓눌리는 17세기 초기 이주자들의 힘겨운 삶을 예리하게 드러내 보여주었다.

종교박해 피해 신대륙으로 넘어온 사람들

영국인들의 아메리카 첫 이주지는 버지니아였다. 버지니아는 당시
처녀 여왕 엘리자베스여왕에게 바치는 땅이라는 뜻이었다. 영국에서
는 영주들이 영지를 목장으로 만들기 위하여 농민들을 내쫓는 '인클
로저enclosure운동'이 확산되고 있었다. 모직물 공업의 발달로 양털 값
이 폭등하자 지주들이 수입을 늘리기 위해 너도나도 농경지를 양 방
목장으로 만든 것이다. 삶의 터전을 잃은 농민들은 해외 이주의 길을
택할 수밖에 없었다. 첫 이주자들의 삶은 고단했다. 기근에 시달리고
인디언의 공격을 받고, 게다가 질병에 걸려 많은 사람들이 죽었다.

초기 실패에 굴하지 않고 영국은 1607년 다시 신대륙 개척자들을
아메리카로 보낸다. 영국 왕실은 이식사업을 동인도회사와 동일한 방
법으로 수행하고자 하였다. 우선 런던회사(뒤에 버지니아회사로 이름이
바뀜)를 설립하여 식민과 무역에 관한 독점권을 인정했다. 이 회사가
영국 최초의 영속적 식민지 제임스 타운(당시 영국 왕 제임스 1세의 이름
에서 유래)을 건설하였다.

처음 이주자들이 도착하였을 때 원주민인 파우하탄족이 땅도 내어
주고 식량도 공급해주어 초기 정착은 성공하는 듯이 보였다. 그러나
영국인들이 원주민 지역을 잠식해 들어가자 원주민들이 이주자들을
포위하고 식량을 더 이상 공급하지 않았다. 바로 '굶주림의 시대'였다.
이 참사는 이듬해 봄 영국에서 식량과 병력을 싣고 오면서 끝났지만
이주민 300명 가운데 240명은 이미 유명을 달리한 상태였다.

1624년, 영국 왕실은 버지니아를 식민지로 선포하고 총독을 파견하였다. 그때까지 버지니아회사가 아메리카로 보낸 이주자는 5694명이었고, 그 가운데 일부는 귀국하였지만 살아남은 자는 겨우 1095명이었다. 이후 영국인 이주자들의 세력범위가 점차 넓어지며 1733년까지 13개의 식민지가 대서양 연안에 들어섰다. 한편 프랑스인들은 캐나다와 북미 대륙 남부에 식민지를 세웠다. 남부의 식민지는 태양왕 루이 14세를 기념하여 루이지애나로 명명하고 목화를 재배하였다. 네덜란드는 동부 지역에 식민지를 만들고 이를 뉴 암스테르담이라고 하였다. 에스파냐는 플로리다를 포함한 남부지방에 식민지를 만들었다.

이들 이주자들 중 가장 대표적인 그룹이 필그림 파더스Pilgrim Fathers라고 불리는 청교도 이주자들이었다. 이들은 영국의 종교박해를 피해 네덜란드에 가 있다가 1620년 메이플라워호를 타고 신대륙에 도착하였다. 이들의 원래 목적지는 버지니아였다. 그러나 폭풍으로 항로를 벗어난 배는 훨씬 북쪽으로 가서 지금의 매사추세츠주에 닿았다. 그들은 자신들이 떠나온 고향 도시 이름을 따서 뉴플리머스로 이름 붙이고 새로운 식민지를 건설했다. 버지니아로 가기에는 날씨도 좋지 않고, 모두 긴 항해에 너무나 지쳐 있었기 때문이다. 이들의 신대륙에서의 적응도 쉽지 않았다. 102명의 이주자 중 이듬해 봄까지 살아남은 자는 겨우 47명에 불과했다.

매사추세츠에 터를 잡은 청교도들은 교회를 철저하게 개혁하려는 순결운동을 추진하던 사람들이었다. 이들이 정착한 매사추세츠의 초기 영국 정착지도 따라서 청교도적인 성향이 강했다.

나다니엘 호손은 1804년 매사추세츠주 세일럼(보스턴 북부)의 청교도 집안에서 태어났다. 세일럼은 청교도의 종교적 열정이 강한 곳이었다. 호손의 고조부는 세일럼의 마녀사냥 때 엄격한 재판관 노릇을 한 것으로 유명하다. 호손은 종교의 탈을 쓴 사회의 위선과 편협함을 증오했고, 인간적인 행복과 쾌락을 거부하는 금욕적인 생각에 반발했다.

호손은 일생을 뉴잉글랜드에 정착한 초기 청교도 사회의 비정함을 소재로 작품을 썼다. 그에게 최고의 명성을 안긴《주홍글씨》를 비롯해 《일곱 박공의 집》The House of the Seven Gables 등은 종교적인 집착을 중점적으로 다루고 있다. 1850년에 발표된 단편《큰바위 얼굴》도 큰 사랑을 받는 작품이다.

종교적 사회에서 인간이 겪어야 하는 고통

근엄한 종교적 사회에서 인간이 겪는 아픔을 그린 소설《주홍글씨》의 줄거리를 따라가 보자.

17세기 중엽, 청교도의 식민지 보스턴 사회를 발칵 뒤집는 사건이 일어난다. 간통사건이었다. 작가는 간통을 저지르고 처형대에 선 주인공을 극진히 미화하여 이렇게 묘사한다. "그녀는 젊고 키가 늘씬하고 몸매가 이를 데 없이 아름다웠다. 그녀의 숱이 많은 검은 머리는 윤택하여 햇빛을 받아 빛나고, 그녀의 용모는 고르고 살결이 희어 예쁘고, 짙은 눈썹과 깊은 표정의 검은 눈동자는 심오한 인상을 주었다."

반면에 그녀를 욕하기 위해 몰려나온 사람들은 "우중충한 회색 옷차림에 고깔모자를 쓴 수염이 텁수룩한 남자들과 거친 욕설을 내뱉는 여인들"로 묘사해 대비시킨다. 실제로 사형이 집행되는 것은 아니고, 죄인에게 수치심을 안겨주기 위해 일정한 시간 교수대에 세워놓는 벌이었다.

그 자리에 주인공 헤스터 프린의 전 남편이 등장하는데, 키가 작고, 늙고 파리한 안색과 찌그러진 몸매를 하고 있는 사람으로 묘사된다. 생후 3개월 된 갓난아기를 품에 꼭 안고 마을 중앙에 마련된 처형대 위에 서 있는 헤스터 프린의 가슴에는 빨강 헝겊에 금실로 정교하게 수놓은 A자가 선명하다. A는 간통adultery의 머리글자이다. 헤스터는 아이의 아버지가 누구인지에 대해서는 끝내 말을 하지 않는다.

풀려난 헤스터 프린은 교외 변두리의 오두막에 딸과 함께 살게 된다. 이 주홍글씨로 인해 헤스터 프린은 사람들로부터 혐오와 경멸을 받지만 그녀는 사회의 약자를 돌보기 위한 자선사업을 꾸준히 실행하였다. 그녀의 무기는 뛰어난 바느질 솜씨였다. 헤스터가 가난한 사람들의 옷을 만들어 주고, 어려운 처지에 빠진 사람들을 도울 때 사람들은 그녀에게 침을 뱉고 사나운 말로 그녀의 상처를 사정없이 건드렸지만 그녀는 그 모든 수모를 견뎠다.

그러나 그녀를 가장 견딜 수 없게 하는 것은 어린 딸 펄의 존재였다. 처음 펄은 헤스터의 슬픈 삶에 유일한 축복처럼 여겨졌다. 헤스터는 자기가 가진 것을 다 주고 산 값비싼 보석이라고 하여 아이 이름을 펄이라고 지었다. 그러나 딸은 자라면서 걷잡을 수 없이 거칠어갔다.

헤스터는 딸이 정서적으로 불안정한 것이 자신 때문임을 알고 괴로워한다. 이런 딸에 대한 소문 탓에 마을 지도자들이 모여 아이를 정상적인 가정으로 보내어 양육하게 해야 한다고 목소리를 높였다. 이를 안 헤스터는 어느 날 벨링엄 장관을 찾아간다. 아이를 제대로 자라게 하기 위해서는 좋은 보호자를 만나야 한다는 주장을 가장 강하게 하는 사람이 벨링엄 장관이었다.

헤스터와 아이는 그곳에서 아서 딤즈데일 목사와 옛 남편인 로저 칠링워드를 만나게 된다. 칠링워드는 이미 이 고장에 정착하여 의사로서의 명성을 쌓고 있었다. 헤스터는 아이를 빼앗기지 않기 위하여 젊은 목사 딤즈데일에게 자기를 도와달라고 애원한다. 젊은 목사는 창백한 얼굴로 가슴에 손을 얹으며 "펄은 하느님이 헤스터에게 내린 기적입니다. 두 사람을 위해, 하느님의 섭리가 적당하다고 본 위치에다 우리도 그들을 내버려두어야 합니다."라고 사람들을 설득한다. 목사의 변호가 모두의 마음을 움직여서였든지, 그들은 그 문제에 대한 논의를 잠정 보류하기로 하였다.

목사 딤즈데일은 젊고 잘 생긴데다 옥스퍼드 출신이고, 그의 설교는 너무나 훌륭하여 모두가 눈물을 흘리며 감동할 정도였다. 그는 사람들로부터 그리스도의 현생이라고 불리며 존경받고 있었다. 그런 목사의 건강이 모두의 눈에 띄게 될 정도로 악화되어 갔다. 얼굴은 창백해지고 아름다운 목소리도 쇠약해져 갔다. 게다가 종종 가슴에 손을 얹고 고통스러운 표정을 지었다.

목사의 건강을 염려하는 사람들의 강권으로 로저 칠링워드가 딤즈데일의 주치의로 선임되고 두 사람은 함께 기거하게 되었다. 로저 칠링워드는 더욱 집요하게 목사의 고통의 원인이 무엇인지를 관찰하게 되고, 딤즈데일 목사도 자신의 마음의 평화를 해치려는 무엇이 자신에게 접근하고 있다는 것을 어렴풋이 느끼기 시작하였다.

어느 날 밤 딤즈데일 목사는 자신의 마음속 고통을 이기지 못한 채 헤스터 프린이 치욕의 시간을 보냈던 공회당 발코니에 있는 처형대로 올라갔다. 우연히 그곳을 지나가는 헤스터 프린이 딤즈데일 목사를 목격하면서 헤스터는 목사의 몸과 신경이 극도로 쇠약해진 것을 알게 되었다. 목사가 무서워 떨며 보이지 않는 적으로부터 자신을 보호해달라고 호소할 때 그녀는 자신이 목사를 도와야 할 의무가 있다는 결론을 내렸다. 그리고 무엇이 목사를 죽음의 벼랑으로 끌고 가고 있는지도 알았다. 이제 헤스터 프린은 과거의 그녀가 아니었다.

목사를 처참한 상황에 몰아넣은 사람이 자기의 옛 남편임에 틀림없다는 사실을 깨닫자, 헤스터 프린은 자신이 딤즈데일 목사를 구해야 한다는 새로운 사명감을 가지게 되었다. 헤스터는 악마의 화신이 되어버린 칠링워드를 바라보며 자기가 남편에게 저지른 죄보다 그가 자기에게 더 큰 죄악을 저질렀다고 생각하게 되었다. 목사를 찾아간 헤스터는 두려움에 떠는 딤즈데일의 손을 잡았다.

헤스터가 칠링워드의 정체를 알려주자 목사는 가슴을 움켜쥐며 이렇게 말한다. "우리가 이 세상에서 가장 악한 죄인은 아니오. 부도덕한 목사보다 더 악한 자가 있으니 저 늙은 자의 복수는 내 죄보다도 더 사악하오. 그 자는 인간의 마음의 거룩함을 냉혈적으로 모독한 것이오.

헤스터, 그대와 나는 그런 짓은 안 했소." 헤스터는 자기가 열렬히 사랑했던, 지금도 사랑하는 목사에게 이와 같은 파멸을 가져온 자기 존재를 가슴 아파하며, 그를 옛 남편의 손에서 구하기로 결심한다.

그리하여 목사와 함께 이 굴레의 땅에서 벗어나 모든 것을 새로 시작할 계획을 세운다. 헤스터는 가슴 위의 주홍글씨를 떼내어 낙엽 속으로 멀리 던져 버린다. 그리고 딸에게 "이 분은 앞으로 우리와 손에 손을 잡고 같이 걸으실 거다. 우리는 집을 구하고 벽난로도 가질 거다. 그리고 너는 그분의 무릎 위에 앉고, 그분은 너에게 많은 것을 가르쳐 주시고 너를 매우 사랑해주실 거다."라고 기쁨에 차서 말한다.

헤스터는 항구에 들어와 있는 배에 승선 허가를 받았다. 목사가 사흘 뒤에 있을 선거 축하예배를 마치면 딸과 함께 브리스톨로 출발할 예정이었다. 마침내 뉴잉글랜드의 경축일이 다가왔다. 새 장관이 취임하는 날이었고 마을은 시끌벅적하였다. 이 날의 하이라이트는 딤즈데일 목사의 축하연설이었다. 헤스터는 교수대 옆에 서서 목사의 설교를 듣고 있었다. 설교를 마친 목사가 헤스터 쪽으로 다가왔다. 그의 표정은 창백했으나 부드럽고 이상할 정도로 의기양양했다.

목사는 헤스터에 의지해 딸과 함께 처형대에 올랐다. 그리고는 가슴을 가렸던 목사 띠를 뜯어버렸다. 그러자 가슴 위에 새긴 주홍글씨가 드러났다. 목사는 놀란 관중들을 향하여 7년 동안 감추어 두고 괴로워했던 자신의 죄를 고백하고 처형대 위에 쓰러졌다. 로저 칠링워드는 그 광경을 보며, "기어이 내 손에서 벗어났군."이라는 외마디 소리를 질렀다. 목사는 하느님께 자신의 죄를 용서해 주기를 빌며 딸에게

는 최후의 입맞춤을 구했다. 펄이 그에게 입 맞추고 아이의 눈물이 아
버지의 뺨 위로 흘러내리자 그동안 펄에게 내려졌던 저주가 풀렸다.

펄은 보통의 소녀로 돌아갔다. 목사는 죄를 범한 자신에게 베풀어
준 하느님의 자비를 찬양하며, 늙은 사내를 보내 자신에게 고통을 주
고, 마침내는 자기를 승리하게 만든 하느님을 찬양하며 헤스터의 품에
서 숨을 거두었다. 이 광경을 바라보던 군중들은 무언가 무겁게 굴러
가는 듯한 신음소리를 내었다.

인간을 얽매는 도덕의 굴레

17세기 보스턴 사회는 종교의 자유를 찾아 험난한 대서양 바다를
건너 이룬 이민사회였다. 그들은 구대륙에서 오랜 종교전쟁과 가난과
신분의 차별을 타파하고자 희망을 품고 도착해 새 삶의 터전을 이룬
사람들이었다. 그들이 원한 신대륙은 종교의 자유가 보장되는 곳이었
다. 그러나 종교적 열정이 엄습한 신대륙에서의 삶은 또 다른 비극을
초래하였다. 1691년 세일럼에 몰아친 마녀사냥이 바로 그러했다. 세일
럼 마을에 사는 사춘기 소녀들 사이에 집단적 히스테리 증상이 급속
히 퍼져나가면서 마을은 광란의 분위기에 빠졌다. 이때 150명이 넘는
사람들이 마귀 혐의로 체포되고 19명은 공개 교수형을 당했다.

작가가 지적하듯이 최초의 청교도들이 새 개척지를 세우고 가장 먼
저 행한 일은 묘지와 감옥을 만든 일이었다. 인간은 죽게 마련이니 묘

지야 필요했겠지만 죄지은 자를 벌하고 격리시키기 위한 감옥이 제일 먼저 세워졌다는 것은 매우 상징적이다. 헤스터 프린은 간통이란 죄를 상징하는 주홍글씨를 가슴에 달고 이 종교적 히스테리의 시대를 살아야 했다.

죄와 벌은 인간세계가 풀어야 할 영원한 숙제이다. 작가는 간음한 헤스터 프린과 세인의 존경을 받는 청교도 목사 딤즈데일과 헤스터의 늙은 남편 칠링워드를 나란히 놓고 누가 죄인인지를 묻는다. 작가가 간음죄를 저지른 헤스터를 순수하고 아름답게 묘사하면서, 치욕의 주홍글씨를 가슴에 매단 채 산 그녀의 주홍글씨 A를 천사의 A로 격을 높인 것을 보면 주인공을 결코 정죄하고 있지 않음을 쉽게 알 수 있다. 오히려 자기의 죄를 고백하지 못하고 죽어가는 딤즈데일 목사의 연약함에 연민을 보내고 있음을 알 수 있다.

소설이 출간된 이후 '주홍글씨'는 인간을 얽매는 굴레를 상징하는 낱말이 되었다. 사람들로부터 소외당한 헤스터 프린은 연약한 여성이었지만, 자신의 주홍글씨를 조롱과 경멸, 죄의 상징, 소외의 상징에서 천사의 상징, 가능성의 상징으로 변화시켰다. 그리하여 위대한 인간 승리의 표상이 되었다.

지금도 어디선가 주홍글씨를 가슴에 달고 격리된 채 절망 속에 빠져 있는 사람이 있다면 《주홍글씨》를 읽어 볼 것을 권한다. 가해자들도 마찬가지이다. 성경에서 예수는 간음한 여성에게 한없는 연민을 나타내고, 죄지은 여인을 고발하는 사람들에게는 그들의 위선을 깨닫게 한다. 죄를 지을 수밖에 없는 인간에 대한 연민과 자신의 죄는 깨닫지 못하고 남의 죄를 힐난하는 어리석은 사람들에 대한 예수의 질책을 다시 생각해 보게 만드는 작품이다.

참고도서

1. 《주홍글씨》, 나다니엘 호손, 조승국 옮김, 문예출판사, 2004
2. 《미국사 다이제스트 100》, 2012. 가람기획

13

세상을 바꾼 사람들

| 레 미제라블 |

빅토르 위고

　근세에서 근대로 나아가는 여정에 있던 유럽사회에 중대한 변화를 일으킨 사건은 단연 1789년에 일어난 프랑스대혁명이었다. 프랑스인들은 몇 번의 유혈혁명을 통해 봉건사회를 무너뜨리고 국민이 주권을 가진 근대적인 국가를 탄생시켰다. 왕권신수설을 주장하며 절대 왕권을 누리던 유럽의 전제군주들은 떨었고 혁명의 바람을 차단하려고 몸부림쳤다. 그러나 프랑스 혁명사상은 유럽 국민 사이로 스며들었고, 이 거대한 파고는 유럽을 넘어 러시아, 중남미까지 그 영향을 확대해 나갔다.

　프랑스의 대문호 빅토르 위고는 이 질풍노도의 시대를 배경으로 당시의 시대상과 사회상을 그린 소설《레 미제라블》을 세상에 내놓았다. 책은 출판되자마자 공전의 감동을 불러일으키며 불티같이 팔려나갔다. 150여년이 흐른 지금까지도《레 미제라블》의 인기는 시들 줄을 몰라 책뿐만 아니라 뮤지컬과 영화로 그 생명을 이어가고 있다.

면면히 이어오는 프랑스혁명의 정신

《레 미제라블》은 한편으로는 프랑스혁명에 관한 보고서처럼 보이기도 한다. 소설의 주인공은 프랑스혁명을 낳은 프랑스 역사이고, 그 역사를 만든 프랑스 사회이며, 그 사회를 구성하는 가난한 인간 군상이다. 여기에 그치지 않고 작가는 혁명에 휩쓸리는, 또는 혁명에 적극 가담해 세상의 변혁에 앞장섰던 가난한 사람들을 주인공으로 내세워 너무나 재미있고 감동적인 스토리를 창조해 냈다.

작가가 말하는 불쌍한 사람들의 정의는 이렇다. "인간은 극도의 궁지에 몰리면 최후의 수단을 강구하게 된다. 그렇게 되면 온갖 끔찍한 일이 벌어진다. 어느 경지에 이르면 불행자와 파렴치한이라는 두 가지는 서로 합치고 구별할 수조차 없게 되어 '레 미제라블'les miserables(이 말에는 '불행자'라는 의미와 '파렴치한'이라는 의미가 있다)이라는 한마디로 표현하게 되는 것이다." 그리고 작가는 이렇게 묻는다. "그러면 그것은 대체 누구의 죄란 말인가?" 그리하여 작가는 이렇게 말한다. "그들이 구렁텅이에 깊이 빠질수록 더 큰 자비의 손길을 베풀어야 하지 않겠는가?"

이것이 이 소설의 요지이다. 작가는 혁명에 휩쓸리던 불행한 인간 군상들에게 자비와 관용의 눈길을 보낸다. 그의 시선은 인생의 구렁텅이로 떨어졌던 죄인 장 발장과 여인이기에 비참한 지경에 처했던 팡틴과 팡틴의 불쌍한 딸 코제트에게로 향한다. 장 발장을 끈질기게 추적하는 자베르 형사와 악한 길을 걷는 테나르디에 부부에게도 마찬가지다. 그는 어느 누구도 비난하지 않는다. 다만 비참한 환경에 빠진 사람들을 불쌍하게 여기고 그들을 감싸 안으려고 한다. 그들에게 빛을 비추려고 한다.

프랑스혁명 당시 프랑스는 유럽 여러 나라가 그러했듯이(일찍이 명예혁명을 이룬 영국을 제외하고) 절대군주제 하의 봉건 신분사회였다. 성직자가 제1계급, 귀족이 제2계급, 평민이 제3계급에 속했다. 전 인구의 2%에 불과한 1, 2계급이 영토의 40%를 차지하고, 98%에 해당하는 제3계급은 1, 2계급을 지탱하기 위해 허덕이고 있었다. 그런데 제3계급에 속하는 사람들 가운데 시민계급이 부상하고 있었다. 시민계급은 그 수는 적었지만 상공업 활동을 통해 경제력을 강화하고 있었다. 당시 프랑스는 루이 14세 이래 중상주의 정책을 쓰며 특권기업을 국가에서 강력히 후원하고 있었다. 이 특권기업은 대상인大商人에 해당하였으므로 대부분의 시민계급은 정부의 중상주의 정책으로 어려움을 당하고 있었고, 이 상황을 타파하기 위해 고심하고 있었다.

1789년, 루이 16세는 국가 재정난을 해결하기 위하여 특권계급에도 과세하고자 하였다. 이에 반발하는 귀족의 요구에 의해 왕은 175년 만에 삼부회를 소집하였다. 이 삼부회가 혁명의 도화선이 되었다. 많은 계몽 서적이 출판되었는데, 그중에서도 가장 큰 반향을 부른 것이 아베 시에예스 신부의 《제3 신분은 무엇인가?》였다. 그 첫머리에서 시에예스 신부는 "제3 신분은 무엇인가? 전부이다. 지금까지 정치적 지위는 어떠했는가? 아무것도 아니었다. 그들에게 적절한 무엇인가를 요구한다."라고 적었다.

시에예스 신부는 제3 신분이야말로 국민의 대표이므로 자신들을 '국민의회'로 칭할 것을 제안한다. 놀란 왕이 귀족의 권유로 회의장을 폐쇄하자 격분한 제3 신분의 의원들은 실내 테니스장에 모여 헌법을 개정할 때까지 해산하지 않을 것을 맹세했다. 이것이 '테니스 코트 서약'이다. 루이 16세가 국민의회를 해산하기 위하여 군대를 투입하려고 하자 분노한 파리 시민들이 들고 일어났다. 그들은 바스티유 감옥을 습격하고 무장했다. 프랑스대혁명이 터진 순간이었다.

대혁명 이후 성립된 프랑스 제1공화정은 급진파인 자코뱅파가 세력을 잡으면서 루이 16세와 마리 앙투아네트를 처형하고 수많은 귀족들을 기요틴의 이슬로 만들었다. 이에 온건 공화파가 일어나 로베스피에르를 처형하고 총재 정부를 수립하였으나 나라의 혼란을 잠재우지 못했다. 이때 전쟁의 천재 나폴레옹이 등장한다. 1799년 쿠데타로 실권을 잡은 그는 1804년 황제로 등극했다. 그는 유럽의 군주들과 자신을 차별화하여 자신은 '주권자인 국민의 뜻에 따라 통치권을 행사한다'고 주장하고, 유럽 대륙을 혁명 정신 아래 하나로 통합하는 것을 자신의 사명으로 내세웠다.

그러나 나폴레옹의 꿈은 11년 만에 깨어지고 만다. 1812년 러시아 원정에서 실패한 후 몰락한 나폴레옹은 1814년에는 엘바섬으로 유배 간다. 유럽의 지배자들은 프랑스를 혁명 이전으로 되돌리기 위해 부르봉 왕가를 회복시키기로 한다. 이것이 빈체제였다. 이렇게 하여 1814년 루이 18세가 왕으로 옹립되는 왕정복고가 이루어졌다.

1815년 엘바섬을 탈출한 나폴레옹은 다시 전쟁을 진두지휘하지만 그해 6월 18일 워털루에서 패하면서 그의 100일 천하는 막을 내린다. 그럼에도 프랑스혁명 정신은 온 유럽에 확산됐다. 그리고 혁명에 성공했던 프랑스인들은 보수주의로 회귀하는 구체제를 참을 수 없었다. 특히 루이 18세를 이은 샤를 10세가 선거권을 제한하는 등의 반동정치를 펴자 1830년, 학생, 기능공, 노동자들이 파리 시내에 바리케이드를 설치하며 다시 혁명의 횃불을 치켜들었다. 이것이 7월 혁명이다.

이로서 샤를 10세는 물러나고 입헌군주제 하에서 루이 필립이 왕으로 추대되었다. 필립은 시민 왕을 자처하였으나, 부르주아 계급의 이익만 대변할 뿐 서민과 하층민의 삶을 고려하지 않았다. 이러한 불만이 표출된 것이 1848년의 2월 혁명이었다. 이로서 제2공화정이 수립되었다. 그 후 나폴레옹의 조카가 나폴레옹 3세를 자칭하며 제2제정시대를 열기도 했지만, 1875년 공화국헌법이 선포되면서 자유, 평등, 박애가 프랑스공화국의 공식 이념으로 확고히 자리 잡았다.

혁명의 소용돌이 속에서
인간이 겪는 비극

《레 미제라블》의 시대적 배경은 7월 혁명과 2월 혁명 사이이다. 소설에서 혁명군을 진압하는 왕은 7월 혁명으로 옹립된 루이 필립이다. 이때 혁명군은 시민의 동조를 받지 못하고 모두 죽는다. 말하자면 실패한 혁명이었다. 이처럼 프랑스혁명은 한 번의 투쟁으로 완성된 것이 아니라 많은 피와 100여년에 가까운 고난의 시간을 거쳐서 완성된 것이었다. 이 어려운 상황 속에서 사람들은 이념적으로 극심하게 나뉘어져 모두가 왕당파, 자코뱅파, 보나파르트파, 자유주의자, 공화주의자의 어딘가에 속했다. 서로가 서로를 증오하였다.

작가 빅토르 위고는 1802년 프랑스 소도시 브장송에서 태어났다. 아버지는 나폴레옹 휘하의 장군이었고, 어머니는 왕당파 집안 출신이었다. 위고의 부모는 사이가 원만하지 못하여 어머니는 가족을 데리고 파리에 정착했고, 위고는 아버지를 따라 코르시카, 이탈리아, 에스파냐 등지를 전전하며 살았다. 아버지는 위고가 자신의 뒤를 이어 군인이 되기를 희망했으나, 위고는 문학의 길을 갔다.

위고는 시와 소설, 희곡 등을 활발히 발표하였고, 그의 문학의 탁월함은 곧 사람들에게 알려지게 되었다. 1831년에는 걸작《노트르담 드 파리》를 발표하였다. 스물한 살 때인 1822년에 위고는 어릴 적 친구였던 아델 푸세와 결혼하였으나, 말년까지 많은 여성들과 애정행각을 벌여 아내의 속을 썩었다. 1843년 제일 아끼던 딸 레오폴딘이 남편과 함께 센강에서 익사하자, 우울증에 시달린 위고는 약 10년간 문필활동을 중단하였다. 대신 정치에 관여해 급변하는 프랑스 정치사와 함께 영욕의 시간을 보내게 된다. 1848년 2월 혁명 이후에는 공화주의에 기울어, 루이 나폴레옹의 제정帝政 수립에 반대하다 저지섬과 건지섬에서 19년간에 걸친 망명생활을 해야 했다. 이 망명생활 중에서 그의 창작열은 더욱 뜨겁게 달아올랐고, 최고의 걸작들을 쏟아내었다. 그 중의 하나가《레 미제라블》(1862)이다. 그의 나이 60세였다. 위고는 1885년

5월 22일 여든넷의 나이로 파리에서 사망했다. 200만 명의 인파가 뒤를 따르는 가운데 그의 유해는 팡테옹에 안장되었다.

소설 《레 미제라블》의 내용은 너무나 유명하여 새삼 언급할 필요도 없을 정도이다. 이야기는 장 발장이라는 한 불쌍한 인생에 대한 조망으로 시작된다. 그는 1769년 브리 마을의 가난한 농가에서 태어났다. 어머니는 그를 낳고 산욕열로 죽었고 나뭇가지 치는 일을 주업으로 하던 아버지는 나무에서 떨어져 죽었다. 말하자면 어려서 고아가 된 것이다. 그에게는 일곱 아들딸을 부양하는 과부 누나가 있었다. 어렸을 때 누나가 장 발장을 길러주었지만 그가 스물다섯 살 때 자형이 죽자 누이 가족을 부양하는 가장이 되었다.

그도 나뭇가지 치는 일을 하며 쉼 없이 일했지만 생활은 점점 곤궁해졌다. 그러던 어느 혹독한 겨울, 장 발장은 일거리가 없었고 집에는 빵이 떨어졌다. 그는 배고픈 조카들을 생각하다 빵을 훔치게 되었고 이것이 그의 인생을 구렁텅이로 몰아넣는 단초가 되었다. 그는 5년 징역형을 선고받았다. 누나와 일곱 아이들이 걱정되어 네 번의 탈옥을 시도하다 도합 19년을 감방에서 보냈다. 노란통행권을 받아 출소한 해는 1815년, 그의 나이 사십육 세 때였다. 중키에 뚱뚱하고 실팍진 모습이었다.

출소한 후 사회의 냉대에 분노하는 장 발장 앞에 디뉴의 주교 미리엘이 나타난다. 주교와 장 발장의 이 만남은 장 발장의 일생에서 가장 중요한 만남이 된다(두 번째의 중요한 만남은 코제트와의 만남이다). 주교의 은식기들을 훔쳐 달아나던 장 발장에게 주교는 은촛대까지 내주며 정직한 사람이 되는데 쓰겠다고 약속하라고 한다. 장 발장은 오랫동안 울었다. 뜨거운 눈물을 흘리며 울었다. 그 후 장 발장의 인생은 180도로 변한다. 소도시 몽트뢰유쉬르메르에서 흑구슬을 만들어서 큰 부자가 되었다. 그는 5년 뒤 '마들렌 시장'이 되었다. 어느 날 포슐르방이라는 마차꾼이 마차의 두 바퀴 아래에 끼는 사고를 겪게 되었다. 마차가 영감의 가슴을 눌러 매우 위급한 상황이었다. 마침 그곳을 지나가던 마들렌 시장이 수레 밑으로 뛰어들어 등으로 마차를 밀어 올린 덕분에 마차꾼 노인은 목숨을 건졌다. 이 장면을 목격한 한 사람이 있었으니 자베르 형사였다. 자베르 형사는 마들렌 시장이 가석방 선서를 어기고 달아난 죄수 장 발장임을 직감한다.

마들렌 시장은 팡틴이라는 불행한 여인과 조우하게 된다. 팡틴은 이 책에서 가장 가슴 아픈 '레 미제라블'이다. 그녀는 어린 나이에 파리로 돈벌이를 나갔다가 늙은 난봉꾼과의 사이에 딸 하나를 두게 되었다. 그런데 애인이 갑자기 떠나 가버리자 팡틴은 살 길이 없어 고향으로 돌아가기로 했다. 그 딸의 이름은 코제트였고 그때 세 살이었다. 고향으로 돌아가던 팡틴은 파리 근처의 몽페르메유에서 싸구려 여관을 운영하는 테나르디에 부부를 만나게 된다. 팡틴은 사악하고 음흉하며 온갖 악행을 저지르는 이 부부의 정체를 모른 채 코제트를 여관 주인에게 맡기고 고향으로 떠난다.

고향에 돌아온 팡틴은 마들렌 소유의 공장에서 일했다. 테나르디에 부부는 팡틴에게 온갖 이유를 대며 코제트의 생활비를 부풀려 뜯어냈다. 그러던 중 사생아가 있다는 것을 알게 된 작업실 여감독이 팡틴을 해고해 버렸다. 코제트의 생활비를 마련하기 위하여 팡틴은 아름다운 머리카락을 팔고 앞니를 빼다 팔고 마침내는 거리의 여자로 전락하고 만다. 팡틴의 사연을 알게 된 마들렌 시장은 죽어가는 팡틴에게 자기가 코제트를 찾아 잘 키우겠다고 약속한다.

자베르 형사에 의해 툴롱교도소에 재수감된 장 발장은 항구에 들어온 군함에서 사고로 추락하는 선원의 목숨을 구하고 탈출한다. 그리고 몽페르메유에 나타나 코제트를 구해낸다. 코제트는 테나르디에 부부와 그의 딸들 사이에서 하녀 노릇을 하며 학대받고 있었다. 자베르는 장발장의 뒤를 집요하게 쫓는다.

장 발장은 어린 코제트를 키우면서 처음으로 자기 속에서 꿈틀거리는 애정을 느꼈다. 코제트도 지금까지 한 번도 느껴보지 못했던 평안과 기쁨을 느꼈다. 이렇게 하여 불행했던 두 사람은 처음으로 서로의 온기 속에서 행복을 찾아갔다. 그러나 그들의 행복은 오래가지 못하였다. 드디어 이 이상한 부녀의 모습이 자베르의 눈에 띄게 된 것이다. 장 발장은 코제트를 데리고 파리의 여기저기를 도망치다가 막다른 골목에서 높은 담 벽을 뛰어 넘게 되는데 그곳은 수녀원이었다.

그곳에서 장 발장은 자기가 수레 밑에서 구해준 포슈르방 영감을 만나게 된다. 포슈르방의 도움으로 장 발장은 정원사로 지냈고, 코제트는 수녀 학교에서 교육을 받았다.

코제트가 성장할수록 장 발장의 마음은 불안해졌다. 본인의 의사와 상관없이 코제트를 수녀로 만들 수는 없다고 생각했다. 그리하여 장 발장은 자베르가 노리고 있는 수도원 바깥세상으로 코제트를 데리고 나간다. 이번에는 아름다운 코제트를 사모하는 청년이 나타나면서 장 발장과 코제트 사이에 긴장이 높아지고 안전이 위협받게 된다. 그 청년의 이름은 마리우스였고 질노르망이라는 부르주아 노인의 외손자였다. 마리우스는 외할아버지 밑에서 왕당파로 자랐지만 자기 아버지가 나폴레옹 휘하의 훌륭한 군인이었다는 사실을 알게 되면서 혁명가로 변모해간다.

1832년이었다. 파리는 다시 폭동의 검은 구름이 몰려오고 있었다. 마리우스는 공화주의 학생들의 비밀결사인 'ABC의 벗들' 회원들과 시민 봉기를 준비하고 있었다. 민중은 바리케이드를 쌓았다. 왕의 군대가 바리케이드 너머로 진격해왔다. 혁명군들은 최후의 일인까지 저항하다 비극적인 죽음을 맞이한다. 젊은이들은 공화국 만세를 부르며 쓰러져 갔다. 장 발장은 코제트가 사랑하는 청년이 위험한 바리케이드 안에 있다는 것을 알고 이 젊은이를 구하기로 결심한다. 위험을 무릅쓰고 바리케이드에 도착했을 때 그곳에는 자베르가 잡혀 있었다.

장 발장은 자베르를 몰래 풀어주었다. 자베르는 그가 그렇게 오랫동안 잡으려고 했던 죄인이 자신을 풀어준 사실에 엄청난 충격을 받는다. 결국 자베르는 자살하고 만다. 마리우스가 정부군의 총탄에 쓰러지자 장 발장은 그를 메고 파리의 하수도를 통해 자기 집으로 데려다준다. 장 발장의 헌신으로 목숨을 건진 마리우스는 코제트와 만나 결혼을 선포한다. 장 발장은 자기가 가지고 있던 60만 프랑을 젊은 부부에게 주었다.

이제 모든 역할이 끝났다. 하지만 그는 마리우스에 대한 사랑으로 들떠 있는 코제트를 바라보며 질투심과 깊은 비탄에 빠져 삶의 의욕을 잃어갔다. 거친 인생을 살아온 한 남자의 감출 수 없는 사랑. 장 발장은 이 소녀를 위해 자기의 전 생애를 바쳤다. 이제 그 코제트가 자기의 손이 미치지 않는 곳으로 떠나간다는 생각에 장 발장은 견딜 수 없는 고통을 느꼈다. 마리우스를 찾아가 자신이 코제트의 친부가 아니며 죄를 짓고 미결수 상태에서 도망한 죄인임을 밝히자 마리우스는 장 발장에 대해 혐오감을 느끼며 코제트와 그의 사이를 떼어놓는다.

코제트를 잃은 장 발장은 모든 살아갈 힘을 잃고 죽음을 바라보고 누워 있었다. 그런데 마리우스 앞에 테나르디에가 나타나면서 사건은 반전을 맞는다. 테나르디에의 증언에 의해 마리우스는 자기를 죽음 직전에서 건져 준 사람이 장 발장임을 알게 된다. 마리우스는 코제트와 함께 장 발장에게로 달려간다. 그는 장 발장을 오해했던 자신의 잘못을 뉘우치고 용서를 구한다. 코제트도 자신을 그토록 사랑해 준 아버지를 잊고 있었던 데 대해 진심으로 후회한다.

두 사람은 병상에 있는 장 발장에게서 뭐라 표현할 수 없는 숭고한 모습을 발견한다. 그것은 바로 예수 그리스도의 모습이었다. 장 발장은 코제트와 마리우스의 진심에서 우러나오는 사랑과 존경을 받으며 눈을 감는다. 그의 머리맡에는 미리엘 주교에게서 받은 두 자루의 은 촛대가 소중히 놓여 있었다.

인류는 진보한다는 확고한 믿음

이 책에서 작가가 가장 힘을 주어 사용한 낱말은 '진보'라는 용어이다. 빅토르 위고는 그가 말년에 쓴 《레 미제라블》을 통하여 인류의 위대한 이상주의를 가감 없이 나타내었다. 작가는 현재 상황이 어렵더라도 절망하지 말 것이며, 그동안 인류가 이룬 '진보'를 바라 볼 것을 권한다. 작가는 소설에서 혁명 모임의 지도자로 등장하는 앙졸라의 입을 빌어 혁명으로 바뀔 이상적인 미래를 이렇게 펼친다.

"도시들의 거리에는 빛이 넘쳐흐르고, 문 앞에는 푸른 나뭇가지들이 우거지고, 여러 나라 국민들이 형제자매가 되고, 인간들은 올바르고, 노인들은 어린아이를 귀여워하고, 과거는 현재를 사랑하고, 사상가들은 완전한 자유를 누리고, 신자들은 완전한 평등을 갖고, 하늘이 종교가 되고, 신이 직접 신부가 되고, 인간의 양심이 제단이 되고, 더 이상 증오가 없고… 모든 사람에게 일이 주어지고, 모든 사람들이 권리를 향유하고, 모든 사람들에게 평화가 있고, 더 이상 피를 흘리지 않고 더 이상 전쟁이 없고, 어머니들이 행복하고, 물질을 지배하는 것, 그것이 첫째 걸음이고, 이상을 실현하는 것, 그것이 둘째 걸음이요…"

참고도서

1. 《레 미제라블》1, 2, 3, 4, 5, 빅토르 위고 지음, 정기수 옮김, 민음사, 2013
2. 《레 미제라블》상, 중, 하, 빅토르 위고 지음, 방정애 옮김, 혜원출판사, 1993
3. 《키워드로 읽는 세계사》, 휴 윌리엄스지음, 박준호 옮김, 일월서각, 2012
4. 《이야기로 읽는 부의 세계사》, 데틀레프 귀르틀러 지음, 장혜경 옮김, ㈜웅진씽크빅, 2005

14

영국의 지성혁명

존 스튜어트 밀의
자서전과 자유론

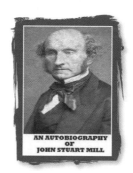

　세계사에서 인간이 주인으로 등장하는 시대를 14~15세기에 시작된 르네상스와 종교개혁 이후라고 일컫는다. 하지만 실제적으로 인간 의식의 대변화가 정착되기 시작하면서 근대사회가 형성된 것은 계몽사상가들의 등장과 함께한다. 이 시대에 비로소 '보통 사람'이 역사의 전면에 나타나면서, 이 보통 사람이 어떻게 사는 것이 행복한 것인지 치열하게 고민하기 시작한다.

　'다른 사람에게 폐를 끼치는 일이 없는 한, 개인의 자유는 보장되어야 한다.' 존 스튜어트 밀이 《자유론》에서 강조하는 이 말은 유럽의 계몽사상을 대변하는 상징적인 말이다. 존 스튜어트 밀의 《자서전》과 《자유론》을 통해 19세기 초 영국에서 살았던 한 위대한 사상가의 지적 편력을 쫓아가다 보면 당시 영국사회, 좀 더 넓게는 유럽사회의 사상의 흐름, 사회 변혁의 움직임, 정치체제의 변화, 그 속에서 변화되는 인류의 삶의 모습 등을 생생하게 알 수 있다.

계몽사상이 그리는 인류의 모습

유럽 계몽사상의 뿌리는 르네상스와 종교개혁이다. 르네상스는 위대한 예술가들을 낳았지만 또한 자연과학 분야의 눈부신 발달도 촉진하였다. 천지개벽의 시대를 알리는 데 제일 앞장선 과학자는 단연 코페르니쿠스였다. 그가 당시까지 인류를 지배한 천동설을 뒤집고 지동설을 주장하면서 위대한 과학의 시대가 열리기 시작하였다. 지동설은 콜럼버스가 신대륙을 발견한 것과 같은 충격을 유럽사회에 끼쳤다. 이어서 갈릴레이가 망원경을 발견하여 지동설을 증명함으로써 중세의 우주관은 더 이상 진실이 아니라는 것이 밝혀졌다. 인류는 이제 새로운 생각을 하지 않을 수 없는 상황에 직면하게 되었다. 새로운 철학자들이 나오고 그 토양 위에서 많은 천재들이 활동하는 시대가 왔다.

서양의 17세기는 '천재들의 세기'라고 불린다. 여기에는 갈릴레이뿐만 아니라 만유인력의 법칙을 발견한 뉴턴이 있고, 원소의 개념을 확립한 보일이 있으며, 혈액의 순환을 발견하여 근대 생리학의 원조가 된 하베이가 있다. '17세기 유럽은 과학의 세기이다.'라는 말이 시대상황을 대변하게 되었다. 이러한 과학적 발견 내지 발명은 인간의 사고방식을 크게 변혁시켰고 합리적인 사고를 발달시켰다. 이러한 합리주의가 계몽사상을 낳았다.

계몽사상이라는 새로운 풍조는 근대 초기의 영국 경험론 철학자들에 의해 시작된다. 경험을 중시하는 전통 속에서 베이컨, 홉스, 로크, 버클리, 흄 같은 위대한 철학자들이 탄생하고, 이들이 모두 영국인이므로 이런 철학사조를 '영국 경험론'이라고 부른다. 이들은 앞서 주장되었던 '대륙 합리론'을 부인하였다. 대륙 합리론을 주장한 데카르트, 스피노자, 라이프니츠 등은 모두 유럽대륙에 살았기 때문에 이들의 주장을 '대륙 합리론(또는 이성론)'이라고 하였다.

대륙 합리론에서는 인간의 이성에 의해 인식하려고 하는 연역법을 내세워 합리주의 철학을 확립하였다. 이들은 인식을 선천적으로 타고나는 관념인 '본유관념', 다시 말해 신, 존재, 의식 등을 연역하는(보편적 원리에서부터 특수한 사실을 이끌어 내는 것) 데서 성립한다고 보았다.

이에 비해 영국의 경험 철학자들은 대륙 합리론에서 말하는 본유관념은 있을 수 없는 것이라고 부정하고, 인식을 '감각적 지각을 통한 경험'에 의하여 성립되는 것이라고 보았다(귀납법). 따라서 그들은 어떤 것을 알려면 줄곧 외부세계의 사물들을 경험하지 않으면 안 된다고 주장하였다.

영국 경험론 철학의 대표적인 사상가가 존 로크였다. 그는 영국이 청교도혁명, 명예혁명과 같은 폭풍 속에 휩쓸려 있을 때 활동하였다. 그는 인간의 천부적 권리를 주장하였으며, 그것은 생명의 유지뿐 아니라 개인의 자유와 재산을 소유하는 권리도 포함된다고 주장하였다. 권리를 지키기 위해 통치자를 세울 뿐인데, 만약 그 통치자가 시민을 착취하고 괴롭힌다면 폭력으로 쫓아내야 한다는 혁명적인 주장을 펼쳤다. 이러한 로크의 사상은 영국의 권리장전에 영향을 미쳤을 뿐만 아니라 프랑스, 미국의 정치사상에도 큰 영향을 미쳤다.

로크는 또한《인간 오성론》에서 '인간의 마음이란 처음에 백지와 같아서 아무런 관념도 가지지 못한 채 텅 비어 있으며, 감각과 반성에 의한 경험을 통해서, 마치 백지에 글씨를 써 넣는 것처럼 차츰 관념이 축적되어 간다.'고 주장하였다(백지설).

영국 경험론 철학자들의 사상은 18세기 프랑스에서 계몽사상이 일어나는 원류가 된다. 계몽사상이란 문자 그대로 그동안 인류를 사로잡아왔던 무지몽매함을 깨는 사상이다. 이는 과학적이고 합리적인 사고방식에 의해 자연과 사회, 인간을 분석하고 불합리한 사회, 전통, 권위에 비판을 가함으로서 이성에 의한 사회를 건설하려고 하는 사상이다.

계몽사상은 막 싹트기 시작한 시민정신을 형상화하는 데 중요한 매개 역할을 하였다. 계몽사상가로 유명한 사람은 볼테르, 몽테스키외, 루소 등이 있다. 볼테르는 《철학서간》을 통해 교황권에 대해 독설을 퍼부었다. 몽테스키외는 《법의 정신》에서 영국 의회주의를 모방한 삼권분립을 설파했다. 루소는 《인간 불평등 기원론》에서 사유재산제도에 의해 생겨난 불평등을 모든 악의 근원이라고 하여 계급제도를 공격하였다.

루소가 《사회계약론》에서 사회 혹은 국가는 그 전체 구성원인 인민 전체의 사회적 계약을 통해 성립되며, 그 사회 안의 모든 개인은 사회 전체 의사에 의하여 통치되어야 한다고 주장했다. 이러한 주권재민 사상은 프랑스혁명에 큰 영향을 미쳤을 뿐만 아니라 근대 시민사회에 널리 영향을 미쳤다.

근대 시민사회의
철학적 토대 마련한 주권재민사상

존 스튜어트 밀은 이렇게 유럽사회가 사상적으로 급변하는 시대인 1806년 런던에서 태어났다. 밀이 '위대한 18세기'라고 표현한 것처럼 계몽사상이 인류의 삶을 근대적으로 바꾸기 시작한 시점이었다. 존의 아버지 제임스 밀James Mill은 스코틀랜드 출신의 사상가이자 역사학자였다. 그는 맏아들인 존 스튜어트 밀에게 특별한 조기교육을 행한 사람으로 유명하다.

그의 교육방법은 워낙 독특하여 지금도 많은 교육학자들과 자녀교육에 열심인 부모들의 관심의 대상이 되고 있다. 밀은 《자서전》에서 자기가 받았던 조기교육의 내용과 그 교육으로 인한 자신의 학문적 진보 과정을 자세히 소개하고 있다. 그는 유년시절에 흔히들 생각하는 것보다 훨씬 많은 것을 배울 수 있음을 자신을 통해 증명하고자 하였다. 조기교육, 특히 고전을 위주로 한 특별교육이 어린아이를 어떻게 성장시킬 수 있는지 살펴보는 것은 흥미롭다.

먼저 《자서전》에 소개되고 있는 그의 지적 성장과정과 그것이 영국 사회에 미친 영향을 살펴보도록 하자. 세 살 때 시작한 최초의 공부는 그리스어 학습이었다. 여덟 살 때부터는 라틴어를 배웠는데 이는 고전을 원전으로 읽기 위함이었다. 밀의 아버지는 아들에게 읽히는 책의 선정에 세심한 주의를 기울였는데 그리스 로마시대의 문인과 역사가들의 책이 주를 이루었다.

교육은 아들이 그 전날에 읽은 것을 메모해두었다가 매일 아침 산책길에 아버지에게 이야기하는 방식으로 진행되었다. 그의 아버지는 특히 문명, 정치, 도덕, 지적 교양 등에 대해 설명하고, 생각하는 방법을 가르치는 데 주력하였다. 이러한 교육방법은 밀이 학문적으로 자립할 수 있을 때까지 계속되었다. 교육은 고전 독서에 국한하지 않았다. 아버지는 수학, 물리, 화학에도 관심을 갖도록 교육하였는데, 밀은 특히 과학 실험서에 흥미를 갖고 탐독하였다.

열두 살이 되었을 때 그의 교육은 한 단계 전진한다. 논리학을 공부하기 시작한 것인데, 그는 사고능력을 배양하는 데 논리학보다 좋은 교육은 없었다고 회고한다. 13세가 되자 아버지는 그에게 경제학을 가르쳤다. 리카도와 아담 스미스의 경제이론을 비교하게 함으로서 비판능력을 기르게 하였다. 특히 밀의 아버지는 이해력을 중시하였고, 단순한 기억력에 의존하는 태도를 용납하지 않았다.

밀은 자신의 교육에 크나큰 공헌을 한 책으로 그의 아버지 제임스 밀이 쓴《인도사》를 꼽는다. 밀의 아버지는 10여년 간 집필한 노작《인도사》를 출간하게 되는데, 밀은 아버지 곁에서 이 책의 교정작업에 참여함으로써 많은 배움을 얻었다고 술회한다.

밀의 아버지는 이 책의 출간으로 동인도회사에 취업하게 돼 그의 가족은 가난을 벗어나게 되었고(그때까지 제임스 밀은 가정교사와 집필로 아홉 자식이 있는 대가족을 부양하였다), 아들 밀도 나중에 동인도회사에서 35년간 근무하게 된다.

밀은 열네 살 때 일 년 간 프랑스에서 지내게 되는데, 이때 프랑스의 웬만한 문학작품을 섭렵하였고, 대학에서 화학, 동물학, 논리학 등의 강의를 청강하였으며 고등수학과정을 공부하였다. 그러나 이러한 지적 성장뿐만 아니라 밀이 무엇보다 소중한 재산으로 생각한 것은 영국인과는 다른 프랑스인 특유의 기질을 발견하고, 세계적인 문제를 단순히 영국만의 척도로 재는 과오에 빠지지 않게 되었다는 점이다.

이때 이상적 공산주의자인 생 시몽을 만난 것도 후일 밀의 사상에 큰 영향을 미치게 된다. 생 시몽학파는 부의 세습에 관해 의문을 제기하고, 남녀의 완전한 평등과 노동자에 의한 합리적인 산업사회의 건설을 설파하는 등 진보적인 주장을 했다. 또한 실증주의 창시자로 불리는 오귀스트 콩트의 철학에 매료되는데, 이는 영국사회에 실증주의 사상을 확산시키는 데 큰 역할을 하게 된다.

실증주의란 추상적인 말이나 종교적인 믿음에 의지하지 않고 확실한 것만 탐구하려는 학문적 견해를 가리키는 말이다. 밀은 나중에 문필활동과 의회활동을 통하여 지속적으로 계몽활동을 편다. 영국에서 합리적인 자유민주주의와 노동운동이 뿌리를 내리고, 급진적 혁명 대신 점진적 사회개혁이 추구되도록 한 것은 콩트의 영향이 컸다.

파리에서 돌아와서 접한 벤덤의 '최대 다수의 최대 행복'이라는 철학에 밀은 크게 공감하였다. 벤덤의 공리주의 원리는 '더 많은 사람에게 쾌락을 주는 행위가 도덕적으로 옳다.'는 것이었다. 밀은 나중에 벤덤의 공리주의를 정교하게 개선시켜 나간다. 그리고 밀은 벤덤의 학설을 이용하여 많은 사람들에게 이익을 줄 수 있는 사회개혁에 큰 희망을 품었다.

사회개혁 의지에 불타던 그는 20세에 들어서면서 극심한 우울증에 빠지게 된다. 그동안 그를 자극했던 온갖 흥미와 의욕을 잃고 만 것이다. 밀은 자신에게 밀려든 깊은 침체를 정서적 요인을 무시한 자신의 조기교육과 분석 습관 때문이라고 보았다. 이때 밀을 구한 것이 워즈워스의 시와 마르몽텔의 작품 등이었다.

이런 그의 앞에 나타난 이가 유뷰녀인 해리엣 테일러였다. 테일러 부인을 만나면서 밀은 정신적 안정을 회복할 수 있었을 뿐만 아니라 사상, 생활에도 큰 영향을 받게 된다. 테일러 부인과는 20년 넘게 교제를 지속하였으나 이 교제로 말미암아 그는 많은 친구를 잃었을 뿐만 아니라 어머니나 누이들과의 관계도 멀어졌다.

두 사람은 1851년 테일러 부인의 남편이 병환으로 사망한 뒤 결혼하게 된다. 테일러 부인은 이지적이면서도 감정이나 상상력이 뛰어난 예술가적 기질을 가진 사람이었다. 《자유론》과 《여성의 예속》 등이 해리엣 테일러의 영향을 받아 저술되었다. 테일러 부인은 《자유론》의 최종 수정을 앞두고 결핵으로 사망한다. 밀은 깊은 슬픔에 빠지지만 이를 극복하고 일어나 그의 삶의 후반부를 의회생활과 저작활동을 열심히 하며 보내게 된다.

밀의 《자서전》에는 그의 학문적 발전, 사상가로서의 활동, 정치가로서의 활동 등이 상세히 소개되어 있다. 이 책은 《자서전》이라는 이름을 가지고 있음에도 불구하고 개인의 사생활에 대한 기록은 거의 없다. 오로지 그가 어떻게 공부하였고 그것이 그의 사상 형성에 어떻게 기여했는지를 집요하게 밝히고 있을 뿐이다. 밀의 자서전을 통해 우리는 당대 영국을 움직이던 사상가들과 유럽을 풍미하던 사상들, 사회변혁을 이루고자 그들이 쏟은 열렬한 노력의 단편들을 엿볼 수 있다.

영국은 당시 최고의 선진사회였다. 그러면서도 그들은 아일랜드를 강제합병하여 수탈하였으며 노예수출과 인도와 아메리카 식민지를 통하여 막대한 부를 축적하였다. 그러나 영국 내부에는 이러한 영국의 민낯을 비판하고 대중을 계몽하며 의회를 개혁하고 가난한 사람들을 도와 진보를 이루고자 하는 많은 사람들이 있었다. 여기에 앞장 선 이가 존 스튜어트 밀이었다.

다수의 횡포에 보내는 경종

밀의 대표작인 《자유론》은 1859년, 그의 나이 54세 때 발표되었다. 《자유론》의 핵심주제는 자유로이 태어난 개인의 존엄성에 대한 선언이다. 그러나 이 책은 의회민주주의로 표현되는 여론정치가 개인의 자유를 억압할 수 있음을 경계하고자 쓴 책이다. 자유와 권위의 갈등은 인류 역사상 가장 오래된 투쟁이지만 그 형태는 시대에 따라 바뀌어져 왔다.

과거에는 지배자와 피지배자 간의 투쟁이 일반적이었으나 밀이 이 책을 쓴 19세기 초 영국사회는 지배자의 권한을 제한하기 위한 다양한 방법들이 나오면서 피지배자의 권한이 놀랍게 향상된 시대였다. 이렇게 피지배자들이 선거에 의해 권력을 가지게 되면서 국가가 개인을 억압하는 대신 다수 민중이 개인을 억압하는 시대가 되었다. 따라서 밀은 대중이라는 다수의 지배, 모든 개인에게 다수의 생각과 같기를 요구하는 풍조에 저항하여 이 책을 썼다.

사회적 평등의식과 여론정치의 발달이 인류에게 사상 및 행동의 획일이란 억압적인 멍에를 강요할 수 있다고 하는 그의 선구적인 안목은 당시 사람들에게는 불필요한 걱정이라고 생각되었을지도 모른다. 그러나 밀은 사회적 전제가 정치적 압제보다 훨씬 더 일상생활에 깊이 파고들어 인간정신을 노예화시킨다고 보았다. 이를 회피할 방법을 모색하며《자유론》을 쓴 것이다. 사회에 해를 끼치지 않는 한 국가도 대중도 한 개인이 가지고 있는 사상의 자유, 취향의 자유를 구속할 수 없다는 것이 이 책의 요지이다. 이러한 그의 주장은 다음의 문장에 압축적으로 드러난다.

"개인의 행동 중에 사회의 제재를 받아야 할 유일한 것은, 그것이 타인과 관련된 경우뿐이다. 반대로 오로지 자신만 관련된 경우, 그의 인격의 독립성은 당연하고 절대적인 것이다. 자신에 대해 즉 자신의 신체와 정신에 대해 각자는 주권자이다."

특히 밀은 진리 추구 방법으로서 사상과 토론의 자유를 강조하였다. 다음의 글이 그의 주장을 단적으로 나타낸다.

"단 한 사람을 제외한 모든 인류가 동일한 의견이고, 그 한 사람만

이 반대 의견을 갖는다고 해도, 인류에게는 그 한 사람에게 침묵을 강요할 권리가 없다. 이는 그 한 사람이 권리를 장악했을 때, 전 인류를 침묵하게 할 권리가 없는 것과 마찬가지이다."

그는 사상과 토론의 자유가 지켜져야 하는 이유를 세 가지로 들었다. 첫째, 권위가 억압하려는 의견이 진리일 수도 있기 때문이다. 탄압을 가하는 자는 자신의 무오류성infallibility을 전제로 상대 의견을 억압하는 경우가 많다. 예를 들자면 소크라테스에게 독배를 마시게 한 당시 아테네 시민들, 그리스도를 십자가에 처형해야 한다는 당시 유대인들과 사제들, 대제사장들의 믿음, 기독교도 탄압이 사회분열을 막는다는 마르쿠스 아우렐리우스의 믿음 등이 좋은 보기가 될 것이다.

당시의 주류 세력은 자신들의 무오류를 믿고 상대를 억압하였다. 하지만 그들이 무오류라고 믿었던 그 믿음이 오류였음이 역사를 통해 밝혀졌다.

지금까지의 인류 역사에서 완전한 무오류는 없었다. 어떤 시대와 인간이 오류를 범할 수 있다는 것은 지극히 자명한 사실이다. 그러면 어떻게 오류를 발견하고 이를 수정할 수 있을까? 밀은 끊임없는 토론과 비판에 대한 열린 마음을 강조한다. 만일 자유 토론이 억압된다면 스스로 확실치 않은 진리를 추구하는 기회주의자들만이 범람하게 되고, 원칙의 범주를 벗어난 사소하고 구체적인 문제들에 대한 집착만이 남게 된다고 그는 지적한다.

둘째, 탄압받는 의견이 오류일지라 하더라도 탄압은 오류를 인식하는 과정을 빼앗아가기 때문에 잘못이라는 것이다. 언론과 사상의 자유가 보장되어야 하는 이유이다. 침묵 당한 의견이 오류라고 해도 거기에도 진리의 일부가 포함될 수 있고, 어떤 주제에 대한 일방적이거나 우세한 의견이라도 그 전부가 진리인 경우는 드물다. 따라서 토론을 통해 반대 의견들의 충돌을 조절하고 보완할 기회를 가질 수 있게 된다. 그는 토론 없는 진리는 독단이고, 진리에 도달하기 위해서는 반대 의견을 알아야 한다고 강력히 주장한다.

셋째, 다수가 공유하는 주장에도 반대 의견이 필요하다는 것이다. 어떤 의견이든 진지하게 토론되지 않는다면 그것을 받아들이는 사람 대부분이 그 합리적인 근거를 전혀 이해하지 못하게 되어 일종의 편견으로 신봉하는 것에 그칠 수 있다. 사상과 토론의 자유는 사회의 발전에 필요한 것으로 지켜져야 한다는 것이다.

밀은 인간의 다양성을 장려하는 데 최고의 가치를 두고, 이를 억압하는 획일주의에 반대하고, 권력과 인습이나 여론으로 개인을 억압하는 행위를 비난한다. 그래서 이 책의 맨 앞에 빌헬름 폰 훔볼트가 주장한 '인간을 최대한 다양하게 발달하도록 하는 것이 절대적이고도 본질적으로 중요하다.'는 구절을 인용하고 있다.

참고도서

1.《자유론》, 존 스튜어트 밀, 박홍규 옮김, 문예출판사, 2009

2.《존 스튜어트 밀 자서전》, 존 스튜어트 밀 지음, 배영원 옮김, 범우사, 1998

3.《서양 철학의 어제와 오늘》, 전두하 지음, 정훈출판사, 1992

4.《라틴 아메리카의 해방자》, 시몬 볼리바르, 헨드릭 빌렘 반 룬 지음, 조재선 옮김, 서해문집, 2009

5.《처음 읽는 서양철학사》, 안광복 지음, 웅진지식하우스, 2007

15

진화론의 진화

| 이기적 유전자 |

리처드 도킨스

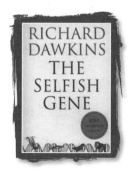

유럽에서 17세기 '과학의 세기'를 연 과학자들로 코페르니쿠스, 갈릴레이, 뉴턴으로 연결되는 위대한 과학자들의 계보를 들 수 있다. 여기에 세상을 바꾼 또 한 명의 위대한 인물을 덧붙이지 않을 수 없다. 바로 찰스 다윈이다. 그가 1859년 《종의 기원》이라는 책을 발표하자 빅토리아시대의 영국뿐만 아니라 전 유럽의 식자들은 경악했다.

저명한 동물학자 조지 심프슨은 '인간이란 무엇인가?'에 대한 인류의 논의는 "1859년 이전의 시도들은 모두 가치 없는 것이며, 오로지 그것들을 완전히 무시하는 편이 나을 것"이라고 잘라 말했다. 그만큼 다윈의 자연선택설은 코페루니쿠스의 지동설, 뉴턴의 만유인력의 법칙에 버금가는 충격을 인류에 끼쳤다.

다윈의 진화론은 생물학 각 분야에 영향을 주었을 뿐만 아니라, 사회사상에도 지대한 영향을 미쳤다. 이를테면 허버트 스펜서는 적자생존의 개념을 인간사회에 적용하여, '가난한 사람들은 부적합한 존재이기 때문에 자연선택에 의해 도태되어야 한다.'는 과격한 주장을 했다. 그리고 이런 사회적 다윈주의는 자유경쟁을 지지하는 기업가들, 인종적 우월성을 믿는 인종주의자들에게 영향을 미쳐 강대국의 식민정책을 합리화하는 데 이용되었다.

내가 리처드 도킨스Richard Dawkins의《이기적 유전자》에 주목한 이유는 도킨스가 현대의 가장 유명한 다윈주의자이기 때문이기도 하고, 이 책이《종의 기원》이후 진화론의 진화를 담고 있기 때문이다. 다윈이 비글호를 타고 갈라파고스제도에서 관찰한 놀라운 발견들은 후대의 연구자들을 자극하고, 유전과 관련된 엄청난 진보를 이루어 왔다. 《이기적 유전자》는 그 진보가 어떻게 이루어져 왔는지를 가장 명쾌하게 보여주는 책이다.

진화론의 진화
다윈 이후 진화론의 발전

19세기 초 영국은 과학과 신학이 공존하는 나라였다. 당시 신학자들은 과학을 자연신학에 접목하려 하였다. 인간이 사는 세계가 속한 우주는 보이지 않는 손에 의해 설계되었고, 과학의 복잡한 과정은 신의 위대한 창조라고 믿었다. 이런 연구방법은 17세기 영국의 위대한 과학자 아이작 뉴턴으로부터 비롯되었다. 그는 '중력은 이 행성의 움직임을 설명하지만, 누가 행성에 움직임을 부여했는지는 설명하지 못한다. 신이 모든 것을 관장하지 않는다면 불가능한 일이다.'라며 당시 과학으로 설명하지 못하는 부분을 신의 영역으로 인정하였다.

이런 현상을 설명하는 당시의 가장 인기 있던 이론이 '시계공 이론' 이다. 1802년 윌리엄 페일리는《자연신학》이라는 책을 통해 이 주장을 펼쳤다. 즉 정밀하고 복잡한 시계는 솜씨 있는 시계공이 만든 것과 마찬가지로, 이 복잡한 세계를 만든 '지적 설계자'가 따로 있다는 논리였다. 과학이 감히 신의 지위를 뺏을 수 없다는 이 주장은 굉장한 인기를 얻었다. 그러나 18세기 계몽주의자들은 '보이지 않는 손'개념에 의문을 제기했다.《이기적 유전자》를 쓴 리처드 도킨스는《눈먼 시계공》이라는 책을 써서 '시계공 이론'을 반박했다.

클린턴 리처드 도킨스는 세계에서 가장 영향력 있는 과학자 중 한 명이자 현존하는 가장 유명한 진화론자이다. 그는 1941년 케냐 나이로비에서 태어나 옥스퍼드대에서 수학하고, 현재 옥스퍼드대에서 '대중의 과학 이해를 위한 찰스 시모니 석좌교수' 직을 맡고 있다. 그는 현재 최고의 베스트셀러 과학 저술가로 인정받고 있고, 그의 저서들은 출간 즉시 베스트셀러가 될 정도로 일반인들의 관심을 끌고 있다.

그는 초기작《이기적 유전자》에서 생물 개체는 이기적인 유전자를 운반하는 도구에 불과하다는 주장을 펴 독자들에게 충격을 주었다.《확장된 표현형》에서는 유전자 자체뿐만 아니라, 개체가 만들어 내는 환경 또한 유전자에 의해 표현된 것이라고 주장해 유전자의 역할을 더욱 확대하였다.《만들어진 신》에서 신은 존재하지 않는다고 주장해 큰 반향을 불러일으키기도 했다.

도킨스는 《이기적 유전자》에서 인간을 '유전자의 꼭두각시'라고 말하며, 유전자를 이렇게 정의한다.

"40억 년 전 스스로 복제 사본을 만드는 힘을 가진 분자가 처음으로 원시 대양에 나타났다. 이 고대 자기 복제자의 운명은 어떻게 되었을까? 그들은 절멸하지 않고 생존 기술의 명수가 됐다. 그러나 그들은 아주 오래 전에 자유로이 뽐내고 다니는 것을 포기했다. 이제 그들은 거대한 군체 속에 떼지어 뒤뚱거리며 걷는 로봇 안에 안전하게 들어있다. 그들은 원격조정으로 외계를 교묘하게 다루고 있으며, 또한 우리 모두에게도 있다. 그들은 우리의 몸과 마음을 창조했다. 그들을 보존하는 것이 우리의 존재를 알게 해주는 유일한 이유이다. 그들은 유전자라는 이름을 갖고 있으며 우리는 그들의 생존 기계이다. 인간은 이기적 유전자를 보존하기 위해 맹목적으로 프로그램을 짜넣은 로봇 기계인 것이다. 이 유전자의 세계는 비정한 경쟁, 끊임없는 이기적 이용, 그리고 속임수로 가득 차 있다. 이것은 경쟁자 사이의 공격에서 뿐만 아니라 세대 간 그리고 암수 간의 미묘한 싸움에서도 볼 수 있다. 유전자는 유전자 자체를 유지하려는 목적 때문에 원래 이기적이며, 생물의 몸을 빌려 현재에 이르고 있다. 동물의 이기적 행동은 이와 같은 이유에서 비롯된 것이며, 이타적 행동을 보이는 것도 자신과 공통된 유전자를 남기기 위한 행동일 뿐이다."

이 유전자가 생명체 속에서 벌이는 생존전략이 인간을 비롯한 지구 상의 생명에 미묘한 변화를 이끌어내게 된다는 것이다. 이 유전자는 진화론 상의 적자생존 위치를 확보하기 위하여 다양한 전술을 사용하는데, 도킨스는 이를 '비정한 경쟁', '끊임없는 이기적 이용' '속임수로 가득 차 있는 세계'로 묘사한다. 이 책에서 그는 인간을 포함하여 동물들이 보이는 이타적 행동이 진짜 이타적인지, 혹은 이기적 목적을 위해 이타적으로 행동하는지에 대한 생물학적 탐구에 집중하고 있다.

도킨스는 당시 화제를 모았던 동물 행동에 관한 '그룹 선택설'과 '혈연선택' 논쟁에 대해 반박하는 형태로 이 글을 저었다. '그룹 선택설'은 영국의 동물학자인 윈-에드워즈Vero Copner Wynne-Edwards에 의해 제시되었는데, 개개의 동물이 집단 전체를 위해 스스로 자신들의 출생률을 감소시킨다는 주장이다. 영국의 생물학자인 윌리엄 해밀턴은 '혈연선택'에서 어떤 유전자가 근친자의 생명을 구하기 위해 스스로의 생명을 희생시켰다면 후에 그 유전자의 사본은 자연선택에서 더 유리한 입장에 있게 된다고 주장하였다.

도킨스는 이에 대해 단호한 입장을 취한다. 그는 보편적 사랑이나 종 전체의 번영 같은 개념은 진화론적으로 있을 수 없는 일이라고 단정한다. 이를 입증하기 위하여 도킨스는 메이나드 스미스가 제창한 '진화적으로 안정된 전략'(ESS)이라고 하는 동물행동 결정 법칙을 즐겨 사용한다. 도킨스는 이 수학적 접근방법에 상당히 매료되었음을 스스로 고백하고 있다. 동물이 생존경쟁을 위해 상대방을 공격할 때 어떤 전략이 가장 진화론적으로 안정된 전략일까를 설명하는 도킨스식 설명은 매우 흥미롭다.

예를 들어 동물 개체군이 상대에 대해 도전장을 내밀 때 사용하는 싸움 전략에 대한 손익계산을 보여주는 ESS식 설명을 보자. 가령 어떤 종의 개체군에는 매파형과 비둘기파형의 싸움 전략밖에 없다고 하자. 매파와 비둘기파가 싸우면 비둘기파는 그냥 도망치기 때문에 둘 다 다치는 일은 없다. 반면에 매파끼리 싸우면 그들은 한편이 중상을 입거나 죽을 때까지 싸운다.

여기서 양쪽에 점수를 부여하면 유전자의 손익계산을 수학적으로 계산 가능하다. 가령 승자에게는 50점을, 패자에게는 0점을 주고, 중상자에게는 −100점을, 장기전에 의한 시간 낭비에는 −10점의 점수를 부여하여 매파형 전략과 비둘기파형 전략 중 어느 것이 ESS인가를 따져 볼 수 있다. 전원 비둘기파끼리 하는 싸움의 경우 승자는 싸워서 이겼으므로 50점을 얻지만 노려보는 데 긴 시간이 걸렸으므로 −10점의 감점을 받아 40점이 된다. 패자 역시 시간을 낭비했으므로 −10점을 얻는다. 따라서 비둘기파 개체의 평균값은 +15점이다.

그런데 이 비둘기파의 개체군에 매파형의 돌연변이가 나타났다고 가정하면 매파는 비둘기파를 확실히 이겨 그는 모든 싸움에서 +50점을 기록하게 된다. 그 결과 매파형의 유전자는 그 개체 내에서 급속히 퍼질 것이다. 만일 개체군 전체가 매파가 되었다면 이번에는 매파끼리의 싸움이 될 것이고, 승자는 +50점을 얻지만 패자는 심하게 다쳐 −100점을 얻어서 이 개체의 평균 점수는 −25점이 된다.

마지막으로 매파의 개체군 내에 비둘기파가 한 개체 있다고 하면

이 비둘기파는 모든 싸움에서 패하지만 결코 부상당하는 일은 없으므로 그의 점수는 0점이 된다. 이렇게 되면 비둘기파의 유전자가 그 개체군 내에 퍼지게 된다. 이렇게 하여 매파와 비둘기파가 7:12와 5:12의 비율이 되면 매파의 평균득점과 비둘기파의 평균득점은 같아진다. 결국 매파 대 비둘기파의 비는 7대 5로 안정될 것이다. 이것이 이 모델의 공격성과 관련된 ESS가 된다. 이렇게 수학적으로 계산할 수 있는 진화적으로 안정된 전략 방식이 생물계의 어디서나 볼 수 있다고 도킨스는 주장한다.

인간은 유전자를 운반하는 도구에 불과

여기서 동물들이 집단의 이익을 위해 스스로의 출생률을 조절한다는 '그룹 선택' 설을 반박하는 도킨스식 설명을 보자. 어떤 종류의 새든 그 종에게 고유한 둥지의 크기를 갖고 한 둥지에 품는 알의 수도 대개 정해져 있는데, 도킨스는 이것이 유전자의 지배를 받는 행동이라고 해석한다.

유전자의 목적은 생존이므로 동료 새보다 알을 하나라도 더 낳게 하는 유전자는 덜 낳게 하는 유전자보다는 진화론적으로 유리하게 작용할 것이다. 그러나 새들이 그렇게 하지 않는 것은 많은 알을 낳으면 대가를 치러야 한다는 것을 유전자가 계산한다는 것이다. 즉 '애 낳기'를 증가시키면 '애 보기'의 효율을 감소시키기 때문에 각각의 새끼에게 분배되는 먹이의 양이 부족해지고 따라서 성숙 단계까지 살아남는 새끼가 거의 없게 되고 이것은 진화론적 안정 이론에 어긋난다는 것이다.

어미가 새끼를 낳고 키우기에 있어 어미와 자식 간에는 어떤 이기적인 행위가 벌어지는지에 관한 도킨스식 관찰을 계속 따라가 보자. 먼저 편애라는 면을 살펴보자. 어미는 '자신이 낳은 모든 자식을 공평하게 대하는가, 아니면 어떤 자식에게는 자원을 더 많이 배분하는가?' 하는 의문이다. 여기에 대해서도 도킨스는 어미를 하나의 기계로 취급하고, 그 기계는 오로지 유전자의 사본 증식에만 관심이 있는 유전자의 명령에 따른다는 논점을 유지한다. 모든 어미동물이 자식에 대해 가지는 투자 총량이 정해져 있다면 어미는 가장 생존확률이 높은 자식에 대한 투자를 증가시킨다는 것이다.

그렇기 때문에 자식들은 부모의 관심을 끌기 위하여(어린 시절의 생존은 부모에게 절대적으로 달려 있으므로) 거짓 행동을 하거나 위장된 행동을 한다. 예를 들어 일부러 크게 울어대는 새끼는 자신의 둥지를 포식자에게 노출시키는 결과를 초래하므로 어미 새는 새끼의 울음소리를 그치게 하기 위하여 새끼에게 먹이를 먼저 주게 된다. 도킨스는 '손자에 대한 이타적 행동'도 나이든 여성 자신이 낳은 아이보다 손자의 생존률이 더 높고, 그래서 전체 유전자 속에 손자에 대한 이타적 행동을 재촉하는 유전자가 널리 보급되었기 때문으로 해석한다.

이렇게 유전자를 공유한 부모 자식 사이에도 치열한 생존경쟁이 벌어지고 있다. 그렇다면 전혀 유전자를 공유하지 않은 배우자 사이의 이기적 다툼이 얼마나 격렬할 것인지는 쉽게 예상할 수 있다. 수컷과 암컷이 벌이는 이기적 투쟁이야말로 이 책의 압권이다. 우선 유전자를 후세에 남기는 방법은 대개는 유성생식임을 염두에 두자. 이를 성공적으로 달성하기 위해서는 암수의 협력이 절대 필요하다.

이론적으로는 자기 유전자의 복제에 관심을 기울여 서로 협력하여 자녀를 양육하는 것이 양쪽 모두에게 유리하다. 그러나 배우자 한쪽이 자신에게 할당된 양보다 적게 주고 도망친다면 자신은 이익을 취할 수 있다. 재빨리 다른 배우자를 찾아 자신의 유전자를 퍼뜨릴 기회를 찾을 수 있기 때문이다. 그럴 기회를 많이 가질수록 그 유전자는 많이 살아남는다. 주로 수컷이 그와 같은 습성을 나타낸다. 도킨스는 성의 기본적인 비대칭성에서 이런 행동이 나온다고 설명한다.

암컷은 난자를 만드는 데 시간과 영양 면에서 훨씬 많은 자원 투자가 필요하고, 아이를 만들 수 있는 수도 제한이 있지만 남성이 만드는 정자는 난자에 비해 매우 작고 그 수가 많다. 이러한 이유 때문에 어미는 수태를 할 때 아비보다 더 깊은 정성을 쏟는다.

수컷으로부터 버림받은 암컷이 택하는 생존전략은 처절하다. 첫째 전략은 다른 수컷을 속여서 자기 자식을 친자로 여기도록 하여 입양시키는 것이다. 이 경우 속아 넘어간 수컷의 유전자는 자식에게 전혀 포함되어 있지 않으므로 자연선택은 속은 수컷에게 매우 불리하게 작용한다. 이를 방지하기 위하여 수컷은 다양한 전략을 취하는데 이의 대표적인 방법이 쥐에게서 알려진 '브루스Bruce 효과'라는 것이 있다.

수컷이 분비하는 특정 물질을 임신 중인 암컷이 맡으면 유산을 일으키는 현상이다.

숫사자가 새로운 무리 속에 끼어들면 그곳에 있던 새끼를 모두 죽여 버리는 경우가 있는데 이것도 자신의 유전자를 지키는 전략이라고 볼 수 있다. 버려진 암컷이 취하는 또 하나의 행동은 단독으로 아이를 키우려는 노력이다. 이 경우 암컷은 처절한 대가를 치러야 한다. 따라서 암컷의 경우 대책 없이 수컷의 유혹에 넘어가는 '경솔함'보다 신중하게 수컷을 고르는 '지혜로운'(책에서는 '수줍어하는 전략'이라고 표현) 유전자를 발현시키는 것이 유리하다.

암컷이 수컷의 성실성을 평가하는 방법은 교미 전 수컷의 태도를 보는 것이다. 수컷은 암컷을 얻기 위해 온 정성을 기울인다. 즉 암컷을 얻기 위해 집을 짓고 먹을 것을 많이 가져다준다. 또 암컷은 긴 약혼 기간을 고집하며 수컷의 인내심을 평가하기도 한다. 암컷은 이 조건을 충족시키는 수컷과 교미한다. 이 경우 수컷이 파트너를 버리고 또 다른 암컷을 찾기까지에는 상당한 경제적, 시간적 노력이 필요하기 때문에 섣불리 암컷을 버리지 못한다. 이를 통해 암컷도 수컷을 붙잡아 둘 수 있는 무기를 확보하게 되는 것이다.

다음으로 도킨스는 동물이 왜 집단을 이루고 사는가 하는 문제를 다룬다. 예를 들어 어떤 새가 먼저 포식자를 발견하게 될 때 위험을 무릅쓰고 경계 음을 내어 자기 집단에게 알려주는 행위는 대표적인 이타적인 행위로 여겨져 왔다. 그러나 도킨스는 이러한 행위를 자기 개체를 매의 공격으로부터 지키기 위한 이기적 행위로 분석한다. 자기의 경계 음으로 인해 무리가 재빨리 숨을 수 있다면, 그 집단 전체가 안전 해지고 자신도 무리로부터 이탈하지 않고 지낼 수 있게 되는 계산이 깔려 있다는 것이다.

또 한 예는 포식자가 접근했을 때 톰슨 가젤이 높이 뛰어 자기에게 포식자의 관심을 돌리게 하는 행위이다. 이런 이타적으로 보이는 행위 도 사실은 자신이 얼마나 건강하고 날쌘지를 포식자에게 과시함으로 써 오히려 다른 동물을 희생으로 삼으려는 위장 행위라고 분석한다.

이렇게 '사회 생물학' 또는 '이기적 유전자학'을 요약하면 결국 살 아남는 유전자는 '마음씨 나쁜 유전자'임을 알 수 있다. 결론이 여기에 이르면 좋은 마음씨로 살 것을 요구하는 인간사회에서 이것은 큰 딜 레마가 된다. 여기서 다시 도킨스는 '죄수의 딜레마 게임'이라는 이론 을 가지고 와서 과연 '마음씨 좋은 사람'과 '마음씨 나쁜 사람'의 전략 중 어느 것이 유전적으로 안정한 전략인지를 따져 본다.

이는 게임에 참여하는 두 사람에게 '배신'과 '협력'이라는 두 장의 카드를 주고 서로가 내는 카드에 따라 상벌을 내리는 게임이다. 이 게 임에서는 상대 카드에 상관없이 항상 '배신'의 카드를 내는 것이 유리 하다. 이 게임의 상벌을 죄수의 형기로 삼아 게임을 한다면 양쪽 모두 배신의 카드를 쓸 것이고, 결과적으로 두 편 모두 무거운 형기를 선고 받게 될 것이다.

그러나 이 게임을 계속하게 될 때 상대는 앞 결과를 기억하게 될 것 이고, 따라서 전 게임의 결과에 대해 보복을 하게 될 것이다. 따라서 게임이 진행되면 여러 가지 교묘한 전략을 구사하게 될 것인데, 여러 생물학자들이 가능한 전략으로 시합을 시켜본 결과 득점이 높은 쪽은 모두 '마음씨 좋은 전략'이 차지하는 것으로 나타났다. 또 다른 실험에서는 '마음씨 좋기'와 '관용'이 승리를 위한 두 가지 전략으로 채택되었고, 또 다른 실험에서는 '당하면 되갚는다'는 전술이 높은 득점을 기록하였다. 이 모든 거듭된 시도에서 '마음씨 좋은' 전략이 대체로 '간악한' 전략보다 성공적인 것으로 나타났다.

이렇게 도킨스는 이 책에서 공격성뿐만 아니라 유전자의 행동 패턴도 진화적으로 안정된 전략(ESS)을 이용하여 구하려는 시도를 계속해 나가고 있다. 이 개념을 이해관계 충돌이 있는 곳이라면 어디에나 적용할 수 있다고 주장한다. 도킨스는 다윈 이래의 진화론에서 ESS 개념의 창안을 가장 중요한 진보의 하나로 여기고 있다.

그러나 솔직히 내가 보기에 생물 행동의 진화를 예측하는 ESS 방법은 수학적 재미를 부여하여 연구의 즐거움을 줄지는 모르지만 실제 진화가 그러한 상황으로 일어날지에 대해서는 의문을 가지게 한다. 왜냐하면 ESS 전략에 의한 동물 행동 전략도 결국은 사람이 수행하는 것이기 때문이다. 도킨스도 지적했지만 사람을 《이기적 유전자》의 일반론에 넣어 설명할 수는 없다. 이기적 유전자의 명령을 거부할 수 있는 유일한 존재가 사람이기 때문이다. 그러기 때문에 '마음씨 나쁜 유전자'가 이기게 되어 있었던 결론이 '마음씨 좋은 유전자'가 이기는 것으로 바뀌는 것이 아닐까.

자, 그렇다면 생물학적 본성으로 이기적으로 태어난 인간이 사회 공통의 이익을 위하여 관대해지고, 비이기적으로 협력할 수 있는 사회 구성원으로 참여하는 것은 불가능할까? 우리는 도킨스가 주장하는 밈 meme이라는 인간이 이룩해 온 문화에 오로지 희망을 걸어야 할까?

참고도서

1.《이기적 유전자》, 리처드 도킨스 지음, 홍영남 옮김, 을유문화사, 2009
2.《지구 위의 모든 역사》, 크리스토퍼 로이드 지음, 윤길순 옮김, 김영사, 2011
3.《키워드로 읽는 세계사》, 휴 윌리엄스 지음, 박준호 옮김, 일월서각, 2012

16

상호부조론

| 만물은 서로 돕는다 |

표트르 크로포트킨

《이기적 유전자》에서 리처드 도킨스가 주장하는 것처럼 인간을 포함한 모든 생물은 그저 세포에 저장된 유전자의 꼭두각시에 불과한 것일까? 이 세상에 존재하는 생명체는 자기 생존의 이익에 부합하는 행동 원칙만 따르며 오직 생명을 보존하고 자기 닮은 후손들을 퍼뜨리는 데 일생을 소비하고 마는 불쌍한 존재인 것인가?

토마스 H. 헉슬리는 '인간사회에서의 생존경쟁'이라는 논문에서 이렇게 주장했다. "동물세계에서처럼 원시적 인간사회에서도 가장 약하고 가장 바보스러운 사람들은 궁지에 몰리는 반면, 환경에 대처하는 능력이 뛰어나지만, 다른 면에서는 결코 최고라고 볼 수 없는 가장 거칠고 가장 약삭빠른 자들은 살아남았다. 삶은 자유경쟁의 연속이고, 한정적이고 일시적인 가족 관계를 넘어서면 만인에 대한 개개인의 경쟁이라는 홉스의 이론에 따른 투쟁이 존재의 일상적인 형태였다. 인간이라는 종은 다른 모든 생물처럼 어디서 생겨나 어디로 가는지 생각도 못하면서 그저 최대한 머리만 물 밖으로 내밀고 진화의 일반적인 흐름 속에서 철벅대고 허우적거리며 살았다."

이 주장은 과연 타당한 것일까? 인간의 삶이 고작 이 정도밖에 안 된다면 석가의 말이 아니더라도 참으로 산다는 것은 고통의 바다를 끊임없이 떠다니는 것에 지나지 않는 것이 아닌가! 적자생존 외에 인간을 설명하는 또 다른 이론은 없는 걸까?

인간은 적자생존보다 위대한 존재
《종의 기원》을 극복한 명저

여기 러시아가 낳은 대학자 표트르 크로포트킨이 있다. 크로포트킨은 다윈의 '적자생존설'에 동의하지 않는다. 그는 시베리아 동부와 만주 북부를 여행하면서 동물들의 삶을 관찰했지만 같은 종에 속하는 동물들 사이에 치열한 생존경쟁의 모습은 발견하지 못했다. 오히려 그는 동물들에게서 거친 자연환경에서 살아남기 위해 서로 돕는 장면을 더 많이 볼 수 있었다. 그래서 크로포트킨은 광범위한 동물 관찰을 통해 개체들간의 '상호부조'도 생존경쟁만큼 진화의 중요한 동력이라는 것을 과학적으로 입증한 책《만물은 서로 돕는다》를 저술하게 된다.

《이기적 유전자》에서 도킨스는 동물들의 상호부조나 공생의 삶이란 것도 결국은 이기적인 목적에서 이루어지는 행동이지 결코 이타적인 행동은 아니라고 극구 주장한다. 그러나 '만인에 대한 만인의 투쟁'이나 '적자생존'과 같은 살벌한 용어들이 인간의 기분을 상하게 만든 것은 틀림없는 사실이다. 우리는 무언가 고상한 이성과 이상을 추구하는 남다른 존재인 인간을 믿고 싶어 한다. 그래서 나는 지상에서의 삶을 무한한 적자생존의 논리에서 '상호부조론'으로 품격을 높여준 크로포트킨의 통찰력에 감사하고 싶다.

이 책의 출발점은 말할 것도 없이 다윈의 《종의 기원》이다. 다윈은 생물은 생존을 위해 동일 계체 안에서 치열한 경쟁을 벌이게 되는데, 이러한 투쟁 속에서 살아남은 것은 오직 환경에 유리한 변이를 가진 개체, 즉 강한 것만이 종족을 번식할 수 있다고 주장하였다. 이른바 진화론이다. 다윈의 진화론과 적자생존의 논리는 당시 유럽 지성인들에게 큰 반향을 불러일으켰다. 다윈은 이러한 적자생존의 자연법칙뿐만 아니라 개체간의 협력 가능성도 있다고 주장하였다.

그러나 다윈 추종자들은 '적자생존'의 논리에 너무나 매료되어 동물의 세계를 개체들 간의 끝없는 투쟁의 세계로만 해석하였다. 뿐만 아니라 그들은 이 이론을 인간사회에도 적용시켰다. 즉 자연상태의 인간 안에는 적자생존의 유기체적 충동이 남아 있어 오직 강한 자만이 살아남아 약한 자를 지배하고 짓밟는 것이 당연한 자연의 이치라고 주장하였다. 대표적인 인물이 토마스 H. 헉슬리였다. 헉슬리는 '다윈의 불독'이라고 불릴 정도로 적자생존 이론에 매료되었다. 그는 적자생존 이론에 입각해 경쟁논리를 극도로 강조한 '인간사회에서의 생존경쟁'이라는 논문을 발표하였다.

이를 반박하기 위하여 크로포트킨은 상호부조이론을 옹호하는 논문을 1890년부터 6년여에 걸쳐 〈19세기〉지에 발표했다. 그는 여기에서 동물들 사이의 상호부조뿐만 아니라 인간사회의 상호부조까지 다양한 실증적 사례를 제시하여 생물학자들의 비상한 관심을 받기 시작하였다. 크로포트킨은 다시 6년의 시간을 들여 이를 한권의 책으로 묶어 세상에 내놓게 되는데, 이 책이 바로 《만물은 서로 돕는다》였다. 이때가 1902년이었다.

1차세계대전의 참화를 겪은 뒤 크로포트킨은 인류의 초기 단계부터 있어온 상호부조가 새로운 세상을 이끌어내는 원동력으로 작용할 것이라는 믿음으로 인간의 상호부조를 강조한 1914년 판 《만물은 서로 돕는다》를 재출간하였다. 이 책에서 크로포트킨은 동물세계에 있어 상호부조야말로 가장 번성하고 발전된 종들에게는 일종의 철칙처럼 나타나고 있으며, 이러한 특성은 진화에서 가장 중요한 역할로 작용한다는 점을 증명하려고 하였다.

그는 인간의 세계로 시야를 확대하여 원시인이든 근대인이든 그들 나름대로 연대하고 서로 돕는 제도적 장치를 마련해서 평화롭게 공존하고자 노력하고 있음을 놓치지 않았다. 그는 인간은 본성적으로 연대하며 서로 도와주는 도덕적 본성을 가지고 있다고 굳게 믿었고, 이러한 본성대로 살 수 있게 하기 위해서는 모든 권력관계나 관료제도, 인간을 불필요하게 억압하는 요소들이 철폐되는 무정부 상태가 되어야 한다고 주장하였다. 이러한 주장은 크로포트킨이 주장한 아나키즘의 사상적 배경으로 자리하게 되면서 그는 인생 후반을 모두 이 아나키즘을 전파하고 실천하고자 노력하며 보냈다.

표트르 알렉세예비치 크로포트킨의 이름 앞에는 여러 가지 수사가 붙는다. 그는 지리학자, 동물학자, 진화론자, 철학자, 경제학자, 작가, 혁명가 등 다양한 경력을 가지고 있다. 그 중에서도 그의 이름을 가장 유명하게 만든 것은 무정부주의 혁명가의 길을 걸었다는 사실이다. 그의 무정부주의가 생물에 대한 관찰에서 시작되었다는 것은 참으로 흥미롭다.

단재 신채호 선생은 "역사를 잊은 민족에게 미래는 없다."고 역설하며 일제치하의 민중을 깨우치기 위해 일생을 바친 분이다. 단재는 석가, 공자, 예수, 마르크스와 함께 크로포트킨을 인류의 5대 사상가 반열에 올리면서, 조선의 청년들에게 크로포트킨이 쓴 '청년에게 고하노라'라는 논문의 세례를 받아야 한다고 강조했다.

인간을 억압하는
모든 제도를 부정한 무정부주의자

크로포트킨을 이해하기 위해서는 그가 치열한 삶을 살았던 19세기와 20세기 초 러시아의 상황을 알 필요가 있다. 당시 서유럽국가들에서는 과학의 발전과 계몽사상에 의해 국민주권 의식이 싹트고 전제군주제에서 입헌정치로의 사회변혁이 활발히 진행되던 때였다. 러시아에도 유럽의 진보사상과 사조가 물밀듯이 밀려들어 갔다. 그 직접적인 계기는 프랑스혁명과 뒤를 이은 나폴레옹의 러시아 침공사건(1812년)

이었다.

그때까지만 해도 러시아 사회를 지탱하던 체제의 기둥은 전제군주제와 농노제, 러시아 정교였다. 서유럽의 사조가 몰려들자 러시아 사회는 후진성을 절감하고 몇 차례 위로부터의 개혁을 시도하였으나 구체제에서 쉽게 벗어날 수 없었다. 당시 지식인들은 이러한 러시아의 후진성을 탈피하기 위하여 치열하게 혁명의 길로 뛰어들었다.

러시아는 오랜 역사를 지닌 나라이지만 17세기 이전까지는 거의 모든 부분에서 서유럽과 단절되어 있었다. 그러나 표트르 대제가 수도를 상트페테르부르크로 옮기고 광범위한 개혁을 시행하면서 러시아는 유럽 열강의 하나로 부상하게 된다. 그의 뒤를 이은 예카테리나 여제(재위 1762~1796) 치하에서 러시아는 커다란 전환의 시기를 보내게 된다. 그녀는 계몽군주를 자임하며 당시 뛰어난 계몽사상가들인 볼테르, 디드로, 달랑베르 등과 교류하였다. 이들 계몽사상가에게 영향을 받은 러시아 지식인들 사이에 사회비평과 개혁운동의 움직임이 나오기 시작했다.

구체적인 형태로 나타난 것이 1816년 근위대 장교들을 중심으로 결성된 비밀결사조직이었다. 그들은 농노제와 전제정치를 폐지하여 조국 러시아를 서유럽 사회처럼 발전시키고 싶어 했다. 이들은 1825년 러시아 최초의 혁명운동인 '데카브리스트의 난'을 일으켰으나 실패로 끝나고 말았다. 데카브리스트운동은 이후 뜻있는 지식인들 사이에 깊이 각인되면서 러시아 사회의 흐름에 큰 영향을 미치게 된다. 탄압이 강화될수록 진보적인 지식인들의 저항 열기는 더욱 확산되었다.

크로포트킨은 1842년 모스크바의 귀족 가문에서 태어났다. 그는 유년시절을 니콜라이 1세 치하의 가장 숨 막히는 시대에서 보냈다. 당시 러시아의 청년 지식인들은 러시아 사회가 안고 있는 앙시앙레짐에 대해 고뇌할 때였고, 청년 귀족들을 중심으로 일어난 데카브리스트 운동의 여파가 사회 곳곳에 미치고 있을 때였다. 15살 때인 1857년에 크로포트킨은 상트페테르부르크의 근위사관학교에 입학하였다. 소수의 왕족과 귀족 자제들만이 이 특권 교육기관에서 교육을 받았다. 1862년 근위사관학교를 수석으로 졸업한 크로포트킨은 헤이룽강 연안지역의 카자흐 기병대 장교로 근무하게 되었다.

크로포트킨은 이때 트랜스 바이칼과 이르쿠츠크의 시베리아 동부지역을 광범위하게 탐험할 기회를 가지게 되었다. 이 탐험을 통해 그는 여러 동물종의 생활을 주의 깊게 관찰함으로써 뒤에 《만물은 서로 돕는다》를 쓸 수 있는 자료를 확보하게 된다. 이 여행을 통해 그는 종래의 시베리아 지도에서 산맥의 방향에 오류가 있다는 사실을 알게 되었고 나중에 이를 바로잡아 지리학자로서 명성을 얻게 된다. 군에서 퇴역하던 25세 무렵에 그는 "내가 소비하는 모든 것은 바로 땀 흘려 농사지어도 자식들에게 빵 한 조각 배불리 먹일 수 없는 농민들에게서 빼앗은 것이 아닌가?"라는 회의에 빠져 있었다.

그의 이러한 고뇌는 당시 러시아 상류층 젊은이들에게 유행처럼 스며들던 데카브리스트 혁명사상과 무관하지 않다. 그는 마침내 상트페테르부르크대에 입학한 1867년, 안락한 생활을 포기하고 자신의 삶을 농민들을 위하여 기꺼이 희생하겠다고 각오하게 된다. 한편 러시아 지리학협회에 정식회원으로 선출된 크로포트킨은 핀란드 및 스웨덴의 빙하지대를 답사하였고 1872년에는 지리학적 탐구를 목적으로 스위스를 방문하게 된다.

상트페테르부르크로 돌아온 그는 혁명클럽인 '차이코프스키단'에 가입한다. 차이코프스키단이란 1870년대 인민주의자들이 만든 가장 유명한 혁명조직이었다. 얼마 후 차이코프스키단의 핵심단원들은 모두 체포되는데 크로포트킨도 예외일 수 없었다. 비밀경찰에 의해 체포된 크로포트킨은 페트로 파블로프스키 요새에 구금되었으나 3년 만에 극적으로 탈옥하여 유럽으로 건너갔다.

수감 중 크로포트킨은 페테르부르크대 케슬러 교수의 강연 원고를 읽고 큰 감명을 받는다. 케슬러 교수는 자연계에는 상호투쟁의 법칙 외에 상호부조의 법칙이 있는데, 그러한 요소가 생존경쟁을 이겨나가고 종의 진보를 위해서도 훨씬 중요하다는 주장을 했다. 크로포트킨은 케슬러의 사상을 본격적으로 확대 발전시키기로 결심하고 방대한 자료를 수집하기 시작했다. 영국과 프랑스 학자들의 사면 요청이 받아들여져 크로포트킨은 런던에 정착해 본격적으로 자신의 주장을 발표하기 시작하였다.

1917년 2월 혁명으로 러시아 최후의 황제 니콜라이 2세가 퇴위하고 전제군주제가 무너지자 크로포트킨을 포함한 혁명가들이 러시아로 귀국했다. 크로포트킨도 혁명이 성공한 조국에서 자신의 이상인 아나키즘을 실현할 수 있으리라고 기대했다. 그러나 레닌을 중심으로 하는 볼셰비키가 권력을 장악하고 독재체제로 전환하자 아나키스트들은 본격적으로 사회주의자들의 탄압을 받기 시작하였다. 조국의 암울한 미래를 지켜보면서 노혁명가는 지병과 함께 폐렴에 걸려 1921년 2월 8일 숨을 거두었다. 그의 나이 79세였다.

만인에 대한 투쟁이
생명의 본성은 아니라고 하는 안도감

《만물은 서로 돕는다》에서 크로포트킨은 먼저 동물세계에서 일어나는 상호부조의 예를 다양하게 제시한다. 예를 들어 개미는 집을 짓고 일과 번식에 관련된 모든 작업을 자발적인 상호부조의 원리에 따라 나눈다. 더 흥미로운 것은 생존을 위한 그들의 전술이다. 공동체의 어느 구성원이든 먹이를 달라고 요청하면 나눠주는 것이 개미에게는 의무이기도 하다. 모든 개미들은 이미 삼켜서 어느 정도 소화가 된 먹이도 공유한다. 집이 같거나 같은 군체에 속하는 개미끼리 만났을 때 상대 개미가 먹이를 요청하면 요청을 받은 개미는 절대 거절하는 법이 없이 아래턱을 열고 배고픈 개미가 핥아먹을 수 있는 투명한 액체 한 방울을 게워낸다.

먹이를 많이 먹은 개미가 동료에게 먹이 제공을 거절하면 그 개미는 적이나 심지어 적보다 더 나쁘게 취급된다. 만일 어떤 개미가 적에 속한 개미에게 먹이를 제공하면 그 개미는 적들의 동료들에게 친구로 대접받는다. 그리고 같은 개미집이나 같은 군체의 구성원들끼리는 경쟁하지 않는다. 이들은 상호부조, 자기헌신, 자기희생을 통해 독창성을 만들어 낸다.

개미처럼 큰 군집생활을 하는 꿀벌의 예를 보자. 꿀벌은 도둑 꿀벌들을 가차 없이 죽여 버리지만 실수로 자기 벌집에 들어온 낯선 꿀벌들, 꽃가루를 묻혀 왔거나 길을 잃은 어린 꿀벌들은 건드리지 않고 내버려 둔다. 그러나 약탈 습성을 지닌 반사회적인 벌은 자연선택에 의해 지속적으로 제거된다.

독수리의 경우 사냥할 때 열 마리 정도가 협동하여 움직인다. 먹이를 발견하면 큰 울음소리를 내어 동료들을 부르고, 늙은 독수리들이 먼저 먹고 나서 망을 볼 때 젊은 독수리들이 먹는다. 새들이 군집을 이루면 맹금류도 맥을 못 쓴다. 댕기물새떼들이 솔개, 까마귀, 독수리를 공격하는데 수가 늘어날수록 대담해진다. 이들은 재미로 물수리를 쫓기도 한다. 갈까마귀들은 재미삼아 솔개를 쫓는다.

철새이동을 관찰하면 동물의 상호부조를 더 잘 알 수 있다. 시베리아 호숫가에 수십 종의 물새떼가 서식하고 있다. 이들은 평화롭게 서로 보호해 주면서 살다가 약탈자가 나타나면 자발적으로 망을 보던 수십 마리의 보초들이 약탈자의 출현을 알린다. 그러면 수백 마리의 갈매기, 제비갈매기들이 약탈자를 쫓아낸다. 이들은 동종뿐만 아니라 다른 종의 새들과도 군집을 이루어 계속 사이좋게 살아간다. 이들이 이동할 때는 수천마리씩 모여 며칠 동안 정해진 장소에서 이동시의 세부사항을 논의하고 비행연습을 한 후 가장 강한 새가 맨 선두에 서서 정해진 방향을 향해 출발한다. 이동시 태풍을 만나면 다른 종류의 새들과도 힘을 합친다.

　포유동물의 경우를 보면 집단을 이루지 않는 소수의 육식동물보다 사회생활을 하는 종의 숫자가 압도적으로 우세하다. 사슴, 영양, 가젤 영양, 다마 사슴, 버팔로, 야생 염소, 양들은 무리지어 산다. 이처럼 강한 사회성을 나타내는 포유류의 종류는 열거할 수 없을 정도로 많다. 말의 경우도 군집생활을 한다. 초지를 찾아 떼를 지어 이주하는데 눈보라가 칠 경우 몸을 붙이고 안전한 산골짜기를 찾는다. 만일 그들 사이에 신뢰가 깨져 흩어지면 죽는다. 단결이야말로 말들의 생존경쟁에서 가장 중요한 요소이다.

　말들이 늑대의 공격에 맞서 둥근 원을 형성하는 것, 설치류의 군집생활, 개미들의 군집생활, 겨울이 오면 철새들이 무리지어 남쪽으로 긴 여행을 떠나는 것이나, 비버의 개체수가 늘어나면 무리가 분화되어 이동하는 것, 순록과 버팔로의 대규모 이동, 프랑스만한 땅덩이에 흩어져 살던 다마 사슴들이 이동을 위해 모이는 것 등에서 볼 수 있듯이 동물세계에서 살아남기 위하여 동종끼리 경쟁보다는 상호연대의 형식을 취한다. 경쟁이 아니라 상호부조와 연대를 꾀한 종들이 더 많이 살아남았다. 크로포트킨은 '끊임없이 서로 싸우는 종들과 서로 도움을 주는 종들 중에서 어느 쪽이 과연 생존에 적합한 종인가?'라는 질문을 던진다.

　진화론자들 중에는 상호부조가 동물들 사이에서는 중요한 역할을 하지만 인간의 경우는 그렇지 않다고 하는 사람이 적지 않았다. 이에 대해 크로포트킨은 인간사회에 존재하는 상호부조와 연대의 본능을 찾아 여러 예증을 제시하고 있다. 우선 가장 원시인간 또는 미개인간에 대한 보기로서 그는 부시맨이나 호텐토트인들을 예로 든다. 이들은 한결같이 동료에 대한 강한 애정을 나타내었고, 특히 호텐토트인들은 먹을 것이 있으면 먹고 싶은 자가 있는지 세 번 큰소리로 외친 다음에야 먹었다.

미개부족들이 살인을 하게 될 경우 피해자의 양자가 되거나 피해자의 가족에게 딸을 보내 사과하는 것, 부족의 생존을 위해 일정한 나이가 되면 스스로 죽음을 선택하는 행위 등은 미개인이나 야만인들이 생존을 위해 무한경쟁보다는 다수가 살아남는 방식을 선택한다는 사실을 보여준다. 이러한 상호부조의 중요성은 인류 최초의 씨족사회 시기 동안, 그리고 뒤이은 촌락공동체 시기 동안 더욱 높아졌다.

이러한 협동의 증거는 중세의 길드 조직으로까지 연결된다. 종교가 지배하여 문명의 암흑기를 맞은 중세사회에서도 상호부조에 입각한 장인들의 조직인 길드와 촌락공동체가 있었기에 르네상스가 가능했다. 사회적 약자였던 근대 노동자들의 연대와 단결도 이와 궤를 같이한다. 산업혁명 이후 시작된 노동자들의 연대는 지금까지도 계속되고 있고, 인간사회가 지속되는 한 약자 간의 상호연대에 의한 상호부조는 끝나지 않을 것이다.

나는 《이기적인 유전자》를 읽고 마음의 추가 약간 흔들렸던 것이 사실이다. 특히 오늘날 사람들이 나타내는 지극한 이기주의와 만인에 대한 만인의 투쟁심은 우리의 유전자 속에 심어진 나침판 때문이구나 하는 생각을 떨칠 수가 없었기 때문이다. 그러나 크로포트킨의《만물은 서로 돕는다》를 읽고 나서 새로운 균형자를 발견하게 된다. 그는 상호부조야말로 인간을 포함한 어떤 개체든지 최소한의 에너지를 소비하면서 최대의 행복을 얻는 방법이라고 설파한다. 이기적인 경향만이 생명의 유일한 특성은 아님을 일깨워주는 크로포트킨의 사상은 읽는 사람에게 감동과 희망을 준다.

참고도서

1.《만물은 서로 돕는다》, 크로포트킨 지음, 김영범 옮김, 르네상스, 2005
2.《이기적 유전자》, 리처드 도킨스 지음, 홍영남 옮김, 을유문화사, 2009
3.《단재 신채호 평전》, 김삼웅 지음, 시대의 창, 2011
4.《러시아 역사 다이제스트 100》, 이무열 지음, 가람기획, 2009
5.《이야기 러시아사》, 김경북 지음, 청아출판사, 2006

17

그러면 인간이란 무엇인가?

카라마조프가의
형제들

도스토예프스키

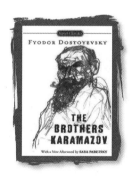

인간은 리처드 도킨스의 《이기적 유전자》에서 말하는 것처럼 유전자의 비열한 명령에 따라 살아남기 위해 치열하게 경쟁하는 존재일까? 아니면 표트르 크로포트킨이 《만물은 서로 돕는다》에서 주장하는 것처럼 서로 돕고, 자기희생을 통해 더 높은 가치를 향해 나아가는 존재일까?

이 거대 질문에 대한 답은 크로포트킨과 동시대를 살았던 러시아 작가 도스토예프스키에게서 찾아야 할 것 같다. 그는 인간이라는 존재의 비밀을 푸는 것을 문학의 절대 과제로 삼았다. 도스토예프스키의 작품들은 인간 영혼의 심연을 그 누구보다도 깊이 있게 파헤쳐 들어간다. 그는 《카라마조프가의 형제들》에서 이렇게 말한다.

"우리는 선과 악의 놀라운 혼합체입니다… 우리는 온갖 것을 내부에 공존시키고 있습니다. 한꺼번에 두 개의 심연을, 드높은 이상들의 심연과 가장 저열하고 악취 나는 타락의 심연을."

　이 작품에서 말하는 카라마조프적인 특징은 호색한이면서 성자 같은 것이다. 작가는 카라마조프적인 천성을 러시아적인 것, 전 인류적인 것으로 확대한다. 그것을 입증하기 위해 작가는 친부 살해라는 범죄와 여기에 얽힌 인물들을 치밀하게 엮어 독자들을 이야기 속으로 끌어들인다. 도스토예프스키의 문학은 '선과 악의 놀라운 혼합체'라는 인간 내면의 모습을 가장 집요하게 파고든다.

이중적인 인간의 내면을
집요하게 탐구

　문학이란 작가 개인의 삶과 작가가 살았던 시대를 비추는 거울이다. 러시아가 낳은 위대한 작가 도스토예프스키가 말년에 쓴 장대한 소설 《카라마조프가의 형제들》은 작가의 개인적 체험과 사회적 배경이 녹아 있는 인간사의 축약판이다. '루시의 위대한 고뇌자'라는 별명이 시사하듯이 도스토예프스키처럼 고뇌에 찬 일생을 보낸 작가도 많지 않을 것이다.

　모든 작품이 그러하지만, 특히 도스토예프스키의 작품세계를 이해하기 위해서는 작가가 살아온 고난의 세월과 시대적 배경을 아는 것이 중요하다. 그의 작품은 철학적, 종교적, 사회적 주제가 서로 얽히고 설켜 있기 때문에 당시 시대상에 대한 이해 없이는 그 본질을 제대로 헤아리기 어렵다.

표도르 미하일로비치 도스토예프스키는 1821년 자선병원 의사의 둘째아들로 모스크바에서 태어났다. 당시 의사는 하류 계급에 속했고, 경제적으로도 넉넉하지 못했기 때문에 작가는 어렸을 때부터 신분의 열등감과 가난 속에서 자랐다고 한다. 더구나 아버지는 성격이 난폭해서 자식들에게 두려움의 대상이었다. 유약하고 감수성이 예민한 도스토예프스키가 아버지로부터 받은 심리적 압박감과 가난은 그의 문학의 중요한 자산이 된다.

그에게 가장 충격적인 사건은 부친이 농노들에게 살해당한 일이었다. 아버지의 피살 사건을 접한 도스토예프스키는 순간적으로 경련과 발작을 일으켰고, 이후 그는 평생 간질 때문에 고통을 겪는다. 1841년 공병학교를 졸업한 도스토예프스키는 공병 소위로 임관한다. 그러나 소심하고 병약했던 그에게 군인의 길은 맞지 않았고, 문학에 전념하고자 3년 뒤 전역한다.

그의 작품활동 전반기는 러시아 역사상 가장 난폭한 전제 군주 니콜라이 1세 치하에 해당하는데 황제는 프랑스대혁명의 영향과 젊은 장교들이 일으킨 데카브리스트 운동을 억누르기 위해 각종 탄압을 자행하고, 작가들의 문학활동도 철저히 통제했다. 황제의 취향에 맞지 않는 작품에 대해서는 개작을 강요하고, 작가를 유형에 처하거나 구금시키는 일이 비일비재했다.

이런 시련에도 불구하고 러시아 문인들은 러시아 문학의 황금시대를 열어갔다. 데카브리스트의 영향을 받은 탓인지 당시 러시아 문학은 '민중에 대한 부채의식'을 강조했다. 이런 시대 상황 속에서 도스토예프스키는 1846년에 처녀작 〈가난한 사람들〉을 발표했다. 가난하고 볼품없는 중년 하급관리와 고아 신세로 갖은 고난을 겪으며 부유하고 탐욕스런 지주와 마음에 없는 결혼을 한 가엾은 처녀가 주고받은 편지들로 이뤄진 서간체 소설이다. 당대 최고 평론가 비사리온 벨린스키로부터 '제2의 고골리'가 탄생했다는 극찬을 받은 작품이다.

젊은 작가 도스토예프스키 앞에 그의 일생을 뒤바꾸는 어두운 운명의 그림자가 기다리고 있었으니 이른바 페트라셰프스키단 사건이다. 1847년 초, 도스토예프스키는 미하일 페트라셰프스키의 집에서 매주 한 번씩 열리는 비밀 모임에 참석하기 시작했다. 참석자들은 사회주의에 공감하는 지식인들로 문학, 철학, 정치를 포함한 광범위한 주제를 놓고 토론을 벌였다. 당시 니콜라이 1세는 '제3국'이라는 거대한 비밀경찰 기구를 만들어 반정부 조직을 감시하고 있었는데, 이 지하조직이 감시망에 걸려들었다.

1849년, 이 모임의 핵심 구성원 21명 전원에게 총살형이 선고되었다. 그해 12월 어느 날 아침, 혹독한 추위 속에서 스물여덟 살의 청년 도스토예프스키를 비롯한 죄수들은 사형집행 명령을 기다리고 있었다. 그러나 집행 직전에 황제의 명령으로 중지돼 시베리아로 유형을 떠나게 되었다. 유형지로 끌려가는 도중 토블스크에 잠시 머무르게 되는데, 이곳에서 도스토예프스키는 생의 방향을 바꾸는 또 하나의 사건을 겪는다.

24년 전에 일어난 데카브리스트 사건의 생존자들이 그때까지도 유형살이를 하고 있었는데, 그들의 아내들이 이곳에 와서 남편 뒷바라지를 하고 있었다. 여인들은 시베리아로 떠나는 죄수들에게 돈과 음식과 옷가지를 선물하면서 책도 한 권씩 주었다. 바로 성경이었다. 성경은 죄수들이 소지할 수 있는 유일한 책이었다.

이후 4년간 시베리아의 옴스크 감옥에서 중노동형을 살면서 성경만 수십 번 읽는 동안 도스토예프스키의 인생관과 세계관에 큰 변화가 온다. 이후 그는 공상적 혁명가에서 기독교적 인도주의자로 사상적 변화를 겪고, 슬라브주의자로 다시 태어났다.

반 서구주의
슬라브 민족주의자로

당시 러시아는 개혁의 방향을 놓고 크게 두 파로 갈라져 있었다. 하나는 서구주의이고, 다른 하나는 슬라브주의였다. 서구주의자들은 러시아가 후진성을 벗어나기 위해서는 새로운 서구 문물을 받아들여야 한다고 주장했다. 반면 슬라브주의자들은 러시아가 서유럽 나라보다 부강하지는 않지만 도덕적으로 우월하다고 주장했다.

출옥 후 5년간 중앙아시아의 세미팔라틴스크에서 사병으로 병역의 무를 수행할 때 도스토예프스키는 마리야 드미트리예브나 이사예바를 만난다. 훌륭한 교양과 예민한 감수성을 지니고 있으면서 가냘프고 아름다운 금발 미인이었다. 도스토예프스키는 금세 그녀에게 빠져 들었다. 파벨이라는 아들을 둔 유부녀였지만, 주정뱅이 남편과 빈곤으로 처참한 생활을 하는 것이 그의 마음을 아프게 했다.

마리야의 남편이 병으로 죽자, 도스토예프스키는 당시 서른 한 살인 그녀와 결혼한다. 그러나 신혼의 단꿈은 잠시였다. 그녀는 폐병을 앓는데다가 의심이 많고 변덕스러웠다. 도스토예프스키도 성급하고 화를 잘 내었고 무엇보다도 간질발작이 심하였다. 7년간의 결혼생활은 행복과는 거리가 멀었고, 마지막 몇 년간은 별거상태로 지냈다. 간질발작이 심해지자 친구들이 황제에게 보낸 청원이 받아들여져 도스토예프스키는 1859년 말, 10년 만에 수도 페테르부르크로 돌아올 수 있게 된다.

그동안 러시아 사회에는 엄청난 변화의 바람이 몰아치고 있었다. 오스만 튀르크를 침략한 크림전쟁에서 러시아는 참패하였고, 그 와중에 니콜라이 1세가 죽고 그의 아들 알렉산드르 2세가 왕위를 계승했다. 더 이상 개혁을 미룰 수 없게 된 황제는 1861년 농노제를 폐지한다. 하지만 충분치 못한 조치에 실망한 하류 계급들이 나서서 '나로드니키 운동'(인민주의운동)이라는 혁명운동을 주도한다.

수도로 돌아온 도스토예프스키는 10년에 가까운 문학적 공백을 메꾸고자 의욕적으로 작품활동을 시작하였다. 형과 함께 잡지 〈시대〉를 발간하고, 시베리아 유형의 체험을 담은 〈죽음의 집의 기록〉과, 〈학대받는 사람들〉을 연재해 큰 인기를 얻었다. 1862년에 도스토예프스키는 유럽 여러 나라를 여행하게 되었고, 이때의 여행기가 〈여름 인상에 대한 겨울 기록〉이었다. 이 기록에서 그는 프랑스와 영국을 부르주아적 탐욕과 저속함이 맹위를 떨치는 곳으로 표현하면서 슬라브주의를 옹호하는 사상적 근거를 마련하게 되었다.

이러한 슬라브주의와 반유럽, 반미주의 정서는 《카라마조프가의 형제들》에서도 중요한 주제로 표현된다. 형 미하일이 갑자기 사망하면서 도스토예프스키는 거액의 빚까지 떠안았다. 그러자 출판업자 스텔로프스키와 3000루블을 받는 조건으로 새 소설을 쓰겠다는 계약을 맺었다. 이 기간을 지키지 못하면 이미 나온 작품들은 물론 앞으로 나올 모든 작품에 대해서도 이 출판업자가 저작권을 갖는다는 조건이었다. 그가 계약한 새 장편 〈도박꾼〉은 기한 내에 완성할 가망이 없었다. 그러던 중 안나 그레고리예브나 스니트키나라고 하는 젊은 속기사의 도움으로 26일 만에 아슬아슬하게 작품을 완성하였다.

그가 이 3000루블(현재 한화로 약 12만원) 때문에 얼마나 큰 스트레스를 받았는가는 《카라마조프가의 형제들》에 그려져 있다. 이 시기에 그에게 불후의 명성을 안겨 준 《죄와 벌》이 탄생했다. 이 일이 계기가 되어 1867년, 45세의 도스토예프스키는 자기보다 스물다섯 살 아래인 안나와 재혼한다. 그녀와의 결혼은 도스토예프스키 인생 최대의 행운이었다. 1880년 최후의 걸작 《카라마조프가의 형제들》을 탈고했다. 그로부터 몇 달 후인 1881년 1월 28일, 작가는 폐동맥 파열로 60세의 나이로 숨을 거두었다.

추악한 인간 군상들의 심연을 탐구

카라마조프가를 구성하는 첫 번째 인물은 아버지인 표도르 파블로비치 카라마조프이다. 그리고 그의 아들들인 드미트리(미챠:감성적 인물), 이반(이성적 인물), 알료샤(선한 인물) 삼형제가 《카라마조프가의 형제들》을 이루는 핵심 인물들이다. 장남 미챠는 첫 아내의 소생이고, 차남인 이반과 막내 알료샤는 두 번째 아내의 소생이다. 거기다 마을의 백치 여인 리자베타 스메르쟈쉬야의 몸에서 태어난, 이 집의 젊은 하인 스메르쟈코프 역시 표도르의 아들로 추정된다. 아버지는 술 마시면 난동 부리고 방탕한 생활을 하는 교활한 소지주이다.

형제들은 불량한 아버지 밑에서 태어나 어머니들이 모두 일찍 죽자 아버지가 완전히 내팽개친 상황에서 그럭저럭 성장한다. 경솔하고 난폭하며 호색한적 성품을 지닌 장남 드미트리는 아버지의 기질을 물려받았다. 아버지와 다른 점은 격하고 육욕적인 삶을 살면서도 마음은 선하고 순결하다는 것이다. 장남에게는 어머니가 물려준 약간의 재산(집과 영지)이 있었는데, 그 재산을 믿고 방탕한 생활을 하다가 엄청난 빚을 진다.

두 번째 아내에게서 태어난 이반과 알료샤는 어머니가 죽은 뒤 여러 사람들의 도움으로 자란다. 이반은 음울하고 오만한 성품이지만, 학업에 비상한 재능을 나타내 자력으로 대학공부를 한다. 과외교사, 신문투고 등으로 어렵게 생활한다. 신문에 투고한 논문이 세간의 이목을 끌어 제법 이름을 얻게 되었다. 그가 아버지 집에 온 이유는 형 드미트리의 약혼녀 때문임이 나중에 밝혀진다.

셋째 아들 알료샤는 얌전하고 해맑은 성품으로서 남에게 사랑을 불러일으키는 재능을 타고났다. 알료샤는 그 마을 수도원에 수도사로 들어간다. 뿔뿔이 흩어졌던 카라마조프가의 삼형제가 다시 모이게 되니 이때 미챠가 28세, 이반은 24세, 알료샤는 20세였다. 한편 아버지 집에는 충직한 하인 그리고리 부부와 사생아 스메르쟈코프가 살고 있다. 스메르쟈코프는 이반과 같은 24세이다.

장남 미챠와 아버지 표도르 사이에 갈등이 커진다. 두 사람이 동시에 그루센카(22세)라는 한 여인을 두고 줄다리기를 하기 때문이다. 그루센카는 평판이 좋지 못한 여자이다. 그녀는 사랑하던 남자로부터 버림 받고 늙은 상인 삼소노프의 정부가 되어 이를 악물고 돈을 모으고 있다. 그루센카에게 첫눈에 반한 미챠는 정열적으로 돌진하며 자기와 결혼해 달라고 조른다. 이를 알고 격분한 아버지 표도르는 그녀의 사랑을 돈으로 매수하려고 한다. 그러나 그루센카는 진짜 사랑하는 사람, 5년 전에 그녀를 버리고 결혼해 버린 옛 애인을 기다리고 있었다.

그 남자가 아내와 사별한 뒤 그루센카에게로 돌아오겠다는 기별을 보내왔다. 한편 미챠에게는 그를 따라 모스크바에서 온 약혼녀 카체리나가 있다. 그녀는 대령의 딸로 귀족 출신이며 6만 루불의 지참금을 가진 오만하고 아름다운 여인이다. 동생 이반은 카체리나에게 반해 그녀 곁을 떠나지 못한다. 그는 카체리나 같은 고귀한 여인이 자기 형 같은 저급한 인간을 사랑한다는 사실에 분노한다. 미챠는 카체리나가 동생 이반의 사랑을 받아주기를 내심 기대한다.

그러나 카체리나는 미챠가 자기 같은 고상한 귀족 여인을 두고 천한 그루센카를 선택했다는 사실에 상처난 자존심을 견딜 수 없어 한다. 이러한 카체리나를 보면서 이반은 절망한다. 그는 카체리나 곁을 떠날 수도 없고, 형처럼 자신의 열렬한 사랑을 나타내지도 못하며 속만 끓일 뿐이다. 이반은 당시 러시아 지식인들 사이에 유행하던 니힐리즘의 신봉자로서 신의 존재를 부정하는 무신론자이다. 그는 신이 없다면 선행도 필요 없고, 따라서 '모든 것은 허용된다.'고 주장한다.

그는 아버지를 지극히 경멸하지만 겉으로 그런 감정을 드러내지 않는다. 다만 하인 스메르쟈코프는 이반의 유식함을 존경하고 그에게 감복한다. 스메르쟈코프는 거리를 떠돌던 미친 여인의 사생아로 태어났는데, 사람들은 아버지가 표도르라고 쑤군거린다. 그는 복수심과 증오심을 마음속에 감추고 아버지와 형제들의 갈등을 지켜보고 있다. 그는 가끔 간질 발작을 일으킨다.

그 와중에 아버지 표도르가 한밤중에 피살되면서 이야기는 긴박하게 진행된다. 범행동기가 제일 뚜렷한 사람은 장남 미챠이다. 때마침 아버지와 재산 문제로 소란을 피운데다 그루센카 문제로 다투다 아버지를 두들겨 패는 패륜까지 저질러 온 시내가 떠들썩하던 참이었다. 당시 미챠는 3000루블 때문에 거의 광적인 상태에 있었다. 우선 그는 약혼녀 카체리나가 러시아에 있는 자신의 친척에게 보내달라고 준 3000루블을 가로챘다. 그는 그 돈으로 그루센카와 함께 광란의 파티를 벌이며 하룻밤 만에 다 탕진해 버렸다. 카체리나에게 3000루블을 돌려주려면 돈이 필요했다. 또한 그루센카가 자기를 선택할 경우, 그녀를 데리고 어딘가로 떠나려면 역시 돈이 필요했다.

그래서 아버지에게 유산으로 3000루불 이상을 미리 달라고 했지만 거부당했다. 그루센카가 옛 연인의 부름을 받고 모크로예로 가게 되었는데, 미챠는 그녀가 몰래 아버지에게로 갔다고 오해하고 아버지의 집으로 달려간다. 그의 손에는 놋쇠공이가 들려 있었다. 그러나 아버지 집에서 그루센카의 흔적을 찾지 못한 미챠는 자신에게 친부살해라는 죄를 범하지 않게 하신 하느님께 감사하며 도망갔다.

마침 그리고리 영감이 잠에서 깨어 담을 넘는 그의 다리를 붙잡고 늘어지는 일이 벌어진다. 미챠는 자기도 모르게 손에 들린 놋쇠공이를 휘둘러 그리고리를 쓰러뜨린다. 피투성이가 된 채 다시 그루센카의 집으로 달려간 그는 그루센카가 모크로예로 간 사실을 알게 된다. 놀란 미챠는 저당 잡힌 권총을 찾아 모크로예로 달려간다. 하인들과 상인들을 들쑤셔 모크로예에서의 최후의 파티를 준비시킨 그의 손에는 놀랍게도 3000루불로 추정되는 거액의 현금이 들려 있었다. 모크로예에 도착한 미챠는 그루센카가 진정으로 사랑을 고백하자 새로운 삶에 대한 희망에 불탄다.

그루센카는 옛 애인이 자기에게 온 것은 사랑 때문이 아니라 그녀의 돈 때문임을 알았고, 그녀 역시 옛 사랑에 대한 생각은 복수심에 지나지 않는다는 사실을 깨달았던 것이다. 그러나 이제 겨우 서로에 대한 사랑을 확인한 미챠와 그루센카 앞에 부친 피살 사건을 접한 수사당국이 나타난다. 미챠는 비로소 아버지가 피살되었다는 사실을 알게 된다. 자기가 아버지 살해범이 아니라고 외치지만 당국은 그의 말을 믿지 않는다.

한편 카체리나의 이중적 태도에 실망한 이반은 그 불행한 살인사건이 일어나기 전 모스크바로 돌아가고 없었다. 아버지의 피살사건을 접한 이반은 형이 진범일 것이라고 단언한다. 하지만 모스크바로 떠나기 전 스메르쟈코프와 나눈 대화가 아무래도 불길하여 참을 수 없었다. 그는 악령에 시달리며 공판 전 날, 스메르쟈코프를 다시 방문한다. 그 자리에서 스메르쟈코프는 자기가 표도르를 살해했으며 그 3000루불은 자신이 숨겨두었다고 자백한다. 그는 어디까지나 이반의 사주에 의해 주인님을 죽였으므로 이 사건의 진짜 범인은 이반이라고 말한다. 그는 이반이야말로 가장 주인님을 닮은 자이며 마음속 깊이 아버지를 혐오했으며 열렬히 아버지의 죽음을 원했다고 지적한다. 스메르쟈코프가 미리 범행을 암시했음에도 불구하고 모른 체하고 모스크바로 떠난 행동이 바로 그 증거라고 몰아세운다. 이반은 내면의 죄가 드러나자 심한 충격과 고통을 받는다. 그날 밤 그는 양심의 악령에 시달리며 심각한 정신분열증에 시달린다.

마침내 공판이 열린다. 이 재판은 전 러시아의 관심을 끌 만큼 충격적이었다. 카체리나는 미챠를 돕기 위해 페체르부르크에서 최고의 변호사를 불러왔다. 재판과정에서 모든 증거와 증인들이 미챠에게 불리하였지만, 이반이 나타나 범인이 스메르쟈코프이며 그가 가져간 3000루불을 증거로 내놓으면서 재판의 기류가 바뀔 듯이 보였다. 그러나 이반은 열에 들뜨고 정신착란 상태였으며 그 전날 밤 스메르쟈코프가 이미 자살한 상태였기 때문에 그의 증거는 효력이 의문시되었다. 그때

갑자기 카체리나가 일어나 미챠의 범행을 입증하는 증거를 내놓는다. 그 증거란 미챠가 술에 취해 적은 범행 계획서였다. 이 증거는 재판 방향을 결정적인 것으로 만들어 결국 미챠는 전 배심원들로부터 유죄평결을 받게 된다. 미챠는 자기가 범인이 아니지만 마음속으로 아버지를 죽이고자 했던 죄를 인정하고 자기 죄에 대한 벌을 받아들인다.

이때 그동안 별로 언급되지 않고 있던 알료샤가 등장한다. 그는 존경해마지 않던 조시마 장로의 유언을 받아들여 속세에서 수행하기 위해 수도원을 떠나온다. 아버지의 죽음이라는 충격적인 사건에 접한 그는 스메르쟈코프의 범행임을 직감한다. 그는 충격 속에 빠진 두 형과 두 여인 사이를 오가며 그들을 위로하고 사건을 미챠에게 유리하게 풀어보려고 뛰어다닌다. 그러던 그가 만난 세속에서의 첫 번째 수행은 어린 일류샤를 위로하는 일이었다. 일류샤라는 아홉 살의 아이는 자기 아버지가 미챠에게 모욕당하는 모습을 지켜보면서 충격과 울분에 빠져 병으로 드러누워 있었다. 알료샤는 일류샤 가족을 찾아가 형이 저지른 난폭한 행동과 그로 인해 꼬마 소년에게 준 상처를 깊이 사과하고 그들의 어려운 형편을 돕는데 적극 나선다. 그는 일류샤의 친구들을 찾아가 그와 화해하도록 한다. 일류샤는 자기를 놀리던 아이들에 대한 분노를 풀고 아이들과 화해하면서 결국 이 세상에 대한 사랑을 품고 죽는다.

《카라마조프가의 형제들》은 존속살인이라는 패륜에 얽힌 인간 군상들에 대한 이야기이지만, 줄거리를 관통하고 있는 것은 매우 철학적인 주제들이다. 인간이란 무엇인가? 인간의 삶에 있어 신앙이란 무엇인가? 죄란 무엇인가? 사상이란 무엇인가? 무엇이 인간 삶을 행복하게 만드는가? 등 심오한 질문으로 독자들을 끌어들인다.

인간 내부에는 선과 악이 공존해 있다는 것이 작가의 일관된 주장이다. 《카라마조프가의 형제들》에서 보이는 카라마조프적인 성향은 신성함과 죄악의 혼합물이다. 이 작품에서 선善은 막내아들 알로샤나 조시마 장로로 대변되는 신성을 향한 사람을, 악惡은 아버지나 하인 스메르쟈코프로 대변되는 물욕적이고 악한 심성을 가진 사람으로 그려진다. 하지만 작가가 이 책을 통해 나타내고자 하는 인간의 모습은 검사의 논고로 응집되어 나타난 것처럼 인간은 선과 악의 놀라운 혼합체이지, 절대선도 아니고 절대악도 아니다는 것이다.

그렇다면 러시아의 희망은 무엇인가? 작가는 민중에게서 이 나라의 구원을 발견한다. 순진한 믿음을 가지고 선하게 살아가는 슬라브 민중이야말로 러시아의 희망이라고 보는 것이다. 그들은 사상가들처럼 떠들어대지 않고, 작은 양파 한 뿌리를 나누며 조용히 사랑을 실천하며 사는데, 그 사랑의 실천이야말로 사람을 행복하게 만들고 세상을 선하게 만든다는 것이다. 그리고 아직 죄로 물들지 않은 어린이들이야말로 러시아 민중의 희망이다.

작가는 말한다. "아이들이라도 자기 집에 모아 보세요. 아이들 앞에서 그저 감동에 젖어 온순하게 성경을 읽으면 됩니다. 그러면 평민의 경건한 마음이 충격을 받을 겁니다". 이것은 알료사가 실행하는 작은 씨앗을 평민들의 영혼에 뿌리는 행동이다. 알료사가 건네는 양파 한 뿌리에 의해 사람들이 감동하고 정화되는 모습에서 작가가 전개하려고 하는 웅대한 2부의 모습 일부를 엿볼 수 있다. 하지만 2부는 작가의 급작스러운 사망으로 빛을 보지 못하였다.

참고도서

1.《카라마조프가의 형제들 1,2,3》, 도스토예프스키 지음, 김연경 옮김, 민음사, 2011
2.《러시아 역사 다이제스트 100》, 이무열 지음, 가람기획, 2009
3.《이야기 러시아사》, 김경묵 지음, 청아출판사, 2006
4.《도스토예프스키》, 박영은 지음, ㈜살림출판사. 2009

라틴 아메리카의 혁명

|체 게바라 평전|

장 코르미에

근대 역사를 통하여 가장 충격적이고, 인류 역사를 크게 뒤바꾼 혁명을 꼽자면 프랑스혁명과 러시아혁명일 것이다. 프랑스혁명과 러시아혁명은 각각 다른 배경으로 시작되었지만 두 혁명 모두 억압, 수탈받는 제3국가들을 자극하여 독립운동을 자극하는 촉매제가 되었다. 당연한 과정이겠지만 인류 역사의 가장 비참한 수탈지인 라틴 아메리카에도 독립의 바람이 세차게 불어 닥쳤다.

라틴 아메리카에서 일어난 사회 변혁의 시작은 1959년 쿠바혁명에서 출발한다. 카스트로와 함께 쿠바혁명을 이끈 체 게바라는 혁명의 목적에 대해 분명한 신념을 가지고 있었다. '혁명전쟁은 결국 인간을 위한 전쟁'이라는 것이었다. 《체 게바라 평전》은 인간의 삶을 개선시키기 위해 일생을 바친 혁명가 체 게바라의 이야기이다.

체 게바라의 일생을 그린 책은 여러 권이 있지만 독자들의 사랑을 가장 많이 받은 작품은 프랑스 언론인 장 코르미에가 쓴 《체 게바라 평전》이다. 장 코르미에는 1981년부터 10년에 걸쳐 수집한 방대한 자료를 바탕으로 체 게바라의 삶을 꼼꼼히, 그리고 전체적으로 조망했다. 평전은 체 게바라가 남긴 일기, 책자, 기타 자료를 두루 모으고, 그의 맏딸과 아버지 등 가족들을 직접 만난 기록을 바탕으로 쓰여졌으며, 1995년 프랑스에서 초판이 나오자마자 베스트셀러가 되었다.

인간을 위한 혁명을 추구하다

나는 이 이야기를 설탕자원의 수탈에서부터 시작하려고 한다. 왜냐하면 설탕만큼 이때의 인류 역사에 큰 영향을 미친 자원은 없었기 때문이다. 설탕은 영국, 프랑스, 네덜란드, 그리고 미국이 공업발전을 위한 자금을 모으는 데 주요 자원이 되었다. 설탕은 또한 브라질 동북부와 카리브제도의 경제를 불구로 만들었으며, 아프리카의 역사적 몰락을 가져오고, 제국주의를 탄생시키는 데 결정적인 역할을 담당하였다. 그리고 이에 대한 저항이 남미 해방운동의 시작이 되었다.

노예를 이용해 대규모 사탕재배를 처음 시작한 사람은 포르투갈 왕자 엔히크였다. 바다를 부의 근원으로 본 엔히크는 선단을 만들어 아프리카 서해안을 돌아 사하라사막 끝에 도달하고자 하였다. 당시 이슬람 상인들은 아프리카의 황금을 사하라사막을 통해 유럽으로 판매하고 있었다. 1443년 포르투갈인들이 탄 배는 지금의 모리타니아 아루긴만에 도달하였고, 1452년에는 마침내 이슬람 중개상인을 거치지 않고 아프리카의 황금을 유럽으로 직접 운반하게 되었다.

이때 왕자는 항해자들에게 아프리카 해안의 원주민들을 납치해 오라고 지시했는데 그 주된 목적은 그곳의 인종과 자연조건 등에 대해 알아보기 위해서였다. 그런데 이보다 앞선 1419년에 엔히크 왕자의 지시를 받은 선장들이 북아프리카 연안 대서양에서 어디에도 속하지 않는 섬 마데이라를 발견하게 되었다. 왕자는 거기에 사탕수수를 재배하도록 하였다.

1441년에 엔히크가 보낸 항해자들이 첫 번째로 아프리카 원주민들을 잡아오자 민간 상인들은 이들을 사탕수수 재배에 투입시켰다. 이후 노예 교역을 위한 함대가 조직되고, 아프리카에서의 노예 교역 규모는 점차 확대되었다. 1500년까지 마데이라섬의 인구는 2만 명이 넘었는데, 당시 인구의 절반은 노예였다. 1450년에서 1500년에 걸쳐 포르투갈인이 해외에서 데려온 노예는 15만 명을 넘었다고 한다.

카리브해에서 사탕수수가 재배되기 시작한 것은 콜럼부스에 의해서였고, 이권이 커짐에 따라 브라질로 확대되었다. 당시 브라질은 교황 알렉산데르 6세가 선포한 '토르데시야스 조약'에 따라 포르투갈의 식민지였다. 포르투갈 왕실은 네덜란드 서인도회사 자본의 도움을 받아 대대적인 브라질 개발에 나섰다. 가장 번창한 사업은 현지인을 노예로 활용하는 사탕수수 재배였다. 이렇게 하여 16세기에 브라질은 세계 최대의 설탕 생산국이 되고, 유럽 시장 최대의 공급자가 되었다.

사탕수수 재배를 통한 수탈의 시작

설탕 사업에서 가장 큰 이득을 취한 나라는 네덜란드였다. 네덜란드 서인도회사는 브라질의 사탕수수 재배지를 점령하여 제당공장 설립과 노예 수입에 참여하였을 뿐만 아니라, 유럽에 팔아 생산가격의 3분의 1에 이르는 이익을 남겼다. 네덜란드 회사는 생산물의 재배권을 직접 장악하기 위해 바르바도스의 영국인들에게 사탕수수 재배에 필요한 모든 편의를 제공했다. 이리하여 바르바도스는 브라질의 강력한 경쟁자가 되었다. 마침 남동부의 미나스제라이스에서 엄청난 규모의 금광이 발견되면서 브라질에서 사탕수수의 재배 열기는 시들었다. 이후 사탕수수 재배는 다른 섬들로 확대되어 갔다.

18세기 후반 들어 세계 최고의 설탕은 프랑스 식민지 아이티에서 생산되었다. 프랑스혁명은 러시아에만 영향을 미친 것이 아니었다. 프랑스 식민지 아이티의 주민들도 자유와 독립에 대한 희망에 불타게 되었다. 당시 아이티에는 혹독한 노역과 유럽인과 함께 건너온 전염병으로 원주민들은 전멸하였고, 약 50만 명의 아프리카 노예가 세계 총 생산량의 40%에 달하는 설탕을 생산하고 있었다.

1791년 시작된 아이티의 노예반란은 1804년 프랑스군이 완전히 물러나면서 끝났다. 근대사에 처음으로 남미에서 흑인공화국이 탄생되는 순간이었다. 그러나 독립이 곧 행복한 미래를 약속하는 것은 아니었다. 프랑스는 1825년 아이티의 독립을 승인하면서 거액의 현금을 배상토록 하였다. 게다가 프랑스와의 무역이 금지되고, 프랑스의 압력으로 미국도 이 경제봉쇄에 참여함으로써 신생국 아이티는 탄생한 바로 그 순간부터 세계 최하위의 빈곤국으로 전락하고 말았다.

엎친 데 덮친 격으로 2010년 진도 7.2의 강진이 강타하면서 사상자가 50만 명에 이르고 150만 명의 이재민이 발생하였다. 이렇게 아이티는 세계에서 가장 가난한 나라로 전락했다. 하지만 이 나라의 독립운동은 라틴 아메리카 전역에 자유화의 바람을 불어넣었다. 라틴 아메리카의 해방자 시몬 볼리바르Simon Bolivar가 스페인 군대에 쫓길 때 그를 받아들이고 지원해 준 유일한 나라는 아이티였다.

역사적으로 라틴 아메리카 독립운동사에서 가장 중요한 인물로 여겨지는 사람은 베네수엘라 출신의 시몬 볼리바르이다. 볼리바르는 스페인에서 남아메리카로 건너간 백인의 후예를 뜻하는 '크리오요' 출신으로, 스승 시몬 로드리게스를 통해 유럽에서 싹튼 인간의 권리, 자유, 평등사상을 받아들였다.

당시 크리오요들은 이베리아 반도에서 온 '페닌슐러'라 불린 본토인 통치자들로부터 받는 차별대우에 큰 불만을 가지고 있었다. 볼리바르는 남미해방운동의 선두에 서서 스페인과 싸웠다. 1810년, 베네수엘라는 남아메리카 대륙 최초로 독립을 선포한 국가가 되었다. 물론 독립을 선포한다고 곧바로 독립이 되는 것은 아니었다. 볼리바르의 험난한 독립투쟁은 이때부터 시작되었다. 그는 스페인 군대뿐만 아니라 때마침 몰아친 강진과 싸워야 했으며, 안데스산맥이라는 험난한 지형을 극복해야했다. 볼리바르는 네 차례나 망명과 귀국을 거듭한 끝에 마침내 1819년 뉴그라나다(콜롬비아), 1821년에는 베네수엘라, 1822년에는 키토(에콰도르)를 스페인으로부터 해방시켰다.

볼리바르는 남미를 미국처럼 하나의 연방정부로 통합시키는 꿈을 가지고 있었다. 그 구상을 바탕으로 1819년 위 세 지역을 통합한 '대大 콜롬비아 공화국'이 탄생되었고 볼리바르는 정식 대통령으로 선출되었다. 이어서 그는 1823년에는 페루, 1825년에는 볼리비아를 해방시켰다. 그러나 통일된 남미국가를 건설하려는 그의 꿈은 실현되지 못했다. 부하들은 서로 권력을 차지하려고 싸웠고, 각 지역과 계층, 신분에 따른 이해관계가 대립한 데다 유럽 국가들과 미국은 남미에 강력한 통일국가가 들어서는 것을 방해했다.

1830년에는 '대 콜롬비아 공화국'이 해체되어 콜롬비아, 베네수엘라, 에콰도르로 되돌아갔다. 볼리바르는 대통령직과 후계자 지명권을 포함한 모든 정치적 권한을 포기하고 칩거하다 47세를 일기로 병사했다. 꿈은 이루어지지 못했지만 그는 오늘날까지도 남미의 진정한 해방자로 추앙받고 있다. 볼리비아라는 국호는 그의 이름을 딴 것이고, 베네수엘라에서는 통화 명칭을 '볼리바르'라고 쓰고 있다. 볼리바르는 무려 다섯 개 나라의 국부로 숭앙되고 있으며 그의 이름은 남미 각국의 광장과 기념물에 남아 있다.

볼리바르로부터 시작된 자유의 불길은 중남미 대륙 전체로 퍼져나갔다. 그리하여 1822년에는 브라질, 1823년에는 중앙아메리카 연방이 멕시코에서 분리 독립하고, 1828년에는 우루과이, 1836년에는 텍사스가 멕시코에서 분리해 독립하였다. 이러한 독립운동으로 라틴 아메리카에서 이베리아 식민세력의 위세는 쇠퇴하게 되었다. 하지만 이후 남미 독립에 어두운 그림자를 드리운 것은 미국의 패권주의에 의해서였다. 19세기 말에 접어들면서 미국은 이미 지구상에서 제1의 공업 대국으로 성장하고 있었다. 남북전쟁으로 국가를 통일한 미국은 기술혁명의 새로운 중심지로 떠오르면서 자원쟁탈전에 나서게 된다.

미국의 자원쟁탈전은 남미 전역으로 향했지만 우선 턱밑의 쿠바가 직격탄을 맞았다. 쿠바는 콜럼부스의 1차 항해 때 발견되었으며, 1511년 이래 스페인의 식민지가 되어 있었다. 원주민들이 사금 채취와 강제노역에 혹사당하고, 전염병에 의해 거의 절멸되자 다른 섬들에서와 마찬가지로 아프리카 흑인 노예들이 그 자리를 메웠다. 이때부터 독립되는 1898년까지 쿠바는 거의 400년 동안 스페인의 식민지로 살았다. 1776년 미국의 독립으로 인한 시장 창출과 1791년 아이티의 노예폭동으로 쿠바는 설탕생산의 주요 산지로 떠올랐으며, 1820년까지 세계 최대의 설탕 생산국이 되었다. 그런데 나폴레옹의 대륙봉쇄령(1806년)은 유럽의 설탕무역을 크게 변화시키는 원인이 되었다. 초기에는 설탕 수입이 어려워져 유럽 대륙 국민들은 큰 고통을 겪었다.

그러나 필요는 발명의 어머니라고 했던가. 프랑스와 독일에서 사탕무에 의한 설탕 생산기술이 개발되면서 서인도제도의 설탕 고객은 미국인으로 바뀌게 된다. 당시 영토 확장에 재미를 붙이고 있던 미국은 19세기 초부터 쿠바를 미연방에 합병하려는 욕심을 노골화하고 있었다. 그러던 차에 1868년, 쿠바에서 스페인으로부터의 독립을 추구하는 10년 전쟁이 일어났다.

이 전쟁에 뛰어든 미국은 가볍게 스페인을 누르고 푸에르토리코,

괌, 필리핀 등 스페인의 마지막 남은 식민지의 지배권을 모조리 인수하고, 쿠바를 미국의 군사 점령 하에 두게 되었다. 1902년 5월 쿠바의 독립을 인정하지만 실제로는 친미 정권을 등장시켜 쿠바의 주요 산업은 모두 미국 기업이 차지하였다.

두 청년의 운명적인 만남

체 게바라는 1928년 6월 14일, 아르헨티나의 로사리오에서 태어났다. 그의 원래 이름은 '에르네스토 라파엘 게바라 데 라 세르나'라는 긴 이름이었는데 줄여서 '에르네스토 게바라'라고 불렸었다. 나중에 그는 '체 게바라'로 불리게 되는데 '체'는 아르헨티나에서 말을 시작할 때나 강조할 때 쓰는 일종의 감탄사이다.

체 게바라를 설명하는 세 개의 키워드는 천식과 독서, 혁명이라고 할 수 있다. 어린 시절부터 천식이 심해 그의 부모는 아들의 천식에 좋은 건조한 환경을 찾아 여러 번 이사를 다녔다고 한다. 천식 발작은 산악 게릴라전에서 그를 괴롭히는 가장 큰 요인이 된다. 그러나 이러한 육체적 연약함을 극복하기 위하여 그는 수영과 럭비, 축구 등 온갖 운동에 몰두하였다. 천식 때문에 침대에 누워 있는 시간이 길었던 그에게 독서는 최고의 선물이었다. 그는 어릴 때 아버지 서재의 책들을 닥치는 대로 읽어 독서습관이 몸에 밴 탓인지, 어느 순간에도 책을 손에서 놓는 법이 없었다. 이러한 열렬한 독서습관은 게릴라 생활을 할 때에도 지속되었다.

체 게바라의 청년기에서 가장 중요한 사건은 알베르토 그라나도와의 만남이었다. 그라나도는 친구의 형으로서 그보다 나이가 6살 위였지만 일생을 함께하며 우정을 나누는 가장 소중한 친구가 된다. 그는 당시 코르도바대에서 생화학과 약학을 전공하였고 그 지방 럭비 팀의 코치를 맡고 있었다. 체 게바라는 18살 때 의과대학에 합격하여 부에노스아이레스로 가게 되었다. 1951년 학기말 시험을 치른 그는 그라나도와 여행을 떠나기로 한다. 체 게바라가 23세 때였다. 둘은 그라나도의 낡은 500CC 오토바이 포데로시 II를 다고 남미 여러 나라를 둘러보기로 하였다.

출발할 때 그들은 자신들의 여행이 갖는 의미를 미처 예상치 못했다. 미지의 세계에 대한 동경과 호기심에 들떠 특별한 준비 없이 출발하였던 여행길이었다. 잭 케루악의 소설 《길 위에서》가 젊은이들이 자유와 깨달음을 찾아가는 여행이었다면, 두 사람의 여행길은 부당한 대우를 받고 살아가는 인디오들의 처지를 도처에서 발견하고, 남미 대륙을 착취하는 거대 자본 세력에 깊은 분노를 느끼면서 정의를 찾아가는 여행이 된다.

칠레를 거쳐 페루로 건너간 두 사람은 유명한 추키카마타 구리 광산으로 향했다. 그 광산은 자체가 거대한 구리로 이루어진 산이었다. 이 어마어마한 광산을 유지하기 위해서 3000명이 넘는 인디오들이 열악한 환경 속에서 개미처럼 일하는 처참한 광경을 목격한다.

1952년 3월 24일 두 사람은 잉카문명의 중심지 페루에 도착한다.

그들은 트럭을 타고 '태양의 호수' 티티카카호를 거쳐 과거 잉카제국의 수도였던 쿠스코와 마추픽추로 갔다. 그들은 북쪽으로 가는 도중 나환자 병원에 들러 간단한 의료활동을 펼쳤고 산파블로 나환자촌에서 본격적으로 나환자들을 돌보기도 하였다. 산파블로 나환자촌에는 1000명 가량의 환자들이 생활하고 있었다.

3주 가량을 그곳에 머문 다음 그들은 뗏목을 타고 아마존 강을 따라 콜롬비아로 들어갔다. 당시 콜롬비아는 라우레아노 고메스 정부의 억압적인 공포정치가 행해지고 있던 때였고, 《백년 동안의 고독》을 쓴 작가 가르시아 마르케스가 억압 받던 바로 그 시대였다. 일주일을 매연과 불쾌한 환경에서 지낸 그들은 마지막 여행지인 베네수엘라 수도 카라카스로 갔다. 그라나도는 카라카스의 한 연구소에서 연구할 계획을 가지고 있었으므로 두 사람은 이제 헤어져야 했다.

이 8개월간의 여행을 통하여 체 게바라에게 일어난 변화는 엄청난 것이었다. 우선 그는 잉카문맹의 퇴색한 모습을 보고 남미의 역사에 대해 깊이 생각하게 되었다. 무엇보다 그를 가장 변화시킨 것은 여행지에서 만난 가난하고 핍박받는 인디오들의 모습이었다. 과연 남아메리카의 진정한 주인은 누구이며, 그들은 지금 왜 이 땅에서 소외받고 있는 것인가 하는 강한 의문이 일어났다. 그는 남미의 현실을 하루 빨리 개선시키는 데에는 의술보다 혁명이 더 시급하다고 믿게 되었다.

체 게바라가 두 번째 남미 여행에 나선 것은 1953년 의사시험을 치른 후였다. 이 두 번째 여정은 분명한 방향성을 가진 여행이었다. 볼리비아, 페루, 에콰도르를 거쳐 과테말라로 갔다. 당시 과테말라는 아르벤스 대통령이 통치하고 있었는데, 그는 급진적인 자유주의 노선을 따르고 있었기 때문에 남미 각국의 망명객들이 속속 그곳으로 모여들고 있었다.

체 게바라도 아르벤스에게 큰 기대를 걸었다. 아르벤스는 미국 바나나 기업인 유나이티드 플루트사(UFC)가 차지하고 있는 자국 농지 가운데 휴한지 10만 헥타를 국유화해서 가난한 농민들에게 나누어 주었다. 당시 미국은 남아메리카 정부 및 대자본가들과 결탁하여 상당한 경제적 이익을 얻고 있었다. 미국과 UFC의 반격이 시작되었다.

1954년 아르벤스 정부 당시 UFC는 과데말라에서 진화 부실권, 철도 건설권, 항구 건설권뿐만 아니라 전체 경작지의 70%에 해당하는 160만 헥타를 차지하고 있었다. UFC는 아르벤스를 공산주의자로 몰아갔고 아이젠하워 대통령은 CIA에 아르벤스의 축출을 지시하였다. 냉전이 절정에 달하고, 메카시 열풍이 미국을 휩쓸 때였다. 아르벤스는 국내외 기자들이 지켜보는 가운데 속옷 바람으로 쫓겨났다.

체 게바라는 이러한 상황을 지켜보며 제국주의 횡포에 분노하였다. 그는 후일 "나는 과테말라에서 혁명가가 되기 시작했다."고 술회했다. 과테말라에서 그는 혁명가 인생에서 가장 중요한 역할을 하는 한 여인을 만나게 된다. 일다 가데아 아코스타라는 여인이었다. 페루 망명객인 그녀는 두뇌가 명석하고 빼어난 연설가로서 좌익운동 단체의 중요 멤버로 활약하고 있었다. 그는 이 여성을 통해 라틴 아메리카 좌익 세력과 본격적인 인연을 맺으며 혁명 세력의 일원이 되어갔다.

쿠바 혁명의 주역으로

그는 점차 '체' 게바라라는 이름으로 알려지기 시작했다. 일다는 그에게 쿠바의 반정부 세력들과 친분을 가질 기회를 만들어 주었다. 처음부터 일다에게 끌렸던 체 게바라는 끈질기게 그녀에게 구혼했고, 두 사람은 마침내 결혼하게 된다. 두 사람 사이에 딸 일디타가 태어났지만 평온한 결혼생활은 길게 허락되지 않았다. 훗날 체 게바라가 쿠바에서 게릴라 활동을 하며 만난 금발 미인 알레이다와 사랑에 빠지면서 일다는 쓰라린 눈물을 흘려야했다.

아르벤스의 축출은 과테말라로 몰려들었던 남미 각국의 망명객들에게는 큰 위협이 되었다. 체 게바라는 멕시코로 탈출하고, 과테말라에 머물던 쿠바의 반정부 세력들도 속속 멕시코로 모여들었다. 아내 일다도 합류하였다. 당시 그는 쿠바의 혁명가 피델 카스트로에 대해 큰 관심을 가지고 있었다. 1955년 드디어 체 게바라와 피델 카스트로는 운명적인 만남을 하게 된다. 두 사람은 금방 의기투합했으며, 서로를 깊이 존경하게 되었다. 이렇게 하여 멕시코 교외에서 카스트로의 유격훈련에 동참하게 된 체 게바라는 마침내 1956년 11월 25일 저 유명한 '그랜마'호에 승선해 쿠바혁명군과 함께 쿠바로 떠난다.

낡은 목재 요트의 적정 인원은 대략 스물다섯 명가량이었는데 82명이 승선하였다. 총사령관은 피델 카스트로, 체 게바라는 의무대장이었고, 카스트로의 동생 라울 카스트로가 후위대를 맡았다. 그들은 앞으로 전 세계적으로 유명해질 올리브 그린 색 군복을 입고 있었다. 일행은 쿠바 동부 해안에 상륙하였다. 상륙이라기보다는 좌초라고 해야 맞을 상황이었다. 강풍을 맞아 작은 배는 상륙 장소를 이탈하여 맹그로브 늪에 빠지고 말았던 것이다. 지원군과의 합류 약속이 틀려진데다가 농민의 신고로 정부군이 공격해 왔다. 이 와중에 대원 82명 가운데 14명만 간신히 살아남아 시에라마에스트라로 도피했다. 나중에 실종된 대원들이 합류했으나 그 수는 고작 19명에 불과했다.

시에라마에스트라는 쿠바 동부에 지평선처럼 넓게 펼쳐진 거대한 산악지대인데 이곳에서부터 이 게릴라 19전사들의 불멸의 신화가 시작되었다. 혁명군에 자원해오는 대원들도 조금씩 늘어났다. 그는 의무대장으로서가 아니라 게릴라로서의 전투능력을 키워나갔다. 1957년 7월 피델 카스트로는 체 게바라를 전투대장으로 인정하며 그의 베레모에 유명한 별을 달아주었다. 체 게바라는 자신의 상징이 된 올리브 그린색 군복과 별 하나가 붙은 베레모를 죽을 때까지 쓰고 다녔다.

그가 게릴라 대장으로 혁혁한 공을 세우고, 그 이름을 드높인 데에는 그의 높은 이상주의가 큰 힘이 되었다. 가난한 농민들을 치료해 주는 그의 의사로서의 역할도 도움이 되었지만 그에게는 사람들을 매혹시키는 매력이 있었다. 그는 혁명군에 지원해온 농민들에게 게릴라란 무엇인지와 게릴라가 지녀야 할 정신에 대해 끊임없이 교육하였다. 또한 끈질기게 농민 게릴라들에게 글자를 가르쳤다.

시에라마에스트라를 완전히 장악한 혁명군은 서쪽으로 서진하며 수도 아바나 방향으로 진격해 들어갔다. 진군하는 지역마다 농민들이 절대적인 우군이 되어 주었으며, 산타클라라에 입성했을 때는 전세가 완전히 역전되어 있었다. 1959년 1월 초 바티스타 대통령은 망명길에 오르고, 혁명은 마침내 성공하였다. 체 게바라는 1월 3일 아바나에 입성하였다. 그의 나이 서른한 살 때였다. 그란마호를 타고 쿠바에 도착한 지 25개월 만에 혁명은 완수된 것이다.

체 게바라는 혁명정부의 상공부 장관 겸 중앙은행 총재직을 맡았다. 그는 마음이 급했다. 사회주의 혁명의 완수를 위해 경제사절단을 이끌고 세계 각국을 방문하였다. 쿠바 외무장관 자격으로 유엔총회에 참석해 폭력혁명의 당위성을 주장했다. 그러나 그의 새로운 사회주의 실험에 쿠바 경제는 부응하지 못했다. 그는 1961년 미국과 관계를 단절하고 소련 및 동구권 국가들의 경제원조를 기대했으나 그의 희망대로 이루어지지 않았다. 소련이 오히려 미국과 다른 방식으로 쿠바를 지배하려 한데 대해 실망했다.

한편 그는 경제적인 것뿐만 아니라 쿠바 국민을 '새로운 사회주의 인간상'으로 개조하려고 하였다. 혁명이 단순한 경제, 사회적 변혁에만 한정된다면 엄밀한 의미에서 혁명이라고 부를 수 없다는 것이 그의 철학이었다. 그러나 새로운 인간이 순식간에 만들어지는 것은 아니었다. 소련이 쿠바에서 미사일을 철수하면서 피델 카스트로와 갈등을 겪게 된다.

그는 쿠바 시민권을 반납하고 또 다른 혁명을 위해 벨기에령 콩고로 떠난다. 콩고는 당시 자유주의 진영과 공산주의 진영이 맞붙은 가장 뜨거운 격전지였다. 그러나 그가 도우러 갔던 좌익혁명 그룹은 매우 소극적이었고, 결국 그곳에서 철수할 수밖에 없었다. 콩고에서의 실패를 딛고 라틴 아메리카 전체의 혁명을 위해 다시 출정준비를 하고 볼리비아로 잠입한다.

그러나 볼리비아도 사정이 어렵긴 마찬가지였다. 소련은 라틴 아메리카 문제에 개입하지 않으려고 했고, 소련에 가까운 반군 지도부는 그의 지휘를 받지 않겠다고 하는 바람에 고립무원의 상태에 빠졌다. 미국은 공산주의자 체 게바라를 제거하기로 결론을 내렸다. 결국 그는 별 성과도 없이 채 1년도 버티지 못한 채 볼리비아 정부군에 포로로 잡혀, 67년 10월 9일 총살당했다. 그의 나이 39세였다. 그로부터 30년 후 그의 시체는 볼리비아에서 발굴되어 쿠바에 안장되었다.

전 세계 혁명가의 이상으로 남다

생전에 체 게바라와 교분이 있었던 프랑스의 석학 사르트르는 체 게바라를 '20세기의 가장 완벽한 인간'이라고 칭송하였다. 베네수엘라의 우고 차베스 대통령은 생전에 가장 존경하는 두 사람으로 중남미 해방 영웅 시몬 볼리바르와 체 게바라를 들었다. 볼리바르가 스페인의 크리오요 차별대우에 항거해 독립운동을 일으켰다면, 체 게바라는 진정으로 민중 해방을 위한 혁명에 몸을 던졌다. 그래서 볼리바르가 국호에, 돈에, 동상으로 남아 있다면 체 게바라는 남미의 모든 곳에 남아 있다. 긴 머리, 텁수룩한 수염, 입에 문 시가, 별 하나가 붙은 베레모, 녹색의 군복, 입술에 감도는 미소를 담은 그의 얼굴은 건물 휘장에 내 걸릴 뿐만 아니라 포스터로, 티셔츠로, 핀으로 불티나게 팔려 나갔다.

남미 어디를 가든 체 게바라 열풍은 계속되고 있다. 이 세상의 모든 불의를 향해 분연히 일어섰던 그의 높은 기개, 인류를 더 나은 세상에 살도록 하고 싶은 그의 의지, 그 이루어질 수 없는 꿈이 그대로 살아 있다. 그는 혁명가의 자질 중에서 가장 중요한 것으로 자기개혁과 세상의 부패척결을 들었다. "언제나 자기 존재의 깊이를 느낄 수 있는 준비가 되어 있어야 하며, 세계 어느 곳에서라도 누군가에게 부정이 행해지지 않는지 살펴보아야 한다." 라는 그의 말이 이를 대변한다.

도스토예프스키가 그렇게 경계하고 혐오했듯이 혁명세력이 새로운 권력이 되어 또 다른 수탈자가 된다면 인류의 비극은 계속될 수밖에 없다. 성공한 혁명의 권력 속에 머무르기를 거부한 체 게바라, 그래서 전 세계의 젊은이들이 그를 흠모하며 그의 정신을 그리워하는 것인지 모른다. 라틴 아메리카는 지금도 고통 중에 있지만 체 게바라가 뿌린 혁명의 씨앗은 남미뿐만 아니라 인류 역사를 변화시키고 있다. 나는 특별히 밀림의 숱한 전장에서도 밤새 책을 읽어 눈알이 빨갛게 되었다는 그의 지적인 욕구를 높이 사모한다.

참고도서

1. 《체 게바라 평전》, 장 코르미에 지음, 김미선 옮김, 실천문학사, 2000
2. 《지구 위의 모든 역사》, 크리스토퍼 로이드 지음, 윤길순 옮김, 김영사, 2011
3. 《라틴 아메리카 5백년사-수탈된 대지》, 에두아르도 갈레아노, 박광순 옮김, 범우사, 1988
4. 《라틴 아메리카의 해방자 시몬 볼리바르》, 헨드릭 빌렘 반 룬 지음, 조재선 옮김, 서해문집, 2009
5. 《아름다운 혁명가, 체 게바라》, 박영욱 지음, 이룸, 2003
6. 《바나나, 세계를 바꾼 과일의 운명》, 댄 쾨펠 지음, 김세진 옮김, 이마고, 2009

19

팍스 아메리카나의 자화상

| 위대한 개츠비 |

스콧 피츠제럴드

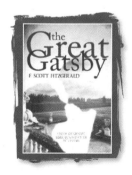

　1941년, 미국의 출판인 헨리 루스는 〈라이프〉지를 통해 '20세기는
미국의 세기'라고 선언하였다. 루스의 말이 아니더라도 미국은 20세기
중반, 이미 세계의 중심으로 떠오르고 있었다. 서유럽 제국주의의 에
너지는 미국 쪽으로 급격히 이동하고 있었다.

　미국의 경제력과 자유주의 사상은 자본주의의 눈부신 성장을 이끌
었다. 1,2차 세계대전 후 미국은 세계 경찰 역할을 자임했고, 세계 전
역에서 경제, 정치, 군사적 간섭을 일삼았다. 이른바 팍스 아메리카나
의 시대가 열린 것이다.

　《위대한 개츠비》는 팍스 아메리카나의 흥분을 가장 잘 간직한 소설
이다. 이 통속적인 한편의 소설은 위대한 미국의 탄생을 알리는 전주
곡이자 물질만능주의에 매몰되어 가는 인간들의 슬픈 자화상을 잘 드
러내고 있다. 소설 속에는 돈과 향락을 좇는 21세기형 인간의 모습이
있고, 파티와 마약, 재즈 선율 속에서 부나비처럼 흘러가는 미국 문화

가 있다. 그러나 자신이 처한 불우한 환경 안에서 꿈을 이루기 위해 최선을 다하는 개츠비라는 한 인물과 만나면서 우리는 인간의 삶에 대해 또 다른 숙연함을 느끼지 않을 수 없다.

풍요가 만든 슬픈 자화상

《위대한 개츠비》를 탄생시킨 미국의 풍요로움의 비밀은 무엇일까? 라틴 아메리카의 수탈사를 피끓는 필치로 써 내려간 에두아르도 갈레아노는 이렇게 진단한다. "아메리카 북부에는 금도 은도 없고, 노동을 착취할 다수의 원주민 문명도 없고, 첫 이민자들이 발을 내린 해안지대에는 비옥한 열대의 토양도 없었다." 갈레아노가 지적한 바와 같이 식민지 자원에 맛을 들인 유럽 열강들에게는 북미 13개주의 식민지가 경제적으로 큰 의미가 없었고, 이는 영국이 이 식민지에 대해 덜 집착하게 만든 원인이 되었다.

미국은 이 틈을 이용하여 경제적 자립의 기반을 닦아갔다. 아이러니하게도 불운이 행운을 만든 셈이다. 《주홍글씨》에서 살펴본 바와 같이 북미 최초의 이주민들은 신세계에서 종교적 자유를 누리며 가족과 함께 정주하기를 원하는 개척자들이었다. 초기의 어려움을 딛고 화려한 아메리카 시대를 열 수 있게 된 가장 큰 요인은 광활한 영토와 19세기 이래 일어난 기술혁명 덕분이라고 볼 수 있다.

미국이 독립할 시점인 1776년, 이 신생국의 영토는 동부 지역 13개주에 불과하였다. 미국은 이후 끊임없이 영토를 확장하여 캐나다를 제외한 북미 거의 전 지역을 자국 영토로 확보하게 된다. 우선 토머스 제퍼슨이 1803년, 나폴레옹의 프랑스로부터 루이지애나(남부 멕시코만에서 캐나다 국경에 이르는 광대한 지역)를 구입한 것이 미국 영토 팽창정책의 효시가 된다. 본래 이 지역은 프랑스 식민지였으나 프랑스-인디언 전쟁에서 프랑스가 패하면서 오른쪽 절반은 영국에, 왼쪽 절반은 스페인에 빼앗겼던 곳이다.

당시 유럽 전체와 전쟁을 벌인 나폴레옹은 전쟁자금이 필요했던 데다 미국을 영국 편으로 만들고 싶지 않아 미국의 요구대로 헐값(1500만 달러)에 이 땅을 팔았다. 이로써 미국의 영토는 두 배로 확장되었고, 1819년에는 스페인으로부터 플로리다를 사들였다. 1830년 7대 대통령 앤드루 잭슨은 인디언 이주법을 만들어 원주민들을 인디언보호구역으로 몰아넣고 그들이 살던 땅을 차지하였다.

1845년에는 멕시코 전쟁을 통해 텍사스와 캘리포니아, 유타를 포함하는 광대한 영토를 차지하였다. 1853년에는 애리조나와 뉴멕시코를 합병하고, 1867년에는 크림전쟁 패배로 재정난을 겪던 러시아로부터 알래스카를 헐값(720만 달러)에 사들였다. 1898년에는 하와이섬들을 합병함으로써, 미국은 19세기 말에 오늘의 영토를 확정지었다.

더구나 1869년 최초의 대륙횡단철도가 개통되고, 이런 수송혁명은 서부로의 이주를 가속화시켰다. 공유지는 놀랄만한 속도로 개척되었고 새 땅을 차지하기 위해 유럽에서 이주자가 몰려 들어왔다.

영국의 산업혁명은 곧 바로 미국에 전해졌다. 미국은 필사적으로 영국의 방직 공업을 배우려고 했다. 1789년 영국의 방직 공장에서 도제 수업을 받던 새뮤얼 슬레이터가 영국의 감시를 피해 미국으로 건너왔다. 1790년 슬레이터는 놀랄만한 기억력과 기계 제조 재능을 발휘해 영국의 아크라이트 방직기를 복제해 냈다. 훗날 많은 학자들은 슬레이터가 방직기를 복제한 해를 미국 산업혁명의 원년으로 삼았다. 또 하나의 놀라운 발명은 전기였다. 과학자들은 증기기관을 이용해 전기를 만들었다. 전기는 전선을 통해 나라 전체에 보급되었다. 세계에서 처음으로 송전 시스템을 개발한 것은 토마스 에디슨이었다. 에디슨은 대량생산이 가능한 값싼 전구를 설계했다. 1882년에는 아메리카 최초의 배전 시스템을 구축하고 뉴욕시내 59인의 고객에게 전기를 송전했다.

헨리 포드는 저렴한 자동차를 개발하여 대중화하고자 하는 꿈을 가지고 있었다. 1908년에 헨리 포드의 T형 자동차가 최초로 생산되었다. 1909년 포드는 1년 만에 1만대 이상의 자동차를 제작한 세계 최초의 자동차 기업으로 성장하였고, 2년 후에는 3만 4528대, 1912년에는 10만대의 장벽을 무너뜨렸다. 수요가 폭증하자 포드는 컨베이어 벨트를 도입하여 모델 T를 생산하기 시작하였다. 이로 인해 작업생산성이 세 배나 높아졌다. 이런 대량생산라인은 자동차의 가격을 대폭 낮추었을 뿐만 아니라 미국 산업 전반에 거대한 혁명을 일으켰다.

대량생산은 대량소비를 낳았다. 1920년까지 인구의 대부분은 도시 주민이 되어 자동차와 라디오를 비롯한 새로운 소비재를 소유하는데 열을 올렸다. 많은 사람들이 물질적 풍요와 자유를 누렸다. 더 많은 쾌

락을 위한 도구로 마약과 프리섹스가 난무하였다. 이 시대를 배경으로
《위대한 개츠비》가 탄생하였다. 미국이 부자가 되는 사이 국민들도 부
자가 되는 꿈을 꾸었다. 이른바 아메리칸 드림이었다. 개츠비의 꿈도
부자가 되는 것이었다. 부자가 되어서 자기가 놓친 옛사랑을 되찾는
것이었다.

아메리칸 드림을 좇아 태어난 작품

개츠비라는 시대적인 인물을 창조한 작가 피츠제럴드 자신도 아메
리칸 드림을 좇아 산 대표적인 인물이다. 프랜시스 스콧 키 피츠제럴
드Francis Scott Key Fitzgerald는 미국이 놀라운 발전을 이루던 1896년
미네소타주 세인트폴에서 태어났다. 세 살 때 아버지의 가구 사업이
실패하면서 가난은 어린 시절부터 스콧을 괴롭혔고 일생 동안 가난을
벗어나기 위해 싸웠다. 상류사회에 대한 열망으로 불탔던 그가 꿈꾼
아메리칸 드림은 성공한 작가가 되는 것이었다.

어려서부터 문학적 소질이 있어 13세인 1909년 첫 단편 작품을 잡
지에 발표하고, 17세에 프린스턴대에 입학하면서 단편, 희곡, 시 등의
작품 활동을 활발히 하였다. 하지만 과외활동에 치중하느라 학업을 등
한히 하면서 정학을 당한다. 당대의 미인이던 지니브러 킹과 열렬한
사랑에 빠졌으나 가난 때문에 그녀가 떠나자 스콧은 큰 상처를 받고,
이 일이 작품의 주요 모티브가 된다.

1차 세계대전 중이던 1917년 스콧은 미군에 입대한다. 이때《낭만적인 에고이스트》의 집필을 시작한다. 1918년 알래스카주 몽고메리 근처에 주둔하고 있을 때 앨라배마 대법원 판사의 딸이자 남부 사교계의 꽃인 젤더 세이어를 만나게 된다. 젤더는 재치와 재능을 갖춘 미모의 여인이었다. 스콧은 젤더와 결혼하기 위해서 벼락출세를 꿈꾸었다. 그가 꿈을 성취하는 길은 소설의 성공밖에 없었다. 그는 그동안 집필해 온 장편소설《낭만적인 에고이스트》를 개작하여《낙원의 이쪽》이라는 이름으로 출판에 성공한다. 1920년 그의 나이 23세 때였다.《낙원의 이쪽》이 출판된 지 일주일 만에 젤더 세이어는 스콧과 결혼한다.《낙원의 이쪽》이 성공하면서 부부는 돈을 마구 뿌리며 파티를 벌이고, 유럽과 미국을 오가는 호화판 생활을 즐겼으며, 재즈음악과 알코올에 탐닉하였다. 1925년 스콧은 그의 작품 중 가장 높이 평가받는《위대한 개츠비》The Great Gatsby를 출판한다. 그러나 발표 당시《위대한 개츠비》는 큰 인기를 얻지 못하였다. 거기다 대공황이 겹치면서 몰락은 더욱 가팔라졌다. 아내는 신경쇠약에 걸렸고, 스콧은 알코올 중독자가 되어 갔다.

　　작품의 실패와 아내의 병으로 절망에 빠진 그는 회복 불가능한 알코올 중독자가 되었다. 그러나 1937년 할리우드에서 영화대본작가로 재기했고, 할리우드를 무대로 〈최후의 대군〉The Last Tycoon을 쓰던 1940년에 44세의 나이로 숨을 거두었다. 사인은 심장마비였다.

　　소설의 배경은 뉴욕의 롱아일랜드이다. 롱아일랜드 해협의 맨해셋

만을 사이에 두고 이스트에그와 웨스트에그가 마주보고 있다. 먼저 이 소설에서 가장 정상적인 사람이자 화자인 닉 캐러웨이가 등장한다. 그는 미드웨스트 출신으로 1차 세계대전 후에 유행하던 새로운 업종인 채권업을 배우기 위해 뉴욕으로 온다. 우연한 기회에 웨스트에그로 이사오게 된 닉은 어마어마한 대저택에 살고 있는 이웃 개츠비와 친구가 된다. 소설의 주인공은 개츠비이다. 개츠비를 상징하는 것은 매주 토요일 밤마다 개최하는 엄청난 규모의 파티이다.

생면부지의 많은 사람들이 이 파티에 와서 즐기지만 정작 그들은 개츠비란 인물이 누구인지 모른다. 다만 그들은 개츠비에 대해 궁금해하며 풍문을 지어낼 뿐이다. 이 소설에서 두 번째로 중요한 인물인 데이지와 데이지의 남편 톰 뷰캐넌이 등장한다. 톰은 예일대 풋볼선수 출신으로 상류사람들이 사는 이스트에그에 살고 있다. 어느 날 톰 뷰캐넌 부부의 집을 방문한 닉은 톰이 공공연하게 외도를 하는 사실을 알게 되면서 충격을 받는다. 그럼에도 그 모멸을 참고 사는 데이지가 닉에게는 더욱 놀랍다.

톰의 정부인 머틀이 육감적인 몸을 흔들며 등장한다. 그녀는 자동차정비업자 윌슨의 아내이다. 닉은 원하지 않았지만 뉴욕에 있는 톰과 그의 정부의 아지트까지 함께 가게 되고, 그들의 방탕한 생활을 엿보게 된다.

이 책의 하이라이트는 개츠비의 파티이다. 노르망디 시청을 본뜬 것 같은 거대한 개츠비의 저택에서는 주말마다 엄청난 호화파티가 열린다. 매주 토요일 수백 명의 사람들이 개츠비의 집으로 몰려온다. 오케스트라의 연주, 넘쳐나는 술과 음식, 화려한 옷을 입고 북적이는 사람들. 초대받지 않은 많은 사람들이 부나비처럼 몰려와 잡담과 웃음과 즉흥적인 풍자로 개츠비의 파티를 즐긴다. 사람들이 개츠비에 관심을 갖는 단 하나는 그의 많은 재산이 어디에서 왔는가 하는 것뿐이다.

하지만 개츠비가 이런 호화 파티를 벌이는 이유는 단 하나, 사랑하는 여인 데이지를 다시 만나기 위해서였다. 닉의 중개로 마침내 데이지가 개츠비의 집으로 온다. 엄청난 돈 냄새를 피우며. 안절부절하지 못하는 남자의 불안한 모습이 여자의 마음을 움직인 걸까. 개츠비를 만난 데이지는 그의 사랑에 감동한다. 5년의 세월을 한시도 잊지 않고 분발하여 마침내 나타난 사랑에 감동하지 않을 여자가 있을까.

이 날을 계기로 두 사람은 급속히 친해지고 마침내 사건은 클라이맥스로 치닫는다. 개츠비와 자기 아내의 사랑을 알게 된 톰은 큰 충격을 받는다. 머틀의 남편은 아내의 부정을 눈치 채고, 아내를 데리고 먼 곳으로 떠날 계획을 세우고 있었다. 두 여인을 한꺼번에 잃게 될 처지에 놓인 톰은 개츠비에 대해 견딜 수 없는 증오감을 느끼게 되고, 결국 개츠비를 파멸시키기 위해 아내 앞에서 개츠비의 정체를 폭로한다. 이리하여 그동안 궁금했던 개츠비의 과거 행적이 드러난다. 그는 당시 금지되어 있던 밀주를 통해 엄청난 돈을 모았던 것이다.

개츠비의 열렬한 사랑에 한껏 부풀어 있던 데이지는 당황한다. 클라이맥스의 날은 엄청 더웠다. 데이지는 흥분 속에서 차를 몰고 가다 사고로 톰의 정부 머틀을 치여 죽이게 된다. 한편 머틀의 남편 윌슨은 자기 아내를 친 자동차에 탄 사람이 아내의 정부일 것이라고 생각하고 차 주인을 찾아 나선다. 그가 수영장에서 개츠비를 쏘아 죽인 것은 개츠비를 아내의 정부로 잘못 알았기 때문이다. 여기서 화자인 닉이 재등장한다. 닉은 개츠비가 얼마나 데이지를 사랑했는지, 그가 사랑을 되찾기 위하여 어떠한 삶을 살았는지 아는 유일한 사람이다.

닉은 주변의 부패한 사람들 중에서 개츠비가 유일하게 다른 부류라는 점을 인정했다. 그에게는 위대한 무언가가 있었다는 생각이 들었다. 개츠비가 가진 위대한 그 무엇을 희망에 대한 탁월한 재능, 삶의 가능성에 민감하게 반응하는 것이라고 생각했다. 그래서 위대하다고 생각했다. 닉은 개츠비의 장례를 잘 치러주고 싶었다. 한 사람이라도 그의 장례를 지켜줄 누군가를 찾고 싶었다. 그러나 개츠비의 장례에 참석한 사람은 미네소타에서 올라 온 개츠비의 아버지와 파티에 몰려왔던 수많은 사람들 중 올빼미 안경을 쓴 어떤 남자뿐이었다. 비오는 날 개츠비의 장례식은 쓸쓸히 치러졌다.

닉은 데이지로부터 소식을 기다리다 못해 그녀의 집에 전화를 걸어보지만 부부가 멀리 떠났다는 소식만 듣는다. 그 후 일 년 뒤 닉은 길에서 톰 뷰캐넌을 만난다. 뷰캐넌은 그날 사고 차량의 운전자가 개츠비라고 귀뜸해 준다. 톰은 유쾌하게 보석을 사러 가고 닉은 뉴욕에 환멸을 느끼며 중서부의 고향으로 돌아간다.

화려함 뒤에 만나는 허망한 종말

　화려한 파티와 재즈 속에서 되살아난 개츠비의 사랑은 너무나 볼품 없는 치정살인으로 끝을 맺는다. 이렇게《위대한 개츠비》는 여지없는 통속소설이다. 사실 거의 모든 등장인물이 통속적이다. 과거의 사랑을 되돌리려고 애쓰는 개츠비는 비현실적이리만치 서글픈 캐릭터이다. 그가 일생을 바쳐 바라본 여자 데이지는 이 소설에서 가장 통속적이 다. 개츠비의 사랑의 공세에 잠시 마음이 흔들리는 것 같았던 예쁜 여 자 데이지는 자기의 안락한 삶이 빠져나가는 것을 두려워하며 사랑을 버리고 현실 속으로 숨어 버린다.

　데이지와 결혼하고도 세상 사람이 다 알도록 뻔뻔하게 외도를 즐기 는 데이지의 남편 톰 뷰캐넌은 통속적인 남자의 대표 격이다. 근육질 에다 무식하고 주체할 수 없이 돈이 많다. 거기다 우승을 위해 눈도 깜 짝하지 않고 부정을 저지르는 프로 골프 선수 조던 베이커가 조연으 로 등장한다. 그밖에 개츠비의 파티에 부나비같이 몰려들어 향락을 쫓 는 온갖 인간 군상이 1920년대 미국 뉴욕을 배경으로 펼쳐진다.

　이런 통속적인 소설을 왜 〈옵저버〉는 인류 역사상 가장 훌륭한 책의 하나로 선정하였을까. 〈타임〉, 〈뉴스위크〉, BBC 등 유명 매체에서 왜 빼지 않고 이 작품을 추천도서에 포함시켰을까. 작가는 왜 자신이 만 든 인물 '개츠비' 앞에 '위대한'이라는 수식어를 붙였을까? 이런 의문 은 책을 읽으면서 해소가 된다.

개츠비는 상류층 세계를 선망하였고, 데이지는 그 세계로 가는 통로이자 그것을 완성할 수 있게 하는 상징이었다. 그래서 닉도 작가도 개츠비의 삶을 폄하하지 않고 위대했다고 표현한다. 여기서 데이지에 실망한 남자들이 '여자는 왜 그래?'라고 소리치고 싶다면 리처드 도킨스의 《이기적 유전자》에서 그 답을 찾아보기를 권한다.

참고도서

1. 《위대한 개츠비》, 스콧 피츠제럴드 지음, 김욱동 번역, 민음사, 2011
2. 《지구 위의 모든 역사》, 크리스토퍼 로이드 지음, 윤길순 옮김, 김영사, 2011
3. 《이야기로 읽는 부의 세계사》, 데틀레프 귀르틀러 지음, 장혜경 옮김, 웅진지식하우스, 2005
4. 《키워드로 읽는 세계사》, 휴 윌리엄스 지음, 박준호 옮김, 일월서각, 2012
5. 《세계의 역사 2》, 윌리엄 맥닐 지음, 김우영 옮김, 이산, 2007
6. 《미국사 다이제스트 100》, 유종선 지음, 가람기획, 2012

20

우주를 향하여

| 코스모스 |

칼 세이건

　나는 인간 문명의 발자취를 따라 나의 사가독서賜暇讀書 일 년을 치열하게 읽으며 보냈다. 사가독서 리스트의 마지막 자리에 칼 세이건의 《코스모스》를 놓는다. 독서를 통해 인간이 지나온 수천 년의 삶의 궤적을 더듬어 보았지만, 태초에 생명이 태어나던 물질적인 그 순간을 조명하지는 못하였던 것 같다.《코스모스》를 읽으며 적어도 나를 이루는 원소는 무엇이며, 이 원소가 어디서 유래했는지는 설명해 볼 수 있게 되었으니 이 책을 리스트 마지막에 올려놓지 않을 수 없다.

　21세기의 인류가 가장 놀라운 발전을 이룬 분야 중 하나는 우주에 관한 지식이다. 우주의 비밀이 조금씩 벗겨지면서 인류 앞에 우주라는 새로운 지평이 열리고 있다. 최초의 우주인 유리 가가린은 우주에서 바라본 지구를 '아름다운 푸른 별'이라고 표현하였다. 칼 세이건은《코스모스》에서 우주에서 바라본 지구는 그저 '창백한 푸른 점'에 지나지 않는다고 하였다. 이 창백한 푸른 점은 너무나 연약하여 쉽게 바스러질 존재라고 하여 사람들에게 충격을 주었다.

《코스모스》는 우주에서 생명이 태어나던 먼 옛날의 그 순간을 포함해, 앞으로 우주공간에서 살다가 언젠가는 결국 절멸하게 될 인간의 모습을 적나라하게 제시한다. 인류는 이제 '와일드 와일드 웨스트'가 아니라 '와일드 와일드 스페이스' 앞에 서서 발걸음을 떼려고 하고 있다. 아직은 그 걸음이 칼 세이건이 말하듯이 광대한 스페이스 속으로 겨우 발가락 하나를 적신 수준인지 모른다.

그러나 검은 지중해 바다로 나섰던 오디세우스처럼, 큰 꿈을 안고 대서양을 향해 출항한 콜럼버스처럼, 이제 인류는 우주를 향해 나아갈 준비를 마쳤다. 칼 세이건이 안내하는 우주선을 타고 우주로의 모험 길에 나서 보자. 비록 우리가 '창백한 푸른 점'에 사는 티끌 같은 존재라고 할지라도 현재까지의 지식으로 인간은 이 우주에 존재하는 유일한 기적의 생물체이다. 《코스모스》로의 이 여행을 통해 자신의 정체성을 알고, 앞으로 인류의 나아가야 할 길을 생각해 보자.

우주 지식의 대중화에 기여

《코스모스》는 본래 미국 PBS 방송에서 방영한 13부작 과학 다큐멘터리에서 출발했다. 1980년 첫 방영된 《코스모스》는 전 세계 60개국에서 6억 명의 시청자가 지켜봄으로써, 세계 방송 역사상 가장 시청률 높은 시리즈 가운데 하나가 되었다. 해설자로 등장한 칼 세이건은 풍부한 전문지식과 최신 자료를 이용하여 우주와 인간, 과학의 역사, 지구의 미래 등에 관한 흥미진진한 이야기를 펼쳐 보임으로써 세계적인 유명인사가 되었다. 곧이어 나온 단행본《코스모스》도 불과 두어 달 만에 40만 부가 판매되고, 70주 이상 베스트셀러 목록에 올라 영어로 출판된 과학책 중 가장 많이 판매된 작품이 되었다.

칼 세이건은 1934년 미국 뉴욕주 브루클린에서 우크라이나 이민 노동자의 아들로 태어났다. 그는 어렸을 때부터 별에 관심이 많았다. 그의 호기심에 제대로 응답해 주지 못했던 그의 부모는 아이에게 도서관 출입카드를 만들어 주었다. 도서관으로 달려간 세이건이 제일 먼저 찾은 책은 별(star)에 관한 것이었다. 도서관 사서가 할리우드 스타들의 사진이 실린 그림책을 아이에게 내어 주었다는 일화가 있다.

이때부터 별에 관한 지식을 섭렵하던 그는 화성을 무대로 한 E.R. 버로스의 SF시리즈를 읽으며 외계 생명체에 대한 상상에 빠졌고, 고등학교 시절 아서 C. 클라크의 예언적인 저서《성간비행》Interplanetary Flight을 읽고 로켓을 이용한 우주여행의 가능성에 눈을 떴다. 1951년, 시카고대에 진학해 인문학 학사, 물리학 석사, 천문학 및 천체물리학 박사학위를 받았다. 이어서 1963년 하버드대 천문학 강사로 초빙되고, 1968년 코넬대 정교수가 되었다.

NASA와의 인연은 1959년 금성 탐사선 매리너호 계획에 관여하면서 시작되었다. 이후 그는 미국 우주탐사계획의 주요 자문위원이 되었다. 과학의 대중화를 위해 저술과 방송 활동을 활발히 했다. 저서《에덴의 용》(1978)은 논픽션 부문 퓰리처상을 수상했다. 1981년, 두 번째 아내와 이혼하고,《코스모스》제작 과정에서 친해진 작가 앤 드루얀과 결혼했다. 드루얀의 영향으로 세이건은 이후 환경 및 정치 문제에서 진보적인 입장을 대변했다. 1994년 백혈병의 한 종류인 골수이형성증 진단을 받고 2년 후 62세를 일기로 숨을 거두었다.

　인류가 우주에 관심을 가지기 시작한 일차적 목적은 생존을 위해서 였을 것이다. 지구의 삶은 우주의 영향을 지대하게 받고 있기 때문이 다. 해와 달과 별의 상태에 따라 씨 뿌릴 시기와 수확할 시기가 달라지고, 동물들이 돌아오는 때가 달랐다. 인류는 열심히 하늘을 바라보며 자연의 순환법칙을 읽으려고 했다. 여기서 관측이 나오고 수학이 발달하였으며, 이를 기록할 문자가 탄생하였다.

　21세기 들어 우주의 비밀이 상당히 밝혀졌다. 코스모스는 광대하고 냉랭하고 어디로 가나 텅 빈 끝없이 어둠으로 채워진 은하 사이의 공간임을 알게 되었다. 이 어두운 영겁의 공간 위에 희미한 빛줄기를 내며 떠 있는 것이 은하galaxy들이다. 대부분의 은하는 은하단이라는 집단을 이루며 한데 어우러져 코스모스의 암흑 속을 끝없이 떠다닌다. 은하는 기체와 티끌과 별로 이루어져 있다. 우주에는 은하가 대개 1000억 개 정도 있고, 각각의 은하에는 저마다 평균 1000억 개의 별이 있다. 별의 수만큼 행성들이 있을 것이고 행성들에는 위성들이 또한 붙어 있다. 지구는 우주의 어디쯤 존재할까?

　지구는 은하의 중심에서 80억 광년 쯤 떨어진 국부 은하군local group of galaxies이라는 변두리 은하의 한쪽 끝에 숨어 있다. 이 은하수

은하 안에는 약 4000억 개의 별이 있다. 이 별들 중에는 초신성 같은 밝은 별이 있는가 하면 블랙홀같이 겨우 몇 킬로미터만 떨어져도 보이지 않는 어두운 별이 있다. 별들은 끝없이 태어나고 죽어 간다.

그러면 이러한 광대한 우주는 언제, 어떻게 시작되었을까? 대표적인 우주의 탄생이론으로 '빅뱅론'과 '우주팽창론'이 있다. '빅뱅론'과 '우주팽창론'에 대해 좀 더 자세히 설명하면 이렇다. 태초에 하나의 작은 점이 있었다. 이 점은 대단히 작으나 엄청나게 무겁고, 엄청나게 밀도가 높았다. 과학자들은 이 점을 '특이점'이라고 부르는데, 이 특이점이 내부의 압력을 견디지 못하고 대폭발을 일으키게 되는데, 이를 빅뱅이라고 한다. 이 폭발을 통해 무서운 에너지가 방출되고, 우주의 기본이 되는 엄청난 수의 입자가 생겼다.

빅뱅이 발생했을 때 우주는 급팽창을 겪었던 것으로 생각된다. 대폭발의 순간 이후 오늘까지 우주는 한시도 쉬지 않고 팽창을 계속해 오고 있다고 한다. 공간이 팽창함에 따라 우주의 물질과 에너지도 공간과 함께 팽창하면서 급히 식어갔을 것이다. 화구가 식어감에 따라 복사의 파장은 감마선에서 X선으로, 자외선을 거쳐 가시광선 대역을 거쳐 종국에는 적외선과 전파대역으로 이동한다.

별은 성간운들의 중력수축에 의해 탄생한다. 이 수축으로 내부 온도가 1000만 도에 이르면 수소가 헬륨으로 변하는 핵융합반응이 일어나면서 드디어 별이 탄생하는 것이다. 질량이 큰 별은 핵융합 반응을 통한 진화가 매우 빠르게 일어난다. 핵연료를 빠르게 소진한 큰 별은 초신성 폭발로 일생을 마감한다. 초신성 폭발 시 그들이 핵융합반응으로

합성한 헬륨, 탄소, 산소, 기타 무거운 원소를 성간 공간으로 흩어버린다. 이렇게 빅뱅에서부터 은하, 은하단, 항성, 행성이 만들어지고 결국 행성에서 생명이 출현하게 된다.

우리는 누구인가?
우주의 의문을 풀어가는 행로

　그러면 지구에는 어떻게 생명이 시작되었을까? 지구는 대략 46억 년 전에 성간 기체와 티끌이 응축된 구름 속에서 만들어졌다. 지구라는 행성의 가장 놀라운 점은 70%가 물로 이루어져 있다는 점이다. 생명을 위해 필수적인 물이 왜 지구에 풍만하게 되었을까? 이를 설명하는 이론이 혜성 유래설이다. 수십억 년 전, 대규모 혜성이 지구와 충돌할 때 혜성의 얼음이 대기와 마찰하면서 엄청난 양의 비가 내렸다.

　이 비로 인해 지구 표면이 식자 지각에 가스와 용암이 갇히게 된다. 이것이 화산으로 분출되면서 지중에 갇혀 있던 가스를 방출하게 되는데 이 가스체들이 최초의 대기가 되었다. 이 가스에는 질소, 메탄, 암모니아, 산소, 탄소가 함유되어 있었다. 대기 중에 방출된 산소는 우주에 충만한 수소와 결합하여 대량의 물을 만들어 혜성에서 온 비와 더불어 지표의 70%를 물로 덮게 되었다. 생명이 살 수 있는 환경이 만들어지게 된 것이다.

　지구상에 생명이 최초로 출현한 비밀의 열쇠를 인류는 갖고 있지 않다. 다만 이렇게 추정하고 있을 뿐이다. 즉 원시 대기의 주성분은 수소 원자를 여러 개 가진 간단한 구조의 분자들이었다. 이 분자들은 태양 광선과 번개에 의해 쉽게 해리되었다. 해리된 원자와 분자가 우연히 재결합하여 더 복잡한 물질을 만들었을 것이다. 이들이 바닷물이나 연못에 용해되면서 점진적으로 더 복잡한 '유기물 수프'로 서서히 변해갔고, 아주 우연히 이중에서 스스로 복제할 수 있는 새로운 분자가 탄생하였을 것이다. 이렇게 하여 DNA의 원형이 탄생되었을 것이다. 이 최초의 생물에 돌연변이가 일어나 변형된 형질을 다음 세대로 전하게 되면서 진화의 원동력이 되었을 것이다.

40억 년 전 지구에는 분자들만이 우글대고 있었다. 그런데 특정 기능들을 수행할 수 있는 분자들이 한데 모여서 일종의 분자 집합체인 최초의 세포가 만들어졌다. 약 30억 년 전 단세포 생물이 세포 분열 후 두 개의 독립된 세포로 되지 못하고 붙어 있는 것들이 생기기 시작했다. 이리하여 최초의 다세포 생물이 출현하였다. 성은 대략 20억 년 전부터 생긴 듯하다. 성의 출현과 함께 두 개의 생물은 자신들이 가진 유전 설계도를 서로 교환할 수 있게 되었다.

10억 년 전에는 바다의 녹색식물들이 광합성을 통하여 산소를 생산하면서 지구 환경이 극적으로 변하게 된다. 그때까지 지구를 지배했던 생명체는 바다를 가득 메우고 있던 청록색의 조류(시아노박테리아)들이었다. 그런데 6억 년 전부터 새로운 형태의 생물들이 폭발적으로 지구상에 등장한다. 이때를 캄브리아기 대폭발이라고 한다. 캄브리아기 대폭발 이후에는 환경에 놀랍도록 잘 적응하는 새로운 형태의 생물들이 속속 등장하게 된다.

　최초의 어류에서 최초의 척추동물이 나타났다. 최초의 곤충이 나타나 육지에 사는 육서동물의 선구자가 되었다. 날개 가진 곤충이 양서류와 함께 나타났다. 지구에 최초의 나무가 등장했고, 최초의 파충류가 출현해 공룡으로 진화해갔다. 포유류가 지상에 출현했다. 최초의 새와 꽃이 생겨났다. 공룡이 멸종하고 고래류가 나타났다. 원숭이, 유인원, 영장류가 지상에 나타났다.

　그리고 수백만 년 전에 최초의 인간이 나타났다. 인간의 기본적인 에너지원은 식물이 광합성으로 만들어 놓은 탄수화물이었다. 식물은 1억 5000만km나 떨어진 태양에서 빛을 흡수해 광합성 활동을 한다. 이 얼마나 놀라운 생명의 역사인가. 생명은 아득한 옛날 우주의 출현과 함께 시작되었던 것이다.

　우주는 지금도 팽창하고 있다고 한다. 하지만 우주가 영원무궁토록 팽창할지는 아무도 확신할 수 없다. 우주 팽창의 속도가 점점 느려지다가 결국 멈춘 다음 팽창의 방향을 바꿔 수축할 수도 있을 것이다. 만일 우주가 수축하면 모든 항성과 은하는 중력에 의해 한곳으로 끌어당겨질 것이다. 그러면 우주는 눈에 보이지 않는 점(특이점)으로 돌아가 압력이 높아지면서 한 번 더 빅뱅이 일어날지도 모른다. 실제로 과학자들 중에는 빅뱅은 몇 백만 회나 일어나고 있고, 현재의 우주는 가장 최신의 빅뱅의 결과에 지나지 않고 앞으로 또 다시 빅뱅이 일어난다고 생각하는 사람들도 있다.

우리가 알고 있기로 지구는 우주에서 유일한 생명체의 고향이다. 그러나 지구는 그렇게 견고한 존재는 아니다. 칼 세이건은 지구가 너무나 연약하여 쉽게 바스러질 존재라고 했다. 지구를 위협하는 것은 엄청난 자연재해일 수도 있고, 핵을 포함한 대량살상무기의 사용일 수도 있고, 브레이크 없이 진보하고 있는 기술혁명일 수도 있다.

닥쳐오는 위협을 극복하는 길은 우주에서의 우리 위치를 정확하게 인식하는 것에서부터 시작된다고 저자는 강조한다. 인간은 광활한 코스모스의 극히 작은 하루살이 같은 존재들이다. 하지만 지금으로서는 우주의 문제를 인식하고 해결해 나갈 유일한 생명체이기도 하다.

우주의 대 섭리를 관장하는 절대자, 다시 말해 하느님의 손길이 있는지 여부는 또다른 문제이다.

참고도서

1.《코스모스》, 칼 세이건 지음, 홍승수 옮김, 사이언스북스, 2004
2.《칼 세이건: 코스모스를 향한 열정》, 안인희 옮김, 동녘사이언스, 2007
3.《성경의 탄생》, 존 드레인 지음, 서희연 옮김, 옥당, 2011
4.《뇌 생각의 출현》, 박문호 지음, 휴머니스트, 2008

한국인을 위한 인문고전 20
나의 사가독서

초판 1쇄 인쇄 | 2015년 11월 20일
초판 2쇄 발행 | 2015년 12월 20일

지은이 | 문갑순
펴낸이 | 이기동
편집주간 | 권기숙
마케팅 | 유민호 이동호
주소 | 서울특별시 성동구 아차산로 7길 15-1 효정빌딩 4층
이메일 | previewbooks@naver.com
블로그 | http://blog.naver.com/previewbooks

전화 | 02)3409-4210
팩스 | 02)3409-4201
등록번호 | 제206-93-29887호

교열 | 이민정
편집디자인 | 디자인86
인쇄 | 상지사 P&B

ISBN 978-89-97201-25-9 03800

잘못된 책은 구입하신 서점에서 바꿔드립니다.
책값은 뒤표지에 있습니다.